BASTEI
LÜBBE
STARS

Von Suki Cunningham sind bei Bastei Lübbe Taschenbücher lieferbar:

14955 Vorspiele

Suki Cunningham

Landhaus der Leidenschaft

Erotischer Roman

Aus dem Englischen von
Inge Fauth

BASTEI
LÜBBE
STARS

BASTEI LÜBBE STARS
Band 77264

Vollständige Taschenbuchausgabe

Bastei Lübbe Stars in der Verlagsgruppe Lübbe

Titel der Originalausgabe: »Release Me«
Für die Originalausgabe:

Dieses Werk wurde vermittelt durch die
Literarische Agentur Thomas Schlück GmbH, 30827 Garbsen
Für die deutschsprachige Ausgabe:

Umschlaggestaltung: Kirstin Osenau
Titelbild: © DIGITALstock
Satz: Fanslau Communication/EDV, Düsseldorf
Druck und Verarbeitung: GGP Media GmbH, Pößneck
Printed in Germany, Juli 2008
ISBN 978-3-404-77264-3

Sie finden uns im Internet unter
www.luebbe.de
Bitte beachten Sie auch: www.lesejury.de

Der Preis dieses Bandes versteht sich einschließlich
der gesetzlichen Mehrwertsteuer.

Erstes Kapitel

»Nicht hier.«

Jerome schob meine Hand hastig von seiner Hüfte. Wir standen uns in seinem Büro gegenüber, oder genauer: Ich hockte auf der Kante seines Schreibtischs und hoffte, verführerisch zu wirken, und er stand in seinen verblichenen Jeans und im offenen schwarzen Hemd vor mir. Ich schmiegte mich an ihn, drückte meine Wange gegen seine und sog sein Cologne ein.

»Ach, es schaut doch niemand zu«, flüsterte ich und rieb mich an seinen Bartstoppeln. Ich schaute zum Fenster, durch das man in das Großraumbüro sehen konnte, wo wir alle arbeiteten. Die Jalousie war heruntergelassen. Ich sah nur die Umrisse des großen blonden Sven, der seinen täglichen Kampf gegen das Faxgerät austrug. Corinne plauderte am Telefon. Niemand hätte uns sehen können, es sei denn, jemand drückte sich an der Scheibe die Nase platt. »Ich will eine Wiederholung von gestern Abend.«

»Jo, ich habe keine Zeit. Ich muss noch den Leitartikel schreiben.« Er versuchte, sich von mir zu lösen.

Meine Hartnäckigkeit ist eine meiner besten Tugenden, aber auch eine meiner größten Schwächen. Zum Geburtstag hat meine Freundin Ruby mir ein Buch geschenkt, das ›Die Regeln‹ heißt, eine Selbsthilfebuch für alle, die klammern und nicht loslassen können, aber ich finde, dass es die meisten Regeln gibt, damit man sie brechen kann. Welchen Sinn machte es, sich bei einem Mann zu zieren, den man schon viele Male in allen Stellungen gehabt hatte?

Also schlang ich meine nackten braunen Beine um ihn,

was in einem Lederminirock gar nicht so einfach war. (Ich nutzte unsere Kleiderordnung im Büro bis zum Äußersten aus.) Jerome errötete. Vielleicht war es ihm peinlich, vielleicht erinnerte er sich auch nur an unsere Session der vergangenen Nacht. Ich legte eine Hand in seinen Schritt, um nachzufühlen. Seine schwarzen Haare fielen über ein Auge, als er nach unten schaute.

»Du bist unerhört«, quetschte er heraus.

»Und du bist geil«, entgegnete ich und schob meine Hand unter den Bund seiner Jeans und erlebte seine Erektion von Haut auf Haut. Ich mochte seinen Schwanz, er bereitete mir viel Vergnügen. Er wartete immer, bis es mir gekommen war, er wusste genau, wann ich ihn hart und erbarmungslos und wann ich ihn ganz zahm und zart spüren wollte. Auf seine Art war er rücksichtsvoller als sein Besitzer. In diesem Moment wollte ich ihn nur streicheln, und er rieb den Kopf gegen meine Handfläche. Ich glaubte, ihn wie eine Katze schnurren zu hören.

»Jo, wir können das hier nicht machen«, sagte Jerome gepresst und begann die Hüften zu mahlen.

»Entspanne dich, Jerome«, sagte ich und nahm seinen Rhythmus auf. »Das ist ein Musikmagazin und nicht der *Sunday Telegraph.* Es stört niemanden, wenn wir uns hier ein bisschen Abwechslung verschaffen. Schließlich sind wir beide nicht verheiratet.«

Das brachte ihn zum Schweigen – oder war es meine Hand? Er sah mich mit seinen sanften braunen Augen an, wie immer hinter dem Vorhang seiner schwarzen Haare, der über eine Seite seines Gesichts fiel.

»Ich bin sicher, dass sowieso schon alle über uns Bescheid wissen«, fügte ich hinzu. Mir gefiel der entsetzte Blick nicht, der sein Gesicht überschattete.

»Wirklich? Ich dachte, wir wären immer vorsichtig gewesen.«

Er wich vor mir zurück, und meine Hand rutschte aus seiner Hose. Er ging hinüber zum Außenfenster und blickte auf die Themse. Unter uns bog der breite graue Fluss um die South Bank, und im Hintergrund sahen wir Waterloo Bridge und das Parlamentsgebäude.

Ich schaute auf Jeromes Rücken und wollte ihn fragen, ob diese Heimlichkeiten überhaupt sein müssten. Schließlich waren wir schon seit drei Monaten verrückt aufeinander. Aber er war eben so, wild und heftig im Schlafzimmer, relativ zurückhaltend in der Öffentlichkeit. Ich war davon überzeugt, dass mein Schlafzimmer-Jerome der echte und der Büro-Jerome nur eine Rolle war, die er spielte. Ruby behauptete, es wäre genau umgekehrt.

Ich wollte ihn fragen, was denn so schlimm daran war, wenn die Leute es erfuhren, aber dann glaubte ich, es wäre besser, den Mund zu halten. Meine Frage hing unausgesprochen in der Luft. Nach einer Weile brach ich das Schweigen.

»Warum hast du mich in dein Heiligstes zitiert?«, fragte ich. »Hat dir mein Beitrag über die Sambaclubs in Rio nicht gefallen?« Ich wusste ganz genau, dass der Beitrag großartig war. Meine Mutter ist Brasilianerin, deshalb hatte ich eine Menge Hintergrundinformationen, bevor ich für den Beitrag recherchierte. Drei Wochen lang war ich in Brasilien gewesen, hatte den Text geschrieben und war dem Sambakult ziemlich nahe gerückt. Die heißen Trommeln hatten mein lateinamerikanisches Temperament geweckt, und meine Tage an der Copacabana hatten für meine schöne Farbe gesorgt, von der ich immer schon geträumt hatte.

»Nein, der Bericht war gut«, antwortete Jerome. »Er ist so gut, dass ich einen weiteren Auftrag für dich habe. Aber diesmal geht es um ein ganz anderes Thema.«

Er öffnete eine Schublade und holte ein Buch heraus, das in grünes Leder gebunden war. Ich nahm es und schlug die erste Seite auf. Dort stand in verblichener blauer Tinte: *Tagebuch der Daphne Hathaway, 1907–1908.*

»Das sind ihre frühen Jahre«, erklärte Jerome. »Sie war achtzehn, als sie ihr Tagebuch begann.«

»Himmel, wo hast du das denn her?«, fragte ich und blätterte die Seiten durch. Ich wusste, dass Jerome ein großer Fan der Komponistin war und schon immer einen Beitrag über ihren exzentrischen Lebensstil bringen wollte, aber bei der Recherche waren die Reporter nie weit vorgestoßen.

»Ich habe Glück gehabt«, sagte er grinsend. »Ich habe so oft von meiner Besessenheit gesprochen, dass es fast unausweichlich war, dass sich irgendwann mal jemand meldete. Wenn du immer wieder in deinen Arm stichst, nimmt die Wahrscheinlichkeit zu, dass du mal eine Vene triffst.«

Ich lachte. Solche Vergleiche aus der Sex and Drugs and Rock 'n' Roll Szene waren typisch für Jerome. Er nahm das Buch wieder an sich und strich über den samtenen Umschlag.

»Warte mal«, sagte ich und dachte laut nach. »Wenn du so überzeugt von dieser Frau bist, warum gibst du diesen Auftrag dann mir? Ich meine, du solltest den Beitrag selbst schreiben. Ich weiß nicht viel über ihre Musik, und um ehrlich zu sein, ich weiß auch kaum was über die Frau.« Klassik war nie mein Thema gewesen.

»Ich weiß«, sagte er schnaufend. »Wenn ich einen Beitrag über sie schreibe, wird es eine entsetzliche Lobhudelei werden, und wenn es irgendwelche Schwächen gibt, würde ich sie ignorieren oder verniedlichen. Nein, wir brauchen eine neutrale weibliche Stimme, die auch ihr Privatleben beleuchtet. Das verspricht höhere Akzeptanz bei den Lesern. Unsere Verkaufszahlen sind im Keller. Wir müssen unsere Berichte aufmotzen.«

Ich starrte ihn an und war froh, dass er mir die Geschichte anvertraute. Es war, als lieferte er mir sein Baby aus. Der Gedanke war erschreckend.

»Du brauchst gar nicht so verzweifelt auszuschauen«, sagte er. »Es geht zwar nicht um Samba, aber sexy ist die Geschichte auch.« Er legte einen Arm um meine Schultern, eine seltene Geste der Vertrautheit. »Natürlich bedeutet es, dass wir wieder voneinander getrennt sind.« Er drückte mich, und einen Moment lang glaubte ich, dass er ganz froh war, mich wieder loszuwerden. »Wir müssen uns die Erlaubnis der Familie einholen«, fuhr er fort. »Der Beitrag soll so umfassend sein wie möglich.«

»Ich verstehe.« Ich drückte mein Gesicht gegen seinen Hals. »Und wie lange muss ich diesmal weg sein?«

»Wenigstens zwei Wochen, Jo.« Er löste sich von mir und reichte mir eine Kladde. Ich schlug sie auf, fand eine Adresse und ein paar Fotos mit Eselsohren.

»Hathaway Hall, Norfolk«, las ich vor. »Hört sich nach einem kleinen Palast an«, murmelte ich. Das Foto auf der nächsten Seite übertraf alle Erwartungen: Ein wunderbares Landhaus auf riesigem Grund, schöne breite geschwungene Auffahrten, lange Ställe, alles, was dazu gehörte. »Wie aus einer früheren Zeit.«

»So ist es«, sagte Jerome grinsend. »Wenn Daphne Hathaway eine exzentrische Aristokratin war, dann sind die derzeitigen Hathaways, die noch hinter diesem Gemäuer leben, nicht weit von ihrer Großmutter entfernt. Jedenfalls glaube ich, dass sie eine phantastische Geschichte hergeben.«

»Wer sind die ›derzeitigen Hathaways‹?«, fragte ich. Vor meinem geistigen Auge sah ich ein Haus voller Tattergreise mit mehr Geld als Verstand, aber dann zog Jerome ein Foto aus der Kladde. Zwei gut aussehende junge Leute, die in die Kamera lächelten. Eine schöne Frau mit schwarzen Haaren und aufregenden Augen, der Mann blond mit einem scheuen Lächeln und grünen Augen. Sie trug einen Reitdress, er einen alten Cricketpullover.

»Alicia und Tom«, erklärte Jerome. »Seit die Eltern tot sind, haben sie das Sagen über Hathaway Hall. Tom ist Testamentsvollstrecker. Wir brauchen sein Einverständnis, sonst läuft gar nichts. Sie erwarten dich morgen.«

»Na, gut«, sagte ich und strich mit einer Hand über seinen Hintern. »Dann sollten wir die letzte Nacht noch gut nutzen, nicht wahr?«

Wenn du mit deinem Boss schläfst, ist es gleichzeitig ein Vorteil und ein Nachteil, dass er mehr Geld hat. Im Fall Jerome bedeutete das eine schicke Wohnung in Islington mit einem Bad, das einmalig sexy war. Ich spürte schon ein Kribbeln, wenn ich die versenkte Badewanne sah. Sie war ein breites Oval aus weißem Porzellan, umgeben von einem Halbmond aus Kerzen. Die Wände bestanden aus Spiegeln. Jerome wusste, wie gern ich Liebe in der Wanne machte, deshalb wusste ich, dass eine schöne Zeit vor mir lag, als ich an diesem Abend bei ihm eintraf und sah, dass die Kerzen brannten.

»Ich dachte, wir könnten später essen«, sagte er leise und zog mich ins Bad.

Er ließ Wasser in die Wanne laufen, beugte sich hinunter und überprüfte die Temperatur, und ich bückte mich hinter ihm und schlang meine Arme um seine Taille. Langsam öffnete ich sein Hemd, streifte es von den Schultern und küsste über seinen Rücken, immer weiter hinunter, weil ich wusste, wie sehr er das mochte. Seine glatte Haut wärmte sich unter den Küssen. Er schüttete Schaumzeug ins Bad, und ich knöpfte seine Jeans auf und griff nach der vertrauten Härte seines fabelhaften Penis. Er seufzte, als ich damit zu spielen begann. Mit beiden Händen streichelte ich ihn, bis er so groß und hart war, wie er werden konnte. Er drehte den Wasserhahn zu und wandte sich mir zu, während meine Hände über seinen Hintern strichen.

»Himmel, bist du sexy«, murmelte er, kurz bevor er seinen Mund auf meinen drückte. Seine warme Zunge nahm Besitz von mir. Seine Hände kneteten meine Brüste, und er stöhnte leise, als er feststellte, dass ich keinen BH unter dem weißen Baumwollkleid trug. »Jemand mit solchen Brüsten sollte so nicht herumlaufen dürfen«, raunte er, küsste meinen Hals und weiter hinunter zu den Brüsten. Seine Hände tasteten sich unter meinen Rock vor und dann höher. Ich wartete auf den Moment, in dem er entdeckte, dass ich auch kein Höschen angezogen hatte. Meine Pussy wurde immer nasser.

»Oh, Josephina!«, rief er, als seine Finger gegen mein weiches Dreieck stießen. Manchmal nannte er meinen vollen Namen, wenn er erregt war; ich glaube, ihm gefiel der exotische Klang des Namens. Er war jetzt erregt, presste sich gegen mich, küsste Brüste, Hals und Mund, während die Hand mich zwischen den Schenkeln kitzelte.

Ich schob die Daumen unter seine Jeans und zog sie nach unten, zusammen mit den Boxershorts. Er trat sie von den Füßen und presste mich gegen seinen nackten Körper. Seine Härte attackierte die dünne Baumwolle meines Kleids.

»Himmel, du siehst so phantastisch aus.«

Ich lächelte, wälzte mich herum und stieß ihn ins Wasser. Er fiel hinein, das Wasser schwappte hoch, und ein Teppich aus warmen weißen Schaumflocken legte sich auf den gefliesten Boden. Er sah sehr sexy aus, wie er da in der Wanne lag, lachend, feixend. Die langen schwarzen Haare klebten am Kopf fest. Ich beugte mich über ihn, streichelte mit einer Hand über seinen Körper, rieb seinen Schaft und schaute ihm schmachtend in die Augen.

Plötzlich packte er meinen Arm und zog mich hinein. Ich landete schreiend auf ihm. Mein weißes Kleid blähte sich auf und wurde sofort durchsichtig, als es sich um meinen Körper schmiegte. Wir rangen eine Weile, bis ich ihm den Sieg überließ, und dann lag er da und bewunderte meinen Leib.

Voller Lust starrte er mich an. Sein Blick konzentrierte sich auf meine vollen Brüste mit den dunkelbraunen Nippeln, die unter dem nassen Stoff deutlich zu sehen waren. Er senkte den Kopf und nahm meine Brüste abwechselnd in den Mund. Er saugte das Wasser aus meinem Kleid.

Seine Erektion drückte sich zwischen meine Schenkel. Ich hob die Hüften an und legte die Hände auf seine Backen. Wir mahlten gegeneinander, während er noch an meinen Brüsten saugte und ich eine starke Gier durch meine Adern fließen spürte. Seine Eichel rieb gegen meine Klitoris, um uns herum spritzte das Wasser auf. Er sah in mein Gesicht, und ich wusste, dass er meine Lust darin lesen konnte. Er küsste mich, seine dicke Zunge sinnlich und dankbar.

»Gutes Mädchen«, murmelte er in mein Ohr. »Ich liebe es, wenn du geil bist.«

»Ich auch.« Ich lächelte, vollführte eine rasche Drehung, und im nächsten Moment lag er unter mir. Mein Kleid klebte schwer an meinem Körper. Ich kniete mich und versuchte, das Kleid über meinen Kopf zu ziehen, aber es saß fest auf meiner Haut. Jerome genoss das Spektakel, er legte sich nach hinten und lachte. Schließlich gelang es mir, das Kleid von der Haut zu pellen. Ich schleuderte es durchs Zimmer. Es klatschte gegen die Wand und hinterließ ein bizarres Muster auf dem beschlagenen Spiegel.

Jetzt konnte ich mich nackt sehen. Mein olivfarbener Körper bildete einen starken Kontrast zu Jeromes blasser Gestalt. Meine vollen Brüste mit den beerengleichen

Warzen hingen über seinem Mund. Er schnappte nach einem Nippel und saugte daran, als wäre er ein leckeres Bonbon. Seine Lippen zu fühlen schickte winzige Zuckungen durch meinen Körper und prickelte in meiner Pussy.

Meine langen braunen Haare bildeten ein Zelt vor meinem Gesicht, als ich nach unten schaute. Die Haarspitzen fluteten im Wasser wie Algen. Jeromes Zunge strich wieder um meine Nippel, und seinem genüsslichen Stöhnen nach zu urteilen, gefiel es ihm besser als mir.

Als ich sein gespanntes Gesicht sah, wuchs die Versuchung, ihn in den Wahnsinn zu treiben. Ich löste mich von ihm und rutschte langsam an ihm hinunter, wobei ich den Kopf gebeugt hielt und meine Lippen über seinen Bauch streiften. Ich sah mein Gesicht mit den mandelförmigen Augen im Spiegel. Immer tiefer senkte ich den Kopf, bis er sich auf der Höhe seiner Männlichkeit befand.

»Was hast du vor, meine kleine Nymphe?«, schnurrte er und konnte die Vorfreude in seiner Stimme kaum verbergen.

Ich ging mit dem Kopf unter Wasser, schloss den Mund um seinen prallen Schaft und sog ihn tief in meine warme, feuchte Höhle.

»Oh, mein Gott!«, stieß er seufzend aus, legte die Hände instinktiv um meinen Hinterkopf, wo seine Finger mit meinen nassen Locken spielten. »Himmel, hör bloß nicht auf!«

Ich hob den Kopf aus dem Wasser, aber die Eichel behielt ich im Mund, während ich durch die Nase atmete. Dann tauchte ich wieder und saugte ihn tief in die Kehle. Seine Haut war glatt, und er schmeckte süß und sauber. Ich atmete durch den Mund aus, und die Luftblasen tanzten um seinen Schaft und kitzelten ihn. Immer und immer wieder fuhr ich mit dem Mund auf und ab, und die Luftblasen legten sich um seine Hoden wie Champagnerperlen um eine Erdbeere.

Bald hielt er mein Necken nicht länger aus. Er hob die Hüften aus dem Wasser und packte meinen Kopf mit beiden Händen. Das Zusammenziehen seiner Muskeln verriet mir, dass es ihm bald kommen würde. Ich konzentrierte mich jetzt auf seinen Orgasmus, ging in einen kräftigeren Rhythmus über, hielt seine Hoden und streichelte sie sanft.

Er grinste und knurrte, und dann hielt er den Atem an, sein Körper versteifte sich, und sein Samen schoss in meinen Mund. Ich schluckte wie ein braves Mädchen, dann leckte ich über meine Lippen und gab ihm einen Kuss auf die Eichel. Ich kroch über ihn, legte mich mit dem Kopf auf seine Brust und fühlte das Heben und Senken seiner Rippen. Sein Gesicht strahlte nichts als Wonne aus.

»Du saugst phantastisch«, sagte er, die Augen noch geschlossen. »Ich meine, ich kann das beurteilen, ich habe meine Erfahrungen. Aber du bist die Beste.«

Er zog mich an sich, und wir lagen im lauwarmen Wasser. Ich fühlte mich geschmeichelt, war aber gleichzeitig auch ein wenig irritiert, dass er mich mit seinen Erfahrungen verglich, die meisten wahrscheinlich aus den Tagen, als er Mitglied einer Rockband war und nicht ein fünfunddreißig Jahre alter Redakteur eines abgefackten Musikmagazins. Er redete oft über die Vergangenheit, über seine glorreichen Tage.

»Wir hatten Groupies, die sich uns an den Hals warfen, ganz egal, wo wir waren. Die meisten haben uns geblasen, das taten sie am liebsten, weiß der Teufel warum«, sagte er. »Wenn wir in einer Bar saßen, krochen sie unter den Tisch, zogen den Reißverschluss unserer Hose auf und legten los.«

Er küsste mich auf die Stirn und drückte mich fest an sich. Ich glaubte, spüren zu können, wie er bei der Erinnerung wieder steif wurde.

»Ich meine, einige der Mädchen waren zu jung, um zu wissen, wie man einen ordentlichen Blowjob abliefert, sie wollten nur zu ihren Freundinnen zurückgehen und damit prahlen, dass sie ein Mitglied der Black Heart gesaugt hatten. Und wir ließen es natürlich gern geschehen.« Er gluckste. »Es gab da so ein Spiel, wir haben es Regenbogen genannt. Jeder von uns musste versuchen, jeden Abend drei Frauen aufzureißen – eine blonde, eine schwarze, eine rothaarige. Für ein schwarzes oder ein japanisches Mädchen gab es Bonuspunkte.«

»Soll ich jetzt beeindruckt sein?«, fragte ich spitz.

»He, Baby, bist du eifersüchtig?« Er legte sich auf die Seite und wiegte mich in seinen Armen. Eine Hand glitt über meinen Po und strich die Kerbe entlang. »Sollst du nicht sein. Ich wollte dir nur ein Kompliment machen.« Er küsste mich und schaukelte mich hin und her. »Keine bläst so gut wie du, und keine ist so schön wie du, wenn es dir kommt.« Er küsste mich wieder und schob seine Schenkel zwischen meine Beine, und bei jeder Bewegung rieb sich meine Pussy gegen seinen Oberschenkel. »Und niemand schmeckt so gut wie du. Himmel, du schmeckst nach Ananas.«

»Das müssen meine brasilianischen Gene sein«, murmelte ich und wetzte mich an seinem Bein.

»Was auch immer, ich freue mich darauf, heute Abend wieder schnuppern zu können.« Seine Finger glitten zwischen meine Backen und drangen weiter zu den Labien vor. Er verstärkte den Druck, und die Fingerspitzen stießen tiefer hinein. »Und du hast die besten Titten«, ergänzte er meine Vorzüge. »Weich und fest zugleich, dunkel und köstlich. Die Groupies haben uns die Brüste immer in den Mund gedrückt. Himmel, einige kamen schon, wenn wir ihre Nippel leckten, aber sie schmeckten nicht nach Zimt wie deine.«

Seine Zunge labte sich an meiner Brustwarze, und heiße Schauer liefen bis hinunter in meine Zehenspitzen. Ich schlang meine Beine um seine Hüften, und seine Finger drangen tief in mich ein. Ich fühlte, dass er wieder steif war.

»Und niemand war so weich und rund«, fuhr er fort. »Himmel, ich könnte den ganzen Tag auf deine Titten schauen.«

Er begann sie mit neuer Leidenschaft zu saugen, und ab und zu schwappte das Wasser über den Wannenrand. Es gelang mir nicht, das Bild abzuschütteln, wie er die Brüste der Mädchen saugte. Neid und Eifersucht erfüllten mich, als ich die jungen Köpfe sah, die sich gegen Jeromes Schoß drängten, die knappen Tops nach oben geschoben, keuchend und stöhnend, während er ihre Warzen leckte.

Anschließend würden sie nach Hause gehen und einen Monat lang zu ihrem Traum masturbieren, den Geschmack seines Samens noch auf den Lippen.

Ich wusste, dass er mit einigen Groupies auch geschlafen hatte, aber nicht mit vielen. Wie hatte er diejenigen ausgesucht, mit denen er schlief? Ich wusste es nicht, und ich glaube, ich wollte es auch nicht wissen. Ich schmiegte mich an ihn und ahnte, dass ich es nicht lange aushalten würde.

»Bitte, lass uns Liebe machen«, flüsterte ich. Das schienen die magischen Worte zu sein. »Im Schlafzimmer«, fügte ich noch hinzu. Er zog mich hoch, und wir standen uns in der Wanne gegenüber.

»Voller Romantik heute Abend, was?«, neckte er und führte mich in sein Schlafzimmer. Er wusste, dass ich es gern im Schlafzimmer tat, besonders, wenn es um mehr ging als nur um die bloße Fleischeslust. Es gab auch Zeiten, da war mir der Tatort egal, ob Küche, Treppe, Schreibtisch, Rücksitz im Auto. Aber heute Abend wollte ich intimes Kuscheln.

Jerome legte mich behutsam aufs Bett. Er sah mich an und griff mit einer Hand instinktiv an seinen Schaft, während seine Augen über meinen nackten Körper huschten. Meine Beine hingen über den Bettrand, und ich wusste, dass mein Bauch flach und gespannt war und meine Brüste verlockend hervorstanden. Ich hob die Hände über den Kopf und bot mich ihm an.

Er kniete sich zwischen meine Schenkel und küsste andächtig meine Füße. Er saugte jeden einzelnen Zeh in seinen Mund. Jedes Saugen erregte mich mehr. Er küsste sich an den Beinen hoch, erreichte die Innenseiten meiner Schenkel und hörte mich wimmern, obwohl ich den entscheidenden Punkt noch nicht erreicht hatte.

»Geduld«, raunte Jerome und küsste weiter die Innenseiten und mein getrimmtes schwarzes Dreieck. Ich öffnete meine Beine und bot ihm meine Pussy an. Er rieb die Nase gegen meine Klitoris und inhalierte tief – wie ein hungernder Mann, der sich vor einer köstlichen Mahlzeit niederließ.

»Josephina«, murmelte er dumpf und fuhr mit der Zungenspitze über meinen Schlitz. Er leckte und schluckte, und ich lechzte nach mehr.

Ich blickte hinunter und sah seinen gierigen Mund. Kleine Schreie sammelten sich in meiner Kehle. Die pinkfarbene Zunge verschwand in mir, sein Mund presste sich tief in mein Fleisch. Die Zunge stieß immer wieder zu.

Er stöhnte, und ich fühlte das Vibrieren seiner Stimme in mir und zitterte vor Lust. Meine Schenkel zu beiden Seiten seines Kopfs bebten unkontrolliert. Ich schlang sie um seinen Nacken, um mich abzustützen, und gleichzeitig, um ihn noch tiefer in mich hineinzuziehen. Das löste ein weiteres Stöhnen von ihm aus, und mein Zittern wurde stärker. Ich klemmte meine Beine gegen seine Ohren.

Wir waren in einem Teufelskreis gefangen – jedes Stöhnen ließ mich tiefer gegen ihn rucken, und jeder Ruck ließ ihn lauter stöhnen.

Ich wusste, dass Jerome mir einen Orgasmus mit dem Mund besorgen konnte, denn er hatte es schon oft getan, aber an diesem Abend schien er leidenschaftlicher und hungriger auf mich zu sein denn je. An einigen Abenden lief ich schon nach wenigen gezielten Zungenstrichen aus. In anderen Nächten leckte er mich so ausgiebig, dass ich mehrere Höhepunkte nacheinander erlebte, nass, klebrig, bebend.

Heute Abend baute sich mein Orgasmus langsamer auf als sonst, aber als er einsetzte und meine Nervenenden zu vibrieren begannen, hatte ich das Gefühl, als würde ich von einer hohen Welle überrollt.

Meine Hüften mahlten gegen sein nasses Gesicht. Er kitzelte die Klitoris mit der Zunge und wurde immer schneller und fester. Er wusste, dass ich es zum Finale gern hart mochte. Ich schrie auf, spreizte die Schenkel so weit es ging, grub die Fersen in die Matratze, hob den Po hoch und ruckte meinen Schoß gegen seinen herrlichen Mund.

Meine Hände krallten sich ins Betttuch, mein Kopf rollte wie im Fieber von einer Seite zur anderen, und ein paar Haarsträhnen verfingen sich in meinem Mund. Jerome befand sich in tiefer Konzentration. Ich griff seine Hand und legte sie auf meine Brust. Es war, als sprühten Funken von seiner Handfläche auf meinen Nippel über.

Ich beugte den Kopf und brachte seine Finger zu meinen Lippen, ich saugte an ihnen und wälzte mich lüstern hin und her. Das Gefühl seiner Finger in meinem Mund weckte wieder den Wunsch, an seinem Schaft zu saugen und seine Lust zu trinken, aber dann war es schon zu spät – ich wusste, ich würde bald kommen.

Seine Zunge presste hart gegen meine Klitoris, und dann wurde ich von einem gewaltigen Orgasmus geschüttelt, der mich alles andere vergessen ließ. Mein Körper geriet in Zuckungen, die sich immer stärker entwickelten. Mit seiner freien Hand hielt er meine Hüfte fest, bis sich die Zuckungen gelegt hatten.

Jerome kroch an mir hoch und schob den harten Schaft in mich hinein. Ich war so nass, dass er mühelos in mich hineinglitt. Seine dunklen Augen nahmen meine gefangen, während er in einem stetigen Rhythmus in mich hinein pumpte. Meine Säfte tropften von seinem Kinn auf meine Lippen. Er leckte sie wieder auf und steckte die Zunge in meinen Mund, schnell rein und raus – wie der Schaft in meiner Pussy.

Leise, hohe Töne entwichen meiner Kehle, wenn er tief in mich hineinstieß. Meine geschwollene Klitoris vibrierte unter seinen kräftigen Stößen. Der köstliche Penis füllte mich wunderbar aus. Ich griff seine Backen und stieß die Finger in seine Kerbe. Er schrie auf und verlor die Beherrschung.

»Himmel, Jo, du bist ein sexy Luder«, ächzte er und stieß tiefer und härter in mich hinein. Er rang nach Luft, dann rief er: »Oh, verdammt.«

Da wusste ich, dass er mich jeden Moment mit seinem heißen Saft füllen würde. Ich steckte eine Hand zwischen meine Schenkel und schob die Finger hart gegen meine Klitoris, und dann kamen wir beide gemeinsam.

Meine nasse Pussy und sein Schaft pulsierten im Einklang. Es schoss glühend in mich hinein, und ich klammerte mich an ihn und wollte nicht, dass er sich aus mir zurückzog. Es sollte immer so bleiben.

Er war völlig außer Atem und ächzte und quetschte etwas heraus, was ich nicht verstehen konnte.

Ich keuchte nicht viel weniger als er. »Was hast du gesagt, Jerome?«, flüsterte ich.

»Ich sagte, du schmeckst köstlich«, antwortete er schläfrig, und kurz darauf hörte ich ihn schnarchen.

Zweites Kapitel

Die Auffahrt zu Hathaway Hall war so lang wie eine Straße und wurde von Ziersträuchern und jungen Birken gesäumt. Mein Taxi schlang sich die gewundene Auffahrt hinauf, und plötzlich kam das alte Landhaus ins Bild. Ein breites Haus aus roten Steinen mit einer gewaltigen Dachkuppel. Vor Staunen klappte mein Kinn nach unten.

»Ziemlich beeindruckend, was?«, meinte mein Fahrer, und der Groll in seiner Stimme war nicht zu überhören. »Wurde um 1800 für die Familie Hathaway gebaut«, fuhr er fort, ganz Touristenführer. »Ursprünglich waren sie Bauern mit viel Ackerland. Ihnen gehörte jedes Feld, so weit das Auge reichte. Aber jetzt gehört ihnen nicht mehr so viel«, sagte er grinsend, als er vor dem Eingang anhielt. »Nur diese alten Steine sind ihnen geblieben.«

»Das ist doch auch schon was«, sagte ich. Irgendwie hatte ich das Gefühl, ich müsste die Hathaways verteidigen.

»Meinen Sie?« Er sah mich bedeutungsvoll an. »Lassen Sie sich nicht täuschen. Dieses Haus ist genau wie die Leute, die darin wohnen.«

»Wie meinen Sie das denn?«, fragte ich und griff nach meiner Geldbörse.

»Nun, vielleicht haben Sie schon mal den Ausdruck gehört ›Pelzmantel und kein Höschen‹.« Er gluckste. Ich bat ihn um eine Quittung. Ich wollte mir ein eigenes Urteil über Tom und Alicia Hathaway bilden.

Als ich mich mit Koffer und Laptop die Treppe hinaufschleppte, tauchte Alicia in der Tür auf. Ihre schlanke, biegsame Figur steckte in einem weiten blauen Sommerkleid, das ihre blassblauen Augen zu intensivieren schien. Es war ein glühendheißer Tag Mitte Juli, aber sie sah kühl aus, als könnte die Hitze ihr nichts anhaben.

»Darling!«, rief sie, als ob wir alte Freundinnen wären, und küsste mich flüchtig auf die Wange. Ihre Lippen waren himbeerrot, fiel mir auf. »Ich bin ja so froh, dass du kommen konntest, um einen wunderbaren Artikel über uns zu schreiben. Ich hoffe, du findest uns nicht alle schrecklich verschroben und spießig.«

Offenbar sah sie tatsächlich die alte Freundin in mir. Ich hätte gern gewusst, ob sie ihren altmodischen Akzent eigens für mich auflegte, aber das glaubte ich nicht. Er passte in diese Umgebung. Ich versicherte ihr, ich würde sie ganz bestimmt nicht verschroben oder spießig finden, aber das wusste sie wahrscheinlich selbst. Ich folgte ihr ins Haus und schritt durch eine große Eingangshalle. Dunkelrote Teppiche auf dem Boden, dunkle Eichenbalken an der Decke. Eine breite Holztreppe führte in einem eleganten Schwung nach oben, und rechts sah ich in einen langen Flur hinein, mit Türen zu beiden Seiten.

Das Mobiliar in der Halle passte nicht zueinander, ich nahm an, es handelte sich um Erbstücke aus verschiedenen Epochen. Durch zwei hohe Fenster fielen die Strahlen der Nachmittagssonne, aber im Haus war es kühl.

»Gefällt es dir?«, fragte Alicia und hob eine feine schwarze Augenbraue.

»Es ist großartig. Alles authentisch?«

»Oh, Darling, wenn wir nichts sind, aber authentisch sind wir.«

Ich nahm mir vor, diese Aussage nachher gleich zu Papier zu bringen, als sie mich die Treppe hinaufführte.

»Die große Führung gibt's nachher, wenn wir das schwere Gepäck untergebracht haben«, sagte sie mit einem Lächeln, aber sie traf keine Anstalten, mir tragen zu helfen. Der Treppenabsatz im ersten Stock war schmal, und die Dielen knarrten, als wir über den Flur an vielen geschlossenen Türen vorbeigingen. Wir bogen in einen anderen Flur ab, und dann ging es noch ein paar Stufen hoch zu meinem Zimmer.

»Was braucht ihr denn so viele Zimmer?«, fragte ich und schleppte den Koffer hinter mir her.

»Ach, für das und jenes. Viele Abstellräume, Musikzimmer, Gästezimmer. Das Schlafzimmer meines Bruders, sein Arbeitszimmer, mehrere Bibliotheken. Ach, alle möglichen Dinge, die wir aufbewahren.«

Ich traute mich nicht, ihr zu sagen, dass ich seit kurzem in einer kleinen Wohnung mit einem Schlafzimmer in Peckham wohnte. Das Gästezimmer, das Alicia für mich vorgesehen hatte, war doppelt so groß wie meine Wohnung. Es war ein wunderschönes großes Zimmer mit zwei Ebenen, hell von der Sonne.

Auf der oberen Ebene stand ein Himmelbett mit edlem weißen Leinen bedeckt, und an einer Wand standen ein großer Eichenschrank und daneben eine Frisierkommode. Die untere Ebene wurde von einem breiten alten Schreibtisch beherrscht, dahinter flutete die Sonne durch zwei hohe Fenster herein.

Ich hatte einen herrlichen Ausblick auf das Grundstück, hügeliger Rasen und Wald in der Ferne. Kletterrosen rankten sich an meinem Fenster hoch, belebt vom fröhlichen Vogelgezwitscher. Mein erster Gedanke war, dass Jerome kommen musste, damit wir auf diesem unglaublichen Bett ausgiebig der Liebe frönen konnten.

»Gefällt es dir?«, fragte Alicia.

»Es ist einfach phantastisch.« Ich wollte nicht zu sehr

schwärmen. »Was für eine Atmosphäre. Sie wird mir helfen, meinen Artikel zu schreiben.«

»Ja.« Es entstand eine kleine Pause.

»Es wäre schön, wenn ich bald anfangen könnte«, sagte ich. »Steht Tom für ein Interview zur Verfügung?«

Einen Moment lang schwand Alicias glanzvolles Lächeln, aber dann sagte sie: »Natürlich. Ich glaube, er ist noch beschäftigt, und ich muss mich mit dem Wirtschaftsprüfer zusammensetzen, denn um solche Dinge kümmert sich Tom nicht. Dafür ist er einfach nicht zu gebrauchen.« Sie ging zur Tür. »Warum richtest du dich nicht gemütlich ein? Nebenan befindet sich das Bad, wenn du dich erfrischen willst. Wir treffen uns zum Essen um acht?«

Ich nickte und begann, meine Kleider auszupacken. Mir war, als hätte ich einen Dämpfer erhalten, und ich fragte mich, was mit der großen Führung war. Nachdem ich ausgepackt und einsortiert hatte, griff ich zum Handy und rief Jerome an. Aber in der Redaktion war er nicht, und in seiner Wohnung hatte er den Anrufbeantworter eingeschaltet.

Sein Handy hatte er abgestellt. Seine tiefe Stimme auf der Voicemail ließ mich lustvoll erschauern. Ich überlegte, ob ich ihm eine Nachricht hinterlassen sollte. Bevor ich eine Entscheidung gefällt hatte, hörte ich den Piepston.

»Hi, Jerome, ich bin's, Jo. Tut mir Leid, falls ich dich heute Morgen geweckt habe. Ich will dir nur sagen, wie herrlich dieses Haus ist. Riesiges Himmelbett in meinem Zimmer, und ich will es mit dir teilen. Ruf mich an.«

Dieser Einladung würde er nicht widerstehen können, glaubte ich, dann schaltete ich den Laptop ein und schrieb meine ersten Eindrücke nieder.

Als ich meine Augen aufschlug, war es nicht mehr so hell im Zimmer, und die Vögel gaben vor meinem Fenster ein belebendes Vorabendkonzert. Meine Wange klebte am Schreibtisch fest, und als ich mich langsam aufrichtete, spürte ich eine schmerzende Steifheit im Nacken, Strafe für eine ungewohnte Schlafposition. Die Aktivitäten mit Jerome in der vergangenen Nacht hatten mich mehr erschöpft, als ich gedacht hatte.

Mein Laptop war noch eingeschaltet, und der Bildschirmschoner aus explodierenden Sternen verursachte mir Schwindelgefühle. Ich schaltete den Computer aus und streckte mich. Es war sieben Uhr, also blieb noch Zeit, schnell in die Wanne zu springen.

Plötzlich hörte ich ein hohes Kichern unten im Garten. Ich blickte hinaus und sah Alicia übers Gras laufen. Ein paar Sekunden später folgte ihr ein stämmiger Mann, der hinter ihr her rannte. Ich wusste von den Fotos, dass er nicht Tom Hathaway war. Dieser Mann war untersetzt und dunkel und hatte krause schwarze Haare bis auf die Schultern. Ziemlich attraktiv, ein Bär von einem Mann. Alicia würde keine Chance gegen ihn haben, obwohl sie eine schnelle Läuferin war. Sie lief jetzt um eine Ligusterhecke, duckte sich und lief gebückt weiter. Nach einer Weile ließ sie sich von ihm fangen, und er warf sie auf den Boden. Sie war so zierlich, dass man den Eindruck haben konnte, der Mann würde sie zerquetschen.

Aber sie kämpfte wie eine Wildkatze, sie überwältigte ihn und wälzte sich über ihn. Dann war sie blitzschnell wieder auf den Beinen und rannte ihm erneut davon. Doch er war müde geworden und verfolgte sie nicht mehr. Ich sah, wie er sich lachend das Gras von seiner Kleidung wischte, dann ging er in die entgegengesetzte Richtung.

Die Szene hatte ein leichtes Kribbeln bei mir ausgelöst,

obwohl es nur ein albernes, unschuldiges Rangeln auf dem Rasen war. Ich entschied mich, aufs Bad zu verzichten und auf eigene Faust meine neue Umgebung zu erforschen.

Der Flur war jetzt dunkler. Die Treppe war uneben, ich musste vorsichtig eine Stufe nach der anderen nehmen. Ich lauschte an jeder Tür, die auf meinem Weg lag. Ich hörte Musik, aber sie drang nur schwach an meine Ohren. Es war ein Stück von Daphne Hathaway, ich erkannte es an den umgekehrten Akkorden, an den Harmonien und den unvorhersehbaren Strukturen, alles Merkmale, die Jerome mir erklärt hatte. Er hatte die ärgerliche Angewohnheit, eine Platte von ihr aufzulegen und mich auf all die Besonderheiten aufmerksam zu machen, statt mich die Musik genießen zu lassen, aber wenigstens wusste ich jetzt einiges über das Werk von Daphne Hathaway.

Auf dem Treppenabsatz blieb ich stehen und versuchte herauszufinden, woher die Musik kam. Von oben, glaubte ich und suchte eine Treppe. Aber ich sah nur Türen. Die erste, die ich probierte, war nicht abgeschlossen und führte zu einer knarrenden Holztreppe in den zweiten Stock. Die Treppe war so schmal und verborgen, dass ich unwillkürlich an einen Geheimgang denken musste. Heimlich ging ich hoch und kam mir wie ein ungezogenes Kind vor. Die Musik wurde lauter.

Eine Diele knarrte unter meinem Fuß, und plötzlich schwieg das Klavier. Ich hatte gedacht, es wäre eine Schallplatte, aber jetzt wusste ich, dass es live war. Ich hörte, wie ein Klavierhocker über den Boden schabte, offenbar, weil der Pianist nachschauen wollte, wer das Geräusch verursacht hatte.

Ich stand auf dem Treppenabsatz, und vor mir lag ein breiter Flur mit vier geschlossenen Türen. Ich fühlte mich wie Alice im Wunderland. »Sehr merkwürdig«, murmelte ich, und dann packte eine Hand meine Schulter. Ich fuhr erschrocken herum und sah in Alicias Gesicht. Sie lächelte katzenhaft.

»Hast du dich verirrt, Darling?«, fragte sie, und in ihren stählernen Augen las ich, dass ich in diesem Teil des Hauses nichts zu suchen hatte.

»Nein, ich wollte nur …« Ich wies auf die Türen. »Ich bin der Musik gefolgt. Sie klang so verlockend.«

Ihr Lächeln fixierte mein Gesicht. »Findest du?«, fragte sie milde. »Ja, ganz passabel, nicht wahr? Hast du Hunger? Das Essen ist fertig.«

Ich folgte ihr brav die Treppe hinunter ins Erdgeschoss und lauschte der Musik, die gerade wieder einsetzte.

»Dies ist der Salon.« Alicia wies auf die erste Tür und öffnete sie. Ein sehr schön eingerichtetes Zimmer mit Schreibtisch, Sofas und Bücherregalen. »Wir haben kein Fernsehen«, sagte sie. »Bei uns musst du auf deine täglichen Soaps verzichten.« Der herablassende Ton wurde rasch von ihrem perlenden Lachen getilgt. »Die nächste Tür führt in das, was früher unser Ballsaal war«, fuhr sie fort.

Eine breite Doppeltür öffnete sich zu einer gewaltigen, fast leeren Fläche. Ganz weit hinten stand ein Flügel. »Wir nutzen den Saal ab und zu mal für Partys«, sagte Alicia. »Er lässt sich schwer heizen, wie du dir denken kannst.«

Am Ende des Flurs fiel mir eine weitere Treppe auf, die nach unten führte. »Über diese Treppe erreicht man die Quartiere des Dienstpersonals. Da brauchst du nicht nachzuforschen«, sagte sie spitz. »Natürlich haben wir heute keine Diener mehr, das wäre ja auch absurd.«

Ich nickte zustimmend.

»Aber es gibt einen Koch und zwei Dienstmädchen«, stellte sie klar. »Außerdem die Putzfrauen und ein paar Gärtner.«

Ich unterdrückte ein Lachen, und Alicia sah mich vorwurfsvoll an.

»Von solchen Dingen verstehe ich nichts, und Tom würde keine Pfanne erkennen, wenn sie ihm an den Kopf fliegt.« Sie führte mich ins Esszimmer, in dem ein langer Eichentisch mit passenden Stühlen zum Genießen einlud. Die Wände wurden von alten Familienporträts gesäumt, und es gab einen riesigen offenen Kamin. In der Ecke stand eine hohe Vitrine mit altem Porzellan.

»Leistet Tom uns keine Gesellschaft?«

»Nein«, kam die kurze Antwort. Wir setzten uns schweigend hin. Ich sah Alicia an, und zum ersten Mal konnte ich mich ihrer Schönheit widmen. Ihre schwarzen Haare waren lang und glänzend, und die Wangen zeigten ein gesundes Rosa. Ihre Lippen leuchteten in einem tiefen Rot. Sie war eine typische englische Rose. Ich spürte einen Hauch von Eifersucht. Mir gefielen meine olivfarbene Haut und die zerzausten langen Haare, und eigentlich wollte ich auch nie so eine glanzvolle Erscheinung sein wie Alicia, aber trotzdem …

Sie sah mich lächelnd an. »Ich weiß, was du denkst.«

»Oh?«

»Du denkst, wie sehr ich meiner Urgroßmutter gleiche. Ich bin wohl das Spiegelbild von Daphne, obwohl sie figürlich viel stärker war als ich. Aber damals waren üppige Kurven auch mehr gefragt als heute, nicht wahr?«

Ich rutschte unruhig auf meinem Stuhl herum, und meine pralle Oberweite und der runde Po waren mir sehr bewusst. Alicia war schlank und geschmeidig wie ein Panther.

»Ich weiß, wie sehr ihr Journalisten euch für Daphnes Privatleben interessiert, deshalb habe ich mir für deine erste Nacht was Besonderes ausgedacht. Ahnst du, was es ist?«

Ihre Augen glänzten wie bei einem Kind. Ich traute Alicia alles zu. »Ich habe keine Ahnung«, sagte ich.

»Rate mal! Ich hasse es, wenn Leute nicht mal raten wollen«, sagte sie irritiert.

Ich überlegte, aber mir fiel absolut nichts ein. Dann: »Du hast ganz viele alte Schallplatten von ihr und hast ganz besondere Aufnahmen für mich herausgesucht?«

Alicia schnaufte und lehnte sich auf ihrem Stuhl zurück. »Ganz kalt.« Sie blickte mich wie eine Verschwörerin an. »Dieser ganze Musikkram von ihr ist doch völlig überbewertet, findest du nicht auch?«

Ich fand eher, ich sollte darauf nicht antworten, denn es war durchaus möglich, dass sie mir eine Falle stellen wollte. Also lächelte ich und beschloss, mich auf ihr Spiel einzulassen.

»Ach, komm schon, ich will unbedingt wissen, was du für mich vorbereitet hast«, sagte ich und ahmte ihre Stimme nach.

»Also gut. Ich habe den Koch beauftragt, Daphnes Lieblingsspeisen für dich zuzubereiten«, rief sie enthusiastisch und läutete eine kleine Glocke, die wahrscheinlich das oder die Dienstmädchen herbeirufen sollte.

Nach einigen Sekunden öffnete sich die Tür, und zwei Mädchen traten mit silbernen Tabletts ein. Als sie zu servieren begannen, rezitierte Alicia das Menü.

»*Cantaloupe Glacé, Bisque Nantua, Salade Indienne* und *Asperges Vertes.* Und zum Nachtisch *Pêches Framboisines.* Was sagst du nun?«

»Das hört sich köstlich an«, antwortete ich, ohne ein Wort begriffen zu haben von dem, was sie aufgezählt hatte. »Danke, dass du dir so viel Mühe gegeben hast.« Ich wandte mich an die Serviermädchen. »Danke.« Sie sahen mich verlegen an und blickten dann zu Alicia. Offenbar war es schlechter Stil, Dienstpersonal anzusprechen.

Als sie gegangen waren, hob Alicia ihr Weinglas. »Auf spannende zwei Wochen.«

Wir prosteten uns schweigend zu, nippten am Wein und begannen mit dem Mahl.

»Du kannst in deinem Artikel ruhig erwähnen, dass wir nicht knapp bei Kasse sind«, sagte Alicia plötzlich und wies auf unsere Teller. Ich begriff sofort, warum Alicia dieses Essen überhaupt arrangiert hatte – nicht meinetwegen, sondern um das Image der Hathaways aufrechtzuerhalten.

»Ich weiß, was die Leute über uns reden – dass wir an einem seidenen Faden hängen und so, aber das stimmt nicht. Wir Hathaways haben Stil, und der bleibt uns für immer.« Sie lächelte mich an und aß weiter. »Wir gehen mit der Zeit«, verkündete sie dann. »Wir sind keine Bauern mehr, aber wir können durch das Einkommen unserer Urgroßmutter ganz gut leben. Hathaway Hall vermieten wir oft an Filmproduktionen und so. Es wird gern als Kulisse genutzt.«

»Ich verstehe«, sagte ich. Mein Mund war zu voll, um mehr zu sagen.

»Morgen kommt auch wieder ein Filmteam. Amerikaner, die einen Kostümfilm aus der englischen Vergangenheit drehen wollen. Stell dir das mal vor!«

Als sie ›Amerikaner‹ aussprach, klang es so, als handelte es sich um exotische Menschen, von denen sie noch nie gehört hatte. »Sie sind seltsame Menschen, aber sie haben viel Geld.« Sie musterte mich, als wollte sie meine eigene finanzielle Position ausloten. Ich trug verwaschene weiße Shorts und ein weißes T-Shirt, und die wilden Haare hatte ich zu einem Pferdeschwanz zusammengefasst. Meine weißen Turnschuhe standen unter dem Tisch.

»Das klingt interessant«, sagte ich. »Du hast dann bestimmt ein volles Haus.«

»Ja, sicher, aber keine Sorge, meine Liebe. Sie werden in den Nordflügel einfallen, von deinem Zimmer ziemlich weit weg. Du wirst nicht einmal feststellen, dass sie da sind. Es sei denn, du willst es anders.« Sie grinste blinzelnd, aber ich war mir nicht sicher, was das zu bedeuten hatte. »Es hängt von deinen Vorlieben ab«, fügte sie noch hinzu.

»Das Essen ist köstlich«, sagte ich, weil ich sie absichtlich falsch verstehen wollte.

»Hast du einen Freund?«, fragte sie unvermittelt. Ihre blauen Augen durchdrangen mich. »Ich bin sicher, du hast einen, so attraktiv, wie du bist.« Ihr Blick blieb an meinen Brüsten hängen.

»Nun, ab und zu treffe ich mich mit einem Mann«, antwortete ich schließlich, ein wenig verunsichert. Jerome unterließ keine Gelegenheit, mir klar zu machen, dass wir keine richtige Beziehung hatten. ›Ich bin ein freier Mann‹, könnte auf seinem Grabstein stehen. »Ich suche noch den Richtigen«, ergänzte ich. »Und wie ist es mit dir?«

»Auch so ähnlich«, sagte sie lachend, als wäre es ein Scherz, den ich nicht verstehen konnte. »Gute Männer sind in dieser Gegend selten«, fügte sie hinzu. »Aber wenn ich einen treffe – oder zwei –, werde ich das sofort ausnutzen. Das ist doch richtig, oder?« Sie beugte sich zu mir. »Saugst du die Beeren aus, um ihren Saft auf der Zunge zu spüren?« Sie sah mich lüstern an, während ich mich auf meinen Teller konzentrierte.

»Was ist mit Tom? War er je verheiratet?«

Alicia sah mich an, als wäre ich völlig verrückt. Dann lachte sie laut.

»Ich nehme an, das heißt nein, nicht wahr?« Ich lächelte und schob einen Pfirsich in meinen Mund. »Hat er keinen Hunger? Ich würde ihn gern kennen lernen.«

»Alles zu seiner Zeit«, sagte sie lachend und sah mich dabei kühl an. »Alles zu seiner Zeit.«

Nach dem Essen verkündete Alicia, sie wollte ein bisschen spazieren gehen, und irgendwie hatte ich den Eindruck, als wäre meine Begleitung nicht erwünscht. Ich gähnte und sagte, ich wollte ins Bett; es wäre ein langer Tag gewesen – und was der Klischees so sind.

In meinem Zimmer wollte ich gerade die Vorhänge zuziehen, als ich Alicia in ihrem blauen Kleid über den Rasen laufen sah. Da ich neugierig bin (Ruby nennt es vorwitzig), schlich ich den Flur entlang, mied die knarrenden Bretter und lief leichtfüßig hinunter.

Die Haustür stand offen. Ich ging hinaus in den Abend, blieb aber im Schatten des Hauses, während ich Alicia folgte. Der Mond schien hell, und Alicia sah fast wie eine übernatürliche Erscheinung aus, als sie sich in den Schatten bewegte. Ich sah, dass sie in einem der Ställe verschwand, und hörte, wie sie das Tor hinter sich verriegelte.

Ich folgte ihr bis zu diesem Tor und sah mir die Scharniere genau an. Sie waren alt und verrostet, und ich wusste, dass sie sich nur knirschend nach vorn und zurück schieben lassen würden. Es musste eine andere Möglichkeit geben, ihr zu folgen.

Meine alten Turnschuhe halfen mir. Ich wand mich am Efeu hoch, denn oben sah ich eine hohe, breite Öffnung. Dort musste sich der Heustall befinden.

»Was war das?«, hörte ich eine Männerstimme mit dem harten Akzent der nördlichen Grafschaften. Ich rutschte auf dem Bauch nach vorn und blinzelte in die Ställe hinein. Direkt unter mir sah ich das glänzende Fell eines muskulösen Braunen. Im Nachbarstall lag Alicia im Heu. Über ihrem Kopf brannte eine flackernde Öllampe.

»Sei nicht so nervös, Harry«, sagte sie. Ein Mann – es war der stämmige, untersetzte Mann, den ich schon vorher im Garten gesehen hatte – trat in mein Blickfeld. Seine dunklen krausen Haare hingen unordentlich bis auf die Schultern. Seine Arme waren gebräunt von der Sonne und braun vom Dreck. Ich schätzte ihn auf vierzig Jahre und sah in seinem Gesicht das nüchterne Selbstbewusstsein eines tüchtigen Arbeiters. Neben ihm sah Alicia blass und zerbrechlich aus.

»Harry, ich trage das blaue Kleid.« Sie wand sich im Heu. »Das hauchdünne blaue Kleid«, fuhr sie fort und schob eine Hand verspielt in den tiefen Ausschnitt. »Lady Alicia in ihrem blauen Fetzen«, kicherte sie mädchenhaft, hob den Saum an und entblößte die feinen weißen Schenkel. »Und sie will, dass ihr Sklave ein paar schmutzige Dinge mit ihr anstellt.«

»Ich habe Ihnen schon gesagt, Miss – ich bin kein Sklave. Ich hasse dieses Wort.« Er schien echt wütend zu sein und ging auf und ab.

»Harry ist aber Lady Alicias Sklave«, sagte sie trotzig. »Ich verlange, dass du meine Stiefel mit der Zunge polierst.«

»Sie tragen ja gar keine Stiefel«, sagte er lachend.

Alicia hob ein Bein an und hielt ihm den nackten Fuß hin. »Dann meine Füße«, sagte sie. »Komm, schnell, Sklave.« Sie drückte die Zehen gegen seinen Unterleib, und dabei rutschte ihr Kleid noch höher, und er konnte sehen, dass sie kein Höschen trug. »Hoppla.« Sie spreizte einladend die Schenkel, und Harry starrte schwer schluckend auf den kurz geschorenen schwarzen Busch.

Ich konnte sogar von meinem Platz die glitzernden Umrisse ihrer Vulva sehen. Harry schien unter einem Bann zu stehen, und ich sah, wie sich seine Hose ausbeulte.

»Sklave, höre auf, die Pussy deiner Herrin anzustarren«, schimpfte Alicia, aber er hörte nicht, was sie sagte, kniete sich zwischen die Schenkel und packte den Kragen ihres Kleids mit einer braunen Faust.

»Eingebildetes Luder«, zischte er und zerriss den Stoff mit einer einzigen heftigen Bewegung. Alicia stockte der Atem, als er ihr Kleid zerriss und ihre kleinen Brüste entblößte. Sie spuckte ihm ins Gesicht und begann, sich gegen ihn zur Wehr zu setzen. Sie schien tatsächlich beunruhigt zu sein und griff ihn mit ihren kleinen Fäusten an. Aber er war stark wie ein Ochse und hielt sie mit einer Hand im Heu, während er mit der anderen seine Hose öffnete.

»Wie kannst du es wagen!«, keuchte sie und trat nach ihm. Er schob seine Hose nach unten, aber ich konnte nur seine Backen sehen »Rühre mich nicht an, du brutales Schwein!«, schimpfte Alicia.

Er kämpfte sich zwischen ihre Schenkel und setzte den Penis mit der Hand an die Öffnung, und mit einem harten Ruck stieß er in sie hinein. Alicia schrie auf und trommelte mit beiden Fäusten auf seinen Rücken, aber die Schläge prallten gegen eine Muskelwand. Sein Kopf lag auf ihrer Brust, die er tief in den Mund einsaugte. Ihr Ausdruck war nicht zu deuten, entweder verdeckte Lust oder pure Angst.

Ich überlegte, ob ich mich einmischen sollte, aber ich hatte den Eindruck, dass Alicia ganz gut selbst auf sich aufpassen konnte. Außerdem begann ich die Schau zu genießen. Seine Backen hoben und senkten sich. Ich hatte eine wunderbare Sicht auf die Muskeln, die sich im Rhythmus seiner Bewegungen zusammenzogen und entspannten. Alicia rang unter ihm nach Luft und stieß kleine hilflose Schreie aus.

»Oh, du bist ja so stark«, ächzte sie. »Und du bist so dick, viel zu schwer für mich.«

»Halt den Mund«, keuchte er und reagierte mit wilderen Stößen. Sie hatte aufgehört, ihn zu schlagen, und gab ihren Kampf offenbar auf. Ihre Beine öffneten sich weiter. Sie lag passiv da und seufzte leise. Ihr Körper ruckte wie eine

Gliederpuppe unter seinem Gewicht, aber ihr Gesicht zeigte absolute Glückseligkeit, und die Augen rollten hin und her.

»Hör nicht auf«, wisperte sie. »Hör nicht auf, hör bloß nicht auf.« Seine Hüften stießen unerbittlich zu, während er seine Lust knurrend kundtat. »Hör nicht auf.« Sie hob die Knie an, und ich konnte hören, wie es in ihr quatschte.

»Du kleines Luder, du hast nichts anderes verdient«, raunte er und erhöhte noch einmal Tempo und Kraft. Sein Mund senkte sich wieder auf ihre Brüste. Ihre Nippel waren so tiefrot, wie er sie noch nie gesehen hatte, dunkelrot, hart und mit tiefen Runzeln. Er leckte mit der Zunge darüber, nagte mit den Zähnen an ihnen und sog sie tief in den Mund.

Alicia hatte sich ihm ergeben. Er hielt ihre Hände mit einer Faust über ihrem Kopf fest, und die andere Hand schlängelte sich hinunter zu ihrem Schoß.

Ich begann mich auf dem Boden hin und her zu wälzen, während ich seinen gewaltigen Stößen zusah, denn ich wusste natürlich, was solche Stöße mit einer Frau anstellten. Ich musste an Jerome denken und erinnerte mich, wie er sich in mir anfühlte. Mein Slip wurde nass. Doch der Anblick des Geschehens da unten, wie der Mann in Alicia hineinstieß, war schärfer als meine Phantasien, musste ich eingestehen.

»Ich komme, ich komme«, keuchte sie, während seine Stöße immer unbeherrschter wurden. Sie schrie laut auf und wimmerte, als es ihr kam. Sie ruckte von unten gegen ihn, und das löste auch bei ihm den Höhepunkt aus. Ich sah, wie sich seine Hoden zusammenzogen, und dann explodierte er in ihr, und jeder Schub wurde von einem lauten Grunzen begleitet.

Als es vorbei war, richtete er sich auf und ging im engen Stall wieder auf und ab. Sein schlaffer Penis hing baumelnd zwischen seinen Schenkeln, aber das schien er gar nicht zu bemerken. Alicia sah ihn träge an, sie lag noch gespreizt da, die Spalte glühend rot und geschwollen. Er sah sie an, holte mit einem Fuß aus und trat loses Stroh über sie.

»Kleine Hure«, zischte er.

Ich war erleichtert, dass ich trotz der Beschimpfung ein Lächeln auf seinem Gesicht sah.

»Ja, ja«, schnurrte sie. »Ich bin deine kleine Hure.« Sie lachten beide, dann richtete auch sie sich auf und stand nackt vor ihm. »Beeile dich, Harry, ich will deinen Harten noch einmal spüren«, sagte sie ungeduldig.

Er hob die Schultern. »Warum gehst du nicht zu Kieran? Er wird es dir mit Freuden besorgen.«

»Kieran ist wirklich nicht zu verachten«, sagte sie, »aber du gefällst mir besser, mein Süßer.« Sie lehnte sich gegen die Wand und spielte mit ihren Nippeln.

»Ach, ja?« Er beobachtete sie genau. »Und was gefällt dir an Kieran so gut?«

»Ehrlich?«

»Ja, ehrlich.«

Alicia fuhr sich mit einer Hand über den Leib und öffnete sich Harrys Blicken.

»Er macht es mir phantastisch mit dem Mund«, antwortete sie. »Darin ist er so gut wie niemand, den ich bis heute kennen gelernt habe.« Ihre Finger rieben sanft und beinahe selbstvergessen über ihre Labien. »Lecken«, murmelte sie. Offenbar gefiel ihr der Klang des Worts. Auf ihren blassen Wangen blühte eine zarte Röte.

»Das kann ich auch«, sagte Harry trotzig.

»Oh, Liebling, ein Mädchen spürt ganz genau, wenn der Mann keinen Spaß dabei empfindet«, sagte sie und stimulierte sich weiter, der Ausdruck immer mehr verträumt. »Es ist nicht so wichtig, Harry. Du besorgst es mir gut.

Eines Tages musst du in den Gärten mal über mich herfallen, wenn ich es am wenigsten erwarte.« Sie rieb sich härter. »Oder du schleichst nachts in mein Zimmer, fesselst mich und nimmst mich, wie es dir am besten gefällt.«

»Ich kann es dir auch mit dem Mund besorgen«, insistierte Harry, und um das zu beweisen, ließ er sich vor ihr auf die Knie nieder, beugte den Kopf, drang damit zwischen ihre Schenkel und schob ihre Hand aus dem Weg.

Ich wusste sofort, warum Alicia ihn nicht als Kenner der französischen Liebe ausgewiesen hatte. Er schnaufte und drückte sein Gesicht gierig in sie hinein, was mich an ein Schwein erinnerte, das auf Trüffel abgerichtet ist. Ich konnte seine breite Zunge sehen, die eifrig die Klitoris suchte. Alicia starrte auf seinen Hinterkopf – sie sah nicht mehr als ich. Es schien Zufall zu sein, dass er ins Schwarze traf – jedenfalls schrie sie auf und krümmte den Rücken. Sie grub die Finger in seinen Nacken, als wollte sie seine Zunge genau in dieser Position halten.

»Ja, da bist du richtig«, jubelte sie. »Oh, Himmel, ja, mach weiter.«

Die Bestätigung gab Harry Sicherheit, und jetzt konnte ich seine breite Zunge sehen. Oh, wie ich Jerome in diesem Augenblick vermisste! Mein Körper lechzte nach seinen Berührungen. Alicia gab wimmernde Geräusche von sich, und das Pferd nebenan wurde unruhig und stampfte mit den Hufen.

»Schusch, Tiger«, flüsterte Alicia dem Pferd zu, dann verfiel sie wieder in ihr Wimmern. Ihre Beine zuckten, die Hüften hoben und senkten sich, ihr ganzer Körper wie das Epizentrum eines Erdbebens. Ich war neidisch und musste mich mit einer Hand voll Heu begnügen, gegen die ich rieb.

»Ja, ja«, rief sie wieder, »genau da.«

Und dann kam es ihr erneut, ihre Knie gaben nach, und

ihr ganzes Gewicht sackte auf seinen Mund. Er schluckte und hielt sie mit den Händen in Position. Das Pferd wieherte wütend. Alicia richtete sich abrupt auf und sah in den Nachbarstall.

»Tiger ist eifersüchtig«, sagte sie grinsend. »Aber du kannst mich nicht haben, Tiger.« Schelmisch sah sie Harry an. »Oder doch?«

Harry hob die Schultern. »Dir traue ich alles zu«, sagte er und schaute auf ihren nackten Leib.

Alicia sah ihn über die Schulter an. »Tiger ist eifersüchtig, weil er genau weißt, was du tust.« Sie sah auf seinen prallen Schaft. »Das erregt dich wohl, Harry?« Ihre Blicke musterten ihn herausfordernd. Er wusste nicht, was er sagen sollte.

»Aber Miss, Sie haben ...«

»Halt den Mund.« Sie hob ihr zerfetztes Kleid auf. »Das nächste Mal will ich Kieran hier sehen. Er ist nicht so pervers wie du.«

Dann schritt sie hinaus und knallte die knarrende Stalltür hinter sich zu. Harry war nicht weniger verdutzt als ich. Offenbar waren Alicias Launen so wechselhaft wie das Wetter. Machtspiele schienen ihre Spezialität zu sein.

Am liebsten wäre ich hinuntergesprungen, um Harry mit meinem Charme zu trösten – Himmel, scharf genug war ich –, aber dann entschied ich mich dagegen. Ich hatte ja Jerome, und auch, wenn er das nicht zugab, aber er genügte mir, und ich genügte ihm.

Drittes Kapitel

»Oh, hallo, Corinne! Ist Jerome da?«

»Ich schaue mal nach«, antwortete sie, und dann hörte ich sie verschiedene Knöpfe der Telefonanlage drücken. Niemand im Büro wusste, wie man Anrufer in die Warteschleife schickte, deshalb konnte ich murmelnde Stimmen hören, ehe jemand die Hand über die Muschel legte. Ich glaubte, Jeromes Stimme zu hören, aber offenbar hatte ich mich geirrt.

»Tut mir Leid, Jo, aber er ist in der Druckerei. Kann ich ihm etwas ausrichten?«

Mir fiel nichts ein, was ich ihr über die sexverrückte Alicia und ihren unsichtbaren Bruder hätte sagen können. »Nein«, sagte ich, »vielleicht rufe ich später noch einmal an.«

Im Esszimmer war alles fürs Frühstück vorbereitet, aber es war niemand zu sehen. Ich griff nach einem Croissant und schenkte mir eine Tasse Tee ein, während ich überlegte, ob ich einige der Erkenntnisse der vergangenen Nacht in meinem Artikel verwenden könnte.

Ganz abwegig war das nicht; schließlich war Daphne Hathaway für ihre sexuellen Eskapaden berüchtigt gewesen. Es war doch interessant, dass ihre Urenkelin nicht nur so aussah wie sie, sondern auch so scharf war wie sie.

Mich faszinierte dieser Aspekt, aber die Liebhaber ihrer Musik sahen das vielleicht nicht so. Ich blieb noch lange am Frühstückstisch sitzen und hoffte, Tom endlich mal zu sehen; er musste doch wahnsinnig hungrig sein. Aber ich bekam ihn auch zum Frühstück nicht zu Gesicht.

Ich stand auf, Tasse in der Hand, und betrachtete die Bilder an der Wand. Männer mit Schnurrbärten und gut gekleidete Damen aus zwei Jahrhunderten starrten mich an. Über dem Herd entdeckte ich ein ausgezeichnetes Gemälde von Alicia mit ihren glänzenden schwarzen Haaren. Die roten Lippen wölbten sich zu einem schiefen Lächeln. Die blassblauen Augen blinzelten vor Lebenslust, und ihr Gesicht schien etwas voller und rosiger zu sein. Auf dem Bild sah sie friedlicher aus als im wahren Leben, fand ich. Wann war das Bild gemalt worden? Ich suchte nach einem Datum.

Auf dem kleinen Messingschild, kaum wahrnehmbar in den Rahmen eingelassen, stand: ›Daphne Hathaway, 1907‹.

Ich betrachtete wieder das Bild und erkannte, dass es Alicia tatsächlich nicht sein konnte. Das Gesicht war wärmer und leidenschaftlicher, und das Lächeln sah echter aus. Alicia trug ihr Lächeln wie eine Maske.

Ich ging hinauf in mein Zimmer und stellte weitere Recherchen an, denn die Begegnung mit meinem Zielobjekt hatte meine Neugier gekitzelt. Das in Samt eingebundene Buch lag seit meiner Ankunft ungelesen neben meinem Bett. Ich nahm mir fest vor, mich in das Thema zu verbeißen, denn ich wollte Jerome nicht enttäuschen. Solange ich Tom nicht sprechen konnte, hatte ich sowieso nichts Besseres vor.

Entschlossen warf ich mich aufs Bett und schlug das Tagebuch auf. Die Schrift war schwungvoll und schräg, die Anfangsbuchstaben hatte sie besonders herausgehoben. Ich meinte mich zu erinnern, mal irgendwo gelesen zu haben, dass dies auf ein großes Selbstbewusstsein der Schreiberin deutete, was auf Daphne zugetroffen hätte.

Ich blätterte die Seiten durch und bemerkte, dass die Autorin nicht jeden Tag ihr Buch aufgeschlagen hatte. Einige Einträge beschäftigten sich mit Dienstboten, Lehrern und ihren älteren Geschwistern Emily und Grace. An anderen Tagen konzentrierte sie sich auf die Wiederverheiratung ihres Vaters nach dem Tod der Mutter. Ich nahm mir vor, Tom danach zu fragen – falls ich ihn je kennen lernen würde. Ich hatte das Gefühl, von Alicia keine Antworten zu erhalten.

Mein Blick fiel auf eine Seite, die mit der Überschrift »Mein schrecklicher Geburtstag« versehen war. Ich fing an zu lesen.

5. Februar 1907

Heute ist mein Geburtstag, und ich finde meine Familie scheußlicher denn je. Grace ist eifersüchtig, weil sie nie wieder achtzehn sein wird und weil kein Mann sie wegen ihres Doppelkinns haben will. Emily ist noch eifersüchtiger, weil sie mit dem Hornochsen Oliver verheiratet ist, der den Klang seiner Stimme mehr liebt als alles andere. Ich kann es nicht erwarten, dass er zum Segelsport wieder nach Cowes fährt, damit endlich Ruhe einkehrt. Papa und seine junge Braut sind wie fast immer am Mittelmeer, wo sie die Sonne und vermutlich einander genießen. Mama muss sich im Grab umdrehen. Also – herzlichen Glückwunsch, Daphne!

Ich bin endlich achtzehn und brauche nicht mehr die albernen Zöpfe zu tragen, ich kann meine Haare fließen lassen, und ich darf lange Kleider tragen (obwohl ich die Freiheiten missen werde, die einem die kurzen Röcke bescheren.)

Nächste Woche soll mich der renommierte Sargent in meinem Sonntagsstaat porträtieren. Wie töricht. Ich bin schon seit Jahren eine Frau, aber nun bin ich es auch offiziell. Ein paar junge Männer aus der Umgebung haben schon ihr Interesse angemeldet, und etwa vier von ihnen gefallen mir auch gut. Aber ich will möglichst viele genießen, ehe sie mich in das Gefängnis sperren, das sich Ehe nennt. Gott verhüte!

Papa ist so sehr von seiner neuen Frau abgelenkt – sie selbst ist nur ein Jahr älter als ich –, dass ich alle Freiheiten habe, und die will ich nutzen. Keine langweiligen Unterrichtsstunden mehr, nur Bälle und Partys und Musik. Und Männer! Bisher habe ich nur ein paar verstohlene Küsse genießen können, aber einige davon waren höchst unanständiger Art und sehr erregend. Von nun an will ich mein Leben auskosten und jede Liebe wahrnehmen, ganz egal, von wem sie kommt.

Grace und ihre Begleitung sind am Morgen auf die Jagd gegangen. Sie hat gefragt, ob ich mit ihnen gehen wollte, aber sie weiß genau, dass ich diesen Sport verabscheue. Als ich ihr das sagte, artete es wieder in einen Streit aus. Sie ist eine vertrocknete Zitrone, und ihre Freundinnen sind alle abstoßend. Zum Geburtstag hat sie mir hässliche Handschuhe geschenkt.

Emily kam mit Oliver vorbei, der mir wieder ausführlich von seinem lädierten Knie erzählte, das ich unbedingt anfassen sollte. Als Emily mal aus dem Zimmer ging, legte er eine Hand auf meinen Po und sagte: »Da du nun alt genug bist, Daphne, brauchst du vielleicht den einen oder anderen Rat für gewisse Lebenslagen als erwachsene Frau.«

Ich tat so, als wüsste ich nicht, wovon er redete. Er hat schon immer armselige Versuche des Anbändelns unternommen. Er weiß natürlich nicht, dass ich schon eine Vielzahl sexueller Szenen gesehen habe. Zum Beispiel, als er Emily freite (mein Zimmer hat ein Fenster zum Wald).

Und dann, als Papa vergangenes Jahr wieder heiratete. Ich hätte Oliver von Papas Spezialzimmer erzählen können, das er für Julia gleich nach den Flitterwochen eingerichtet hatte. Aber ich glaubte nicht, dass Oliver schon reif war für Peitschen und Ketten und seltsame einschnürende Geräte, die Papa und Julia gern benutzen. Ich habe ihnen dabei zugesehen. Was für ein Anblick! Ich muss schon sagen, Julia ist ein Mädchen nach meinem Geschmack, und es wundert mich nicht, dass Papa sie geheiratet hat. Sie ist hübsch und füllig, isst gern große Portionen und macht gern Liebe mit Papa. Sie stößt die merkwürdigsten Laute aus, wenn sie in diesem Spezialzimmer verschwunden sind. Solches Stöhnen, Jammern und Heulen hat noch niemand gehört. Man könnte sie für einen Werwolf halten.

Ich freue mich darauf, wenn ich anfangen kann, in diesem Haus zu experimentieren. Ich habe auch schon eine Idee. Ich habe die Erlaubnis, zusammen mit meinen Schwestern zu einem Ball auf Hathaway Hall einzuladen; schließlich soll das Ereignis meiner Volljährigkeit gefeiert werden. Emily meint freilich, es wäre völlig witzlos; einen Ehemann findet man in London und nicht bei uns auf dem Land.

Um ehrlich zu sein, es ist mir egal. Ich will keinen Mann finden. Aber ich möchte gern die Welt der Männer erforschen. Was wäre da geeigneter als ein Ball? Ich muss nur dafür sorgen, dass Emily, Grace und die anderen langweiligen Ladys im Saal beschäftigt sind, dann habe ich das Spezialzimmer für mich allein.

Ich lag im Bett auf dem Rücken und versuchte, mir ein Bild von Daphne Hathaway zu machen. Ich konnte nicht entscheiden, ob sie isoliert oder unabhängig war. Sie schien ziemlich unerschrocken zu sein, wenn sie nicht scheute, ihrem Vater mit seiner neuen Frau nachzuspionieren. Oder sie teilte meine kaum zu kontrollierende Neugier. Die Handschrift verriet eine junge Frau, die kurz davor stand, ihre unterdrückten Sehnsüchte zu formulieren und möglichst auch zu erfüllen. Ich freute mich schon darauf zu erfahren, wohin sie die junge Frau führen würden. Und natürlich interessierte ich mich für das ›Spezialzimmer‹, das sie erwähnte.

Alicia, die alle meine Bewegungen zu kontrollieren schien, ließ sich den ganzen Morgen nicht sehen, deshalb nahm ich an, dass sie ausgegangen war. Ich öffnete meine Tür und trat hinaus auf den Flur. Die Reihe der geschlossenen Türen schien mich zu begrüßen und mich anzubetteln, sie zu öffnen. Vorsichtig drückte ich eine Klinke nach der anderen hinunter.

Der erste Raum war ein kleines Lesezimmer, der zweite enthielt eine Musikbibliothek mit Manuskripten und Partituren, die bis unter die Decke gestapelt waren. Die dritte Tür öffnete sich zu einem Schlafzimmer, eine kleinere Version meines Zimmers. Der vierte Raum auf der anderen Flurseite, dicht vor der verborgenen Treppe, war ein weiteres Schlafzimmer, wunderschön in Türkis und Kornblumenblau eingerichtet, ein üppig verziertes Himmelbett mittendrin. Über dem Bett hing ein phantastisches Foto von Alicia, schwarzweiß, die Haare vom Wind zerzaust, die Augen klar wie Kristall. Das Porträt endete an den nackten Schultern.

Drei breite Garderobenschränke standen nebeneinander an einer Wand, und gegenüber hing ein gewaltiger Spiegel im goldenen Rahmen. Auf dem Boden lag ein Paar exklusiver Schuhe mit hohen Absätzen. Das ganze Zimmer strahlte stilsicheres Selbstbewusstsein aus, deshalb passte es zu Alicia, vor allem, weil das Bett so dominierend war.

Der Drang, das Zimmer zu betreten und zu erforschen, war stark, aber ich wurde von einem Gefühl der Angst überrascht – Angst, von Alicia erwischt zu werden. Überrascht war ich, weil ich sonst so gut wie keine Angst kannte. Ich war morgens um drei auf der Suche nach guter Sambamusik durch die Slums von Rio geschlendert, ohne auch nur mit der Wimper zu zucken. Ich hatte einige der arrogantesten Rockmusiker interviewt – und warum sollte ich Angst vor dieser versexten Aristo haben?

Ein Ruck ging durch meinen Körper, dann trat ich entschlossen ins Zimmer.

Ich nahm einen feinen Duft wahr, ein Parfum, das ich nicht identifizieren konnte. Wahrscheinlich eines von diesen sündhaft teuren Wässerchen, die ich mir nicht erlauben konnte. Es haftete an mir wie ein notgeiler Liebhaber. Ich öffnete Alicias Kleiderschränke und starrte wie verzaubert auf ihre Garderobe. Die Farben Blau und Grün herrschten vor, aber es gab auch einige wunderbare Gedichte in Rot und Gold. Ihr Stil war sehr weiblich und individuell, schmeichelnde Kleider ohne Kragen oder alte Kleider, die wahrscheinlich Erbstücke waren.

In einem Schrank hingen die Pelze. Einige sahen so alt und verzottelt aus, dass die Tiere, denen sie gehört hatten, inzwischen längst an Altersschwäche gestorben wären, hätte man sie vorher nicht umgebracht. Aber es gab auch einige neue Stücke mit sehr schönen glänzenden Pelzen.

Ich fuhr mit einer Hand über ein figurbetontes langes goldenes Kleid mit Kapuze und Schleppe. Die winzigen Zechinen schimmerten wie Fischschuppen in der Sonne. Es war, als kramte ein armes Kind in der Spielkiste der Freundin aus reichem Haus. Neidvoll, bewundernd und ein wenig schwindlig von all dem Überfluss.

Auf dem Boden eines Schranks stand eine Truhe, in deren Schloss ein Schlüssel steckte. Ich kniete mich, und natürlich musste ich hineinsehen. Der Deckel knarrte, als ich ihn hob, und dann sah ich viele farbenfrohe Seidentücher, Samthandschuhe, eine Lederpeitsche, mit Pelz ausgeschlagene Handschellen, eine Augenbinde, ein paar Kerzen sowie eine stattliche Sammlung von Dildos und Vibratoren.

Ich nahm die einzelnen Stücke in die Hand, und instinktiv roch ich an ihnen. Da war ein scharfes Aroma, das sich noch nicht verflüchtigt hatte. Ich hielt einen dicken, langen Dildo in der Hand und glitt mit den Fingern darüber. Interessiert betrachtete ich einen Doppeldildo. Es gab einige kleinere Apparate, vermutlich zur analen Stimulation bestimmt, und dann noch einige, die mit schmalen Gurten versehen waren.

Ich wiegte ein Paar japanische Liebeskugeln in der Hand und spürte, wie sich die inneren Gewichte bewegten. Ich konnte mir gut vorstellen, wie sie sich in mir rührten, den ganzen Tag ein heimliches Beben zwischen den Schenkeln.

Als ich den großen Vibrator einschaltete, wurde er lebendig. Er war mit einem starken Motor ausgestattet, dessen Zittern kleine Schauer durch meinen Arm jagte, während ich mir vorstellte, was er in mir anrichten würde. Alicia würde diese Größe nicht in sich aufnehmen können, oder? Kein Mann war so bestückt, und der Umfang sah nach Schmerzen aus. Ich ließ ihn langsam zu meinem Schoß sinken, weil ich das Gefühl mal erleben wollte. Ich drückte die Spitze gegen die weiße Baumwolle meiner Shorts. Die Vibrationen schossen schon bei der ersten Berührung durch meinen lechzenden Körper. Ein Gefühl, das süchtig machen konnte.

Ich setzte mich auf die Fersen und drückte die Vibratorspitze gegen meine Vulva. Das bebende Gefühl setzte sich in meinem Körper fort. Erwartungsvoll schaltete ich in den höheren Gang. Ich hatte schon vorher mit Vibratoren experimentiert, aber keiner hatte einen so starken Motor gehabt. Ich konnte mir vorstellen, dass er Alicia in den Wahnsinn trieb. Wie sie aussah, wenn es ihr kam, wusste ich schon – ich hörte ihr Wimmern und Stöhnen und erregte mich bei dem Bild, wie sie sich mit diesem Monster abrackerte.

Plötzlich wurde mir bewusst, dass der Vibrator laut brummte, so laut, dass ich aus meinen Träumen gerissen wurde. Ich schaltete den Motor ab und legte alle Spielzeuge zurück in die Truhe. Verdammt, ich konnte mich nicht mehr daran erinnern, ob sie abgeschlossen war oder nicht. Alicia würde bestimmt merken, wenn etwas anders war, als sie es zurückgelassen hatte. Etwa zehn Mal schloss ich die Truhe ab und wieder auf, dann entschied ich mich fürs Abschließen.

Ich kam mir wie ein Eindringling vor, nicht wie eine nachforschende Journalistin, und rückwärts schlich ich aus dem Zimmer. Leise zog ich die Tür hinter mir zu. Eine Diele knarrte, und erschrocken fuhr ich herum. Nein, da war niemand – ich selbst hatte das Geräusch ausgelöst. Ich musste über meine Nervosität lachen.

Es galt immer noch, das ›Spezialzimmer‹ zu finden. Entweder ging ich hinauf wie gestern, oder nach unten, wo ich solche abartigen Kammern schon eher vermutete. Die Menschen verbannen die Dinge, die ihnen ein schlechtes Gewissen bereiten, meistens in den Keller.

Alicia hatte gesagt, die Dienstboten hätten früher im Keller gewohnt, aber jetzt gab es nicht mehr viele Diener in Hathaway Hall. Nach einigem Nachdenken entschied ich mich für aufwärts – allein schon deshalb, weil Alicia mich gestern unbedingt von den oberen Räumen hatte fern halten wollen.

Die vier Türen auf dem oberen Flur waren alle geschlossen. Diesmal hörte ich keine Musik. Ich trat vor die erste Tür, aber sie war verschlossen. Die beiden nächsten ebenfalls. Als ich endlich vor der letzten Tür stand, erwartete ich, dass sie auch abgeschlossen war, deshalb drückte ich nur flüchtig auf die Klinke. Ich erschrak, als die Tür knirschend aufsprang und grelle Sonnenstrahlen mich blendeten.

Das Zimmer war lang und hell und spärlich eingerichtet. Ganz hinten stand ein Flügel, und ich stand direkt vor einem Bett. Ich brauchte eine Weile, bis ich endlich begriff, dass jemand in diesem Bett lag.

»Hallo, kann ich Ihnen helfen?«

Entsetzt schaute ich in das Gesicht von Tom Hathaway. Er stützte sich auf einen Ellenbogen auf und räusperte sich. Ich konnte nur hoffen, dass er einfach nur lange schlafen wollte und ich keinen soloerotischen Moment störte.

»Eh …, es tut mir schrecklich Leid«, sagte ich und versuchte ein Lächeln. »Ich finde mich in diesem Haus immer noch nicht zurecht.« Ich ging auf ihn zu und streckte meine Hand aus. »Ich heiße Jo. Josephina Bell.«

Er sah mich starr an und hielt seine Hand unter der Decke, was meine Befürchtung bestätigte, dass ich einen ungünstigen Moment erwischt hatte. Ich ließ meine ausgestreckte Hand sinken.

»Ich bin von der Zeitschrift *Tempo* und will einen Artikel über Daphne Hathaway schreiben. Vielleicht wissen Sie das schon. Ich habe mit Alicia darüber gesprochen.«

Er verdrehte die Augen und fiel in die Kissen zurück. Meine Wangen brannten, und er wich meinem Blick aus. Ein guter Beginn war das nicht. Zwischen uns entstand ein gespanntes Schweigen.

»Hören Sie, ich will Sie in Ruhe lassen … Ich meine, ich wollte Sie nicht stören bei … bei …« Stammelnd wich ich zur Tür zurück. »Tut mir Leid.«

»Nett, Sie kennen zu lernen, Josephina.« Jetzt lächelte er wenigstens. »Vielleicht können wir uns das nächste Mal ein bisschen länger unterhalten ... Über Daphne.«

»Ja, gut.« Ich stieß, weil ich immer noch rückwärts ging, gegen den Türrahmen.

»Oh, passen Sie auf.«

»Ja, danke.« Dann war ich draußen.

Ich rannte auf mein Zimmer und barg mein Gesicht ins Kissen. Dass ich Alicia heimlich beim Sex im Stall zugeschaut hatte, nun, das ging noch in Ordnung, aber jetzt hatte ich Tom dabei erwischt, wie er sich einen herunterholte, und das war eher erniedrigend, für ihn und für mich.

Jerome würde mich umbringen, wenn ich sein Projekt gefährdete. Hoffentlich würde Tom Hathaway mich nicht nach Hause schicken. Ich krümmte mich vor Verlegenheit auf dem Bett und dachte darüber nach, wie Tom sich fühlen musste. Selbst in der demütigenden Szene hatte er gut ausgesehen, und mir gefiel seine angenehme tiefe Stimme. Sie klang längst nicht so affektiert wie Alicias. Gewöhnlich mochte ich den Typ des vorbildlichen Internatsschülers nicht, in dessen Stimme sich die ganze Arroganz des Adels manifestiert, aber ich musste zugeben, dass Tom in seinem Bett sehr, sehr verführerisch aussah.

Meine Phantasie ging mit mir durch. Ich malte mir die Situation aus. Ich war nicht wie ein aufgescheuchtes Huhn gegen den Türrahmen gestolpert, sondern hatte die Gelegenheit beim Schopf gefasst und mich zu ihm auf den Bettrand gesetzt, um ihm auszuhelfen. Kein gut aussehender Mann sollte allein sein, wenn er morgens um halb zwölf mit einem Ständer aufwachte, dachte ich und schob meine Hände zwischen die Schenkel.

Im Film, der in meinem Kopf ablief, sah ich, wie meine Finger unter die Bettdecke schlüpften und sich um den stämmigen Schaft schlossen. Seine Erektion war vom Schock der Entdeckung nicht mehr so hart, aber das würde ich rasch ändern. Der arme Kerl war den ganzen Tag mit seiner sexverrückten Schwester eingepfercht, kein Wunder, dass er ab und zu Erleichterung brauchte.

Sobald er hart war, grätschte ich über seinen warmen Körper, rieb meine Brüste an seinem Gesicht und meine hungrige Pussy an seinem Schaft. Er würde mehr als zufrieden mit mir sein, dachte ich und steckte meine Finger in den Slip, während ich vor mir die erotische Vision durchlebte. Aber ich konnte mich bei meiner Phantasie nicht total entspannen, dafür wusste ich zu genau, dass ich mir etwas vorlog.

Frustriert versuchte ich erneut, Jerome zu erreichen. Vielleicht konnten wir ein bisschen Telefonsex treiben, das würde mir schon genügen, um über die Klippe zu fliegen. Seine Voicemail schaltete sich wieder ein. Wütend warf ich das Handy durchs Zimmer. Zu meinem Entsetzen flog es gegen das Fenster, und die Scheibe zerbrach.

Ich saß mindestens fünf Minuten reglos auf dem Bett, die Hände vors Gesicht geschlagen, und konnte meine Dummheit kaum glauben. Ich habe mein Temperament von meiner Mutter geerbt, deren Teller zerschmetternde und Vasen werfende Episoden in unserer Familie immer wieder für abwechslungsreiche Unterhaltung sorgten. Aber selbst sie hätte sich nicht in einem fremden Haus zu einem solchen Ausbruch hinreißen lassen. Konnte der Tag noch schlimmer werden?

Verlegen ging ich die Treppe hinunter, um Alicia meine alberne Missetat zu gestehen. Das Esszimmer lag verlassen da, und der Salon war abgeschlossen. Ich ging hinaus, um sie zu suchen, und instinktiv führte mich mein Weg zu den Ställen. Bei Tageslicht sahen sie unschuldig aus, und als ich an der Mauer vorbeiging, an der ich meine Kletterkünste ausprobiert hatte, war ich mächtig beeindruckt von mir.

Die Stalltüren standen offen, und drinnen wurden zwei Pferde gefüttert. Ich erkannte Harry vom Vortag, er beugte sich tief nach unten und überprüfte den Huf eines Pferdes. Aus der Nähe wirkte Harry noch stämmiger, und mit den breiten Schultern und den muskulösen Beinen sah er selbst fast wie ein Ackergaul aus.

»Es ist nicht entzündet«, sagte er. »Ich glaube, er war nur durch irgendwas irritiert.« Er ließ den Hinterlauf des Tiers behutsam auf den Boden ab und wandte sich an einen anderen Mann, der das Pferd striegelte, das ich gestern Abend im Nachbarstall gesehen hatte. Dieser Mann war Anfang zwanzig, er hatte einen schelmischen Gesichtsausdruck, trug dreckbespritzte Lederstiefel und eine Hose, die so eng war, dass man seinen kompakten Schritt sehen konnte.

Er sah mich vor Harry und beäugte mich lange, während ich mich an den Türpfosten lehnte. Er lächelte, und ich sah Bewunderung in seinen Augen, ehe der Blick zu den nackten Beinen und zu den engen Shorts wanderte.

»Hallo«, sagte er, mehr zu Harry als zu mir. Dann drehte Harry sich um und fiel in das Starren ein. Ich bemerkte, dass Harry den größten Wert auf meine Oberweite legte. Das war eine Region, in der Alicia mir nicht das Wasser reichen konnte.

»Wie heißt du denn, schönes Mädchen?«, fragte der junge Mann. Er kam um das Pferd herum, um mich besser betrachten zu können.

»Ich bin Jo.« Wenn es ums Starren ging, konnte ich gut mithalten, obwohl ich gestehen musste, dass bestimmte Teile meiner Anatomie angesichts der Aufmerksamkeiten, die ihnen widerfuhren, zu glühen begannen. Die Sonne hinter mir hob meine Silhouette besonders hervor, denn sie schien durch den dünnen Stoff meiner Bluse. Ich war froh, dass ich einen BH angezogen hatte.

»Kieran«, sagte der Mann und nickte zu Harry. »Das ist Harry.« Der stämmige Mann grinste, und plötzlich fand ich ihn ein bisschen simpel.

»Hallo, Kieran und Harry«, sagte ich. »Ich möchte euch um einen Gefallen bitten, auch wenn es bedeutet, dass ihr Alicia vielleicht ein bisschen beschummeln müsst.«

»Ach, ja?« Kieran schien seinen Spaß daran zu finden. Ich glaube, er hatte schmutzige Gedanken. Das gefällt mir bei einem Mann. Lächelnd erzählte ich ihnen von meinem Missgeschick mit Handy und Fensterscheibe und wartete geduldig darauf, dass sie mich auslachten.

»Ich hasse auch diese verdammten Handys«, sagte Kieran, »aber ich habe noch nie eins durchs Fenster geworfen.«

»Die Sache ist die«, fuhr ich fort und verlagerte mein Gewicht von einem Bein aufs andere. »Vielleicht kennt ihr einen Glaser, der schnell eine neue Scheibe einsetzen kann, dann brauche ich Alicia damit nicht zu behelligen.« Sie sahen sich an.

»Du hast Glück«, meinte Kieran, der offenbar das Sagen hatte. »Wir sind geschickt mit unseren Händen. Warum gehst du nicht ins Haus und wartest auf deinem Zimmer auf uns. In ein paar Minuten sind wir da.«

»Ja, wir müssen nur noch das richtige Werkzeug besorgen«, ergänzte Harry.

Ich lächelte und ging, und meine Hüften schwenkten ein wenig mehr als sonst. Sie schienen von der Art zu sein, die das zu schätzen wussten.

Es dauerte nicht lange, bis Kieran und Harry vor der Tür standen. Mir fiel auf, dass sie sich notdürftig gesäubert und frische Hemden angezogen hatten. Harry trug eine Glasscheibe und ein paar Werkzeuge, dann begab er sich an die Arbeit, während Kieran sich aufs Bett setzte und sich mit mir unterhielt. Man hörte seinen breiten Norfolker Akzent heraus. Ich fragte ihn nach Alicia, seiner Chefin.

»Wir arbeiten gern für sie«, sagte er. »Ich meine, sie ist sehr … nun, sehr launisch. Man muss sie schon an einem guten Tag erwischen.« Harry drehte sich um, sie sahen sich an, dann grinsten sie beide.

»Ach, ja? Und was geschieht, wenn ihr sie an einem guten Tag erwischt?«, fragte ich, legte den Kopf ein wenig schief und sah Kieran herausfordernd an.

»Das willst du nicht wirklich wissen«, antwortete er. »So ein nettes Mädchen wie du.«

»Wieso glaubst du, dass ich ein nettes Mädchen bin?«, neckte ich weiter. Sie sahen mich beide an, und ich schlug die Beine übereinander. Es war eine beinahe unschuldige Geste, aber ihre Blicke richteten sich auf meinen Schoß. Ich wollte unbedingt von ihnen hören, was sie mit Alicia anstellten, und war bereit, mit ihnen zu flirten. Sie waren beide gut aussehende Männer. Richtige Männer.

»Warum willst du das wissen?«, fragte Kieran argwöhnisch. Seine braunen Augen forschten in meinem Gesicht. »Hat sie dich geschickt, um uns zu testen?«

Plötzlich begriff ich, dass sie sich vor Alicia ebenso fürchteten wie ich. Das musste in meinem Gesicht zu lesen sein, denn Kieran öffnete sich jetzt.

»Nun ja, sie wohnt hier und ist ganz allein, ich meine ohne Ehemann und so«, begann er. »Sie hat es sich so ausgesucht, aber natürlich hat sie auch ihre Bedürfnisse, und« – er blickte hinüber zu seinem Freund – »wir stehen ihr eben zur Verfügung. So einfach ist das.«

»Ihr beide?« Ich hob eine Augenbraue.

»Ja. Warum nicht?« Er sah mich trotzig an.

»Ist einer denn nicht genug?«, hakte ich nach. »Ich meine, ihr seht so aus, als ob jeder von euch seinen Mann stehen könnte.« Was bei Harry zumindest zutraf, schließlich hatte ich ihn in Aktion gesehen.

»Ich schätze, sie liebt die Abwechslung«, murmelte Harry brummig. »Die Würze des Lebens.«

»Ich bin fast ein wenig neidisch auf Alicia«, sagte ich mit schmollenden Lippen. Harry hörte mitten in seiner Arbeit auf, und dann sahen beide mich wieder an.

»Das ist nicht nötig«, sagte Kieran und legte eine Hand auf meinen nackten Schenkel. »Wir mögen dich auch.« Seine Fingerspitzen fuhren unter meine Shorts. »Mir gefallen deine Beine«, sagte er, »und Harry kann sich an deinen Titten nicht satt sehen.«

Es kostete mich Mühe, aber ich schob seine Hand zurück. »Nein, nein, das geht nicht. Ich habe einen Freund … nun ja, so was Ähnliches wie einen Freund.«

Kieran zuckte die Schultern. »Du musst es ja wissen. Wir werden nichts tun, was du nicht haben willst. Und wenn du es dir anders überlegst, kannst du zu uns kommen. Wir wohnen im ersten Haus hinter den Ställen, da kannst du uns abends fast immer finden. Ich meine für den Fall, dass du deine Meinung änderst.«

Er stand auf und ging zu Harry, der die Scheibe schon eingesetzt hatte. Kieran half ihm, den Kitt glatt zu streichen.

»Das habt ihr wirklich gut gemacht, Jungs«, sagte ich und stand ebenfalls auf. »Es sieht wie neu aus. Danke für eure Hilfe. Ihr habt was gut bei mir.«

Ich brachte sie zur Tür und war ziemlich aufgewühlt. Ich hatte die beiden Männer ziemlich aufgeheizt, aber mich selbst auch. Es war nicht richtig, dass ich so unverschämt mit ihnen geflirtet hatte. Auf der anderen Seite war es schade, eine günstige Gelegenheit nicht genutzt zu haben.

Nach einigem Suchen fand ich mein Handy und rief Jeromes Nummer in der Redaktion an. Corinne war wieder am Telefon.

»Wie geht es dir denn in deinem hochherrschaftlichen Landhaus der Hathaways?«, fragte sie mit ihrer spitzen neuseeländischen Stimme, in der immer leichte Ironie mitschwang. Ich fragte mich, ob sie sauer war, dass Jerome nicht sie mit der Story betraut hatte. Sie war schon seit zwei Jahren in der Redaktion, ich erst zehn Monate. »Ist der Butler nett zu dir?«

Ich murmelte irgendwas Belangloses und fragte dann, ob der Boss zu sprechen sei. Wir nannten Jerome gern den Boss.

»Er ist in einer Besprechung«, antwortete Corinne. Das war die Ausrede, die wir immer verwandten, wenn er einen Anruf nicht annehmen wollte. Jerome hatte so gut wie nie irgendwelche Besprechungen, das wussten wir beide.

»Oh? Und mit wem?«

Es entstand ein klebriges Schweigen, und ich gelangte zu der Überzeugung, dass Corinne meine Anrufe blockieren wollte. Vielleicht wusste sie von Jerome und mir. Oder drang da meine Paranoia durch? Konnte sein, dass es noch eine andere Möglichkeit für die Merkwürdigkeiten am Telefon gab – dass ich nicht die Einzige in der Redaktion war, die Jeromes Spezialbehandlung erfuhr.

»Ich weiß es nicht«, sagte sie schließlich.

Irgendwas stimmte nicht. London war weit weg, und Jerome ließ sich schon den zweiten Tag verleugnen.

»Nun gut. Kannst du ihm bitte ausrichten, dass ich Schwierigkeiten habe, Tom Hathaway zu interviewen?«, fragte ich, so lässig und geschäftsmäßig, wie es ging. »Er lässt sich nicht blicken.«

»Ich werde es ihm ausrichten«, sagte sie gönnerhaft. »Und dir wünsche ich eine schöne Zeit.«

Viertes Kapitel

Gegen sechs Uhr am frühen Abend setzte der Hunger ein. Alle meine Sorgen wegen Jerome, wegen des zerbrochenen Fensters und wegen meines unverschämten Eindringens in Toms Zimmer wichen dem nagenden Gefühl meines Hungers. Um ehrlich zu sein, die Ereignisse dieses Tages hatten meinen Appetit auf die verschiedensten Lüste geweckt.

Ich streifte einen Pullover über und begab mich auf einen Streifzug durchs Haus. Ich wollte jemanden finden, der mich füttern konnte. Unterwegs nahm ich mir vor, einen Vorrat von Plätzchen in meinem Zimmer zu lagern.

Das Esszimmer war traurig vereinsamt, aber auf dem Tisch stand eine Schale mit Obst. Ich biss in einen Apfel und steckte eine Banane in meine Tasche. Im Haus war es totenstill, und ich beschloss, wieder auf Forschungsreise zu gehen. Diesmal konnte ich meinen Hunger als Vorwand nutzen. Insgeheim hoffte ich, auf Tom Hathaway zu stoßen, aber in meinem jetzigen Zustand wäre ich auch mit Alicia zufrieden.

Als ich aus dem Esszimmer trat, bemerkte ich rechts von mir eine weitere schmale Treppe, die mir bisher noch nicht aufgefallen war. Ich ging hinauf und fand mich auf einem mir völlig unbekannten Flur wieder. Weitere Türen, weitere Flure. Ein Fenster in einem Alkoven zeigte auf einen Obstgarten, den ich bisher auch noch nicht gesehen hatte. Ich ging weiter, bis ich Stimmen hörte.

Endlich Leben! Ich biss in meinen Apfel und ging langsam den Stimmen entgegen. Ich kannte sie nicht. Es waren zwei Amerikaner, der eine mit langsamem Tonfall, die Silben lang gezogen wie bei einem Südstaatler, der andere mit einem nasalen Sprechrhythmus. Ich hörte, wie Möbelstücke gerückt wurden, dann brach jemand in Gelächter aus. Nach einer Weile fand ich das Zimmer, in dem sie waren, und ich stellte mich vor die Tür und lauschte.

»He, wen stört es schon, dass die Kostüme eine Dekade älter sind?«, fragte die nasale Stimme, die ich einem New Yorker zuordnete. »Es geht nur um einen kleinen Film, verdammt. Wenn du die Sache mal realistisch siehst, wird die Hälfte unserer Zuschauer nicht wissen, wer Königin Victoria überhaupt war.«

»Ja, klar«, sagte die andere Stimme, breiter texanischer Slang. »Du hast Recht, Ollie, aber ich bin eben ein Perfektionist.«

»Hör zu, Ray, du kannst ein Perfektionist sein, wenn es angebracht ist, aber wir haben einen harten Zeitplan. Schauspieler, Kameras, teure Kostüme warten, dass es los geht. Jeder verlorene Tag kostet zusätzliches Geld. Wir dürfen den Zeitplan nicht kippen.« Eine kurze Pause, dann: »Ich will nur noch einmal daran erinnern – je weniger wir ausgeben, desto größer unser Anteil.«

»Ja, Ollie.«

»Gut so.«

Ich nutzte die Pause, um in das Zimmer zu platzen. Aus den wenigen Sätzen schloss ich, dass es sich um die Filmleute handelte, von denen Alicia gesprochen hatte. Es war nur höflich, dass ich mich ihnen vorstellte, schließlich würde ich eine Woche lang mit ihnen unter einem Dach leben. Ich öffnete die Tür und trat lächelnd ein.

»Ich hoffe, ich störe nicht«, sagte ich. Sie sahen mich verdutzt an. Hinter ihnen erstreckte sich ein langes Zimmer mit einem überladenen Bett in der Mitte. Regale mit Kostümen und Perücken waren an den Wänden aufgebaut, und auf einer Seite stand eine alte Kommode, darüber war ein breiter, angestrahlter Spiegel angebracht. Kameras und Tonausrüstung lagen in der hinteren Ecke. »Hallo. Ich bin Jo Bell.«

»Leben Sie hier?«, fragte der New Yorker. Er war klein und dunkel und trug eine randlose Brille. Ich kannte die nervöse, verschwitzte Energie von vielen Medienpartys. Der Mann war kokainabhängig.

»Eigentlich nicht. Ich komme aus London«, antwortete ich. »Ich bin Reporterin und versuche, hier meinem Broterwerb nachzugehen.«

Der New Yorker sah seinen Freund verunsichert an, der groß und schlank war und einen sandfarbenen Schnurrbart trug. Beide zögerten einen Moment, und ich begriff, dass sie davon ausgingen, ich wäre ihretwegen hier, und das schien ihnen nicht zu passen. Was verbargen sie vor mir? Der Texaner streckte seine Hand aus und lächelte freundlich.

»Ray Hobbs«, sagte er, schüttelte meine Hand und steckte mir seine Visitenkarte zu. »Und das ist Ollie Mangel. Können wir Ihnen irgendwie helfen?«

»Welchen Film wollen Sie hier drehen, Mr Hobbs?«

»Es wird nur ein kleiner Fernsehfilm mit dem Titel ›Gefallene Engel‹.« Er sah mich mit seinen stahlgrauen Augen an. »Alles sehr koscher und anständig. Ein Kostümdrama für die Zuschauer zu Hause.«

»Es gibt eigentlich gar keine richtige Geschichte«, warf der andere Typ ein, was mich glauben ließ, dass es sehr wohl eine Geschichte gab. Der größere Freund warf ihm einen unwirschen Blick zu, und natürlich nahm er wahr, wie schuldbewusst Ollie aussah. Offenbar hatte er etwas zu viel verraten. Ich gab mich völlig unschuldig und lächelte.

»Ach, so. Nun, ich bin nicht hier, um über Ihren Film zu

berichten. Ich bin Musikjournalistin und schreibe über Daphne Hathaway.«

»Wer?«, fragte Ollie Mangel.

»Sie war eine Komponistin, die hier gelebt hat«, erklärte ich und wollte ihm die Peinlichkeit nehmen, sie nicht zu kennen. Aber er sah gar nicht verlegen aus. »Ich wollte nur hallo sagen«, fuhr ich fort. »Wir werden uns in den nächsten Tagen immer wieder mal über den Weg laufen.«

»Das hoffe ich«, sagte Ray Hobbs, der sich wohl langsam an mich gewöhnte. Er wusste jetzt, dass ich es nicht auf ihn abgesehen hatte, deshalb sah er mich in neuem Licht. »Sie haben eine wunderbare Haut, ideal für die Arbeit vor der Kamera. Haben Sie Erfahrungen auf diesem Gebiet?«

Ich schüttelte den Kopf. Seine Schmeichelei wetteiferte mit meinem Argwohn.

»Ist sie nicht fotogen, Ollie?«, fragte er, dann wieder zu mir gewandt: »Ollie ist bei all meinen Filmen mit der Kamera dabei, Jo. Er ist der Beste in diesem Geschäft.«

»Ein Wunder bei dem, was er zahlt«, witzelte Ollie. »Du hast Recht, Ray. Ein leckerer Pfirsich. Und eine gute Figur.«

»Haben Sie schon mal darüber nachgedacht, zum Film zu gehen, meine Liebe?«, fragte Ray. Ich hatte das Gefühl, sie schmeichelten mir, um mich aus irgendeinem Grund bei Laune zu halten.

»Nun, Sie sind beide sehr nette Gentlemen«, antwortete ich trocken. »Aber Sie sollten Ihre Schmeicheleien für Ihre Schauspielerinnen bewahren. Wir Journalistinnen sind dafür nicht so empfänglich.«

Hobbs lachte, und seine Augen blinzelten – seine erste echte Reaktion.

»Wir haben hübsche Kostüme mit vielen Rüschen da«, sagte er glucksend. »Sie würden Ihnen gut stehen, Lady.«

Ich biss wieder ein Stück aus meinem Apfel. »Schön, Sie

kennen gelernt zu haben«, sagte ich, »aber nun bin ich hungrig. Haben Sie unsere Gastgeberin gesehen?«

»Ja, sie hat uns gesagt, heute Abend wäre sie nicht da. Aber um acht Uhr würde sie im Esszimmer was auftragen lassen.«

»Gute Nachricht«, sagte ich und war verärgert, dass sie mir nichts davon gesagt hatte. »Danke.«

Ray legte eine Hand auf meine Schulter, als ich gehen wollte.

»Sagen Sie Ray zu mir, nicht Mr Hobbs.« Er stellte die Charmedusche an. »Sonst fühle ich mich älter, als ich bin.«

»Ja, gern, Ray. Bis später.« Ich wandte mich seinem Freund zu, der aus irgendeinem Grund verärgert schien. »Bis später, Mr Mangel.« Ich spürte seine Blicke in meinem Rücken, als ich hinausging, dann hörte ich noch, wie er leise mit Ray flüsterte. Ich würde mich vor ihm in Acht nehmen müssen.

Jerome rief endlich am nächsten Morgen an. Es war zehn Uhr, und ich hatte mich verschlafen, benommen von einem seltsamen Traum, in dem Daphne Hathaway auf der Suche nach dem Spezialzimmer durch ein Labyrinth lief. Das durchdringende Klingeln meines Handys weckte mich, und ich meldete mich mit schlaftrunkener Stimme.

»Jo?« Mein Herz schlug höher, als ich Jeromes Stimme hörte. Seit drei Tagen hatten wir uns nicht mehr gesprochen, und ich begann zu glauben, dass er mir auswich.

»Jerome, hallo. Wo bist du die ganze Zeit gewesen?«, fragte ich und streckte mich im Bett aus.

»Es ist zehn Uhr, Jo. Ich habe dich nicht in Urlaub

geschickt.« Durch die Härte in seiner Stimme war ich mit einem Schlag hellwach. »Was ist los? Corinne sagt, du kämst mit Tom Hathaway nicht weiter.«

»Dir auch einen guten Morgen«, gab ich sarkastisch zurück. Auch wenn er in der Redaktion war, hatte er kein Recht, so mit mir zu sprechen.

»Muss ich dir helfen, oder schaffst du deine Aufgabe allein?«

»Ich schaffe es allein, verdammt.« Sein Ton machte mich wütend. Er hatte mir den wichtigen Auftrag erteilt, und nun schien er anzunehmen, die falsche Frau geschickt zu haben. »Was soll das alles, Jerome?«

Es entstand eine kurze Pause, dann hörte ich ihn seufzen. »Entschuldige, ich stehe unter Dampf, das ist alles. Die Zentrale setzt mich unter Druck, weil sie höhere Verkaufszahlen erwartet, sonst werden sie *A Tempo* einstellen.« Trotz besseren Wissens tat er mir Leid. »Und du kannst mich nicht dreimal am Tag anrufen, Jo, das halte ich nicht aus.«

Meine ganze Aufregung, mit ihm über die exzentrischen Hathaways zu reden, war im Nu verflogen. Seit über zwei Tagen war ich versessen darauf, mit ihm über das zu sprechen, was ich bisher hier erlebt hatte, und jetzt dauerte mir das Gespräch schon zu lange. Ich hätte zu Harry und Kieran gehen sollen.

»Weißt du was, Jerome?«, sagte ich und spürte, wie meine Rage anschwoll, »warum warte ich nicht darauf, dass du dich bei mir meldest?«

»Jo, nun sei doch nicht so …«, begann er, aber es bereitete mir große Lust, ihn einfach abzuhängen. Ich stampfte ins Bad und ließ Wasser in die Wanne laufen. Während ich genüsslich in der Wanne lag, umgeben vom duftenden Schaum, beschloss ich, Tom Hathaway so schnell wie möglich zu stellen und zu interviewen. Erst danach konnte ich die Notizen einbringen, mit denen ich schon begonnen hatte.

Ich kleidete mich mit dem festen Vorsatz zu beeindrucken. Mein liebster Hosenanzug war lila mit einem tiefen Ausschnitt der Jacke. Er kam bei den Konservativen ebenso gut an wie bei den Lüsternen; ich musste nur noch herausfinden, zu welcher Kategorie Tom Hathaway gehörte.

Schmunzelnd setzte ich mich aufs Bett und lackierte die Zehennägel in einer passenden Farbe. Ich bemerkte, dass ich einen Anruf auf meinem Handy verpasst hatte. Ich sah, dass es Jeromes Nummer war. Er hatte eine Nachricht hinterlassen. Das würde interessant sein, dachte ich, und während ich weiter die Nägel lackierte, hörte ich die Nachricht ab.

»Jo, es tut mir Leid. Du hast dich angehört, als wärst du sauer auf mich, deshalb dachte ich, es ist besser, wenn ich zurückrufe, aber jetzt gehst du nicht ran. Vielleicht bist du ja tatsächlich sauer.« Seine Stimme senkte sich ein wenig. »Hör zu, ich vermisse dich. Rufe mich heute Abend an, dann treiben wir's am Telefon, okay? Wir reden später miteinander.«

Ich hörte die Nachricht noch einige Male ab, dann löschte ich sie. Etwas in seiner Stimme machte mich an. Ich hatte sie so oft gehört, wenn sie in so vielen sexy Momenten in mein Ohr stöhnte, dass meine Nervenenden sofort zu vibrieren begannen. Ich war ein Opfer von Assoziationen, aber ich begriff, dass ich in der idealen Umgebung war, um mich zumindest vorübergehend von ihm zu lösen.

Hier stand ich, mitten im Niemandsland, in einem prächtigen Haus mit lauter attraktiven Männern und mit Betten, so groß wie Boote. Ein Abenteuerspielplatz, wenn ich nur wollte. Und Tom Hathaway könnte mein erster

Spielgefährte sein. Schließlich hatte ich nach niemandem was zu fragen.

Diesmal klopfte ich höflich an Toms Tür. Ich wusste, dass er da war, denn ich hörte sein Klavierspiel. Das Stück, das er spielte, war nicht von Daphne Hathaway, dafür war es zu modern, es klang ein bisschen nach Jazz, aber es war schon von ihr beeinflusst.

Er hörte auf zu spielen, und einen Moment später öffnete er die Tür. Er war größer, als ich gedacht hatte, und diesmal war er angezogen. Er pflegte offenbar einen lässigen Kleiderstil, das Hemd hing aus der Hose, und seine Füße waren nackt. Die hellen Haare mussten geschnitten werden, aber sie standen ihm gut zu Gesicht.

»Hallo«, sagte ich und fühlte mich overdressed. Ich wies auf mein elektronisches Notizbuch. »Wie schön, Sie wieder zu sehen. Haben Sie Lust auf ein Gespräch? Mein Chef wird allmählich nervös.«

Er lächelte und bat mich herein. Drinnen konnte ich den Unterschied in den Charakteren von Tom und Alicia fühlen. Ihr Zimmer war schwelgerisch und farbenfroh, und Tom lebte in einer kargen Umgebung; ein paar Gemälde an der Wand, ein Klavier, ein Bett, und auf dem Kissen ein kleiner Teddy. Er sah, wie ich amüsiert zum Teddy schaute.

»Oh, Himmel, warum habe ich den nicht versteckt?«, murmelte er und schob ihn rasch unter die Bettdecke, als wäre es ein Pornoheft. »Ein altes Spielzeug. Als Kinder hatten wir nicht viel zum Spielen, deshalb hat der Teddy einen besonderen sentimentalen Wert. Entschuldigen Sie.«

Wir setzten uns ans Fenster. Die Morgensonne wärmte unsere Rücken und legte einen goldenen Schein um seinen Kopf.

»Tut mir Leid, dass ich mich nicht eher habe sehen lassen«, sagte er. »Um ehrlich zu sein, Alicia organisiert alles, und sie hat Ihre Ankunft nicht erwähnt, sonst hätte ich mich längst bei Ihnen vorgestellt.« Er zögerte, dann fügte er hinzu: »Es ist nicht so, dass ich nicht mit Ihnen reden will. Ich spreche gern über Daphne. Man kann reinen Gewissens sagen, dass ich ein größerer Fan von ihr bin als Alicia.«

»Aber warum hat sie uns nicht eher zusammengebracht?«, fragte ich.

Er sah verlegen aus. »Haben Sie Geschwister, Miss Bell?«

»Nennen Sie mich Jo, bitte«, sagte ich und fragte, worauf er hinauswollte. »Ich habe drei Brüder.«

»Nun, dann wissen Sie, dass es komplizierte Beziehungen geben kann.« Ich sah ihn verständnislos an. »Ich meine, man lebt ständig in einem Konkurrenzkampf, und es entsteht auch immer eine besitzergreifende Situation.«

»Also, da kann ich mitreden«, sagte ich lachend und erinnerte mich sofort an die übertrieben beschützende Art, mit der meine Brüder alle meine Verehrer in die Flucht geschlagen haben, als ich Teenager war. Aber ich hatte das Gefühl, dass Toms Problem vielschichtiger war. »Spielt Alicia auch Klavier?«, fragte ich.

»Nein.« Er sah mich an, als erklärte das alles. »Musik sagt ihr nichts. Es ist schwer für sie, weil sie nicht diese Leidenschaft empfindet wie ich. Und wie Daphne, natürlich.«

Da ich Alicia mit Harry im Stall gesehen hatte, könnte ich ihm was über ihre Leidenschaft erzählen, aber ich hielt den Mund. Es entstand ein verlegenes Schweigen.

»Was haben Sie eben gespielt?«, fragte ich nach einer Weile. Er sah schüchtern aus und hob die Schultern. »Es hat mir gut gefallen«, sagte ich.

»Wirklich?« Er hatte ein schönes scheues Lächeln, bei

dem sich auf den Wangen kleine süße Falten bildeten. »Nun, ist es eine eigene Komposition. Manchmal schreibe ich kleine Stücke, aber nur so zum Spaß.«

»Ich habe Anklänge an Daphnes Musik darin entdeckt«, sagte ich, und er sah mich beeindruckt an. Er hatte mich offenbar als Ignorantin abgehakt, was zum Teil natürlich auch stimmte, aber mein Wissen um die Musik seiner Urgroßmutter lockerte ihn ein bisschen auf.

»Ja, genauso ist es. Ich habe einige Variationen ihrer Sonate in A-Dur geschrieben«, sagte er lebhaft, »dabei lege ich einige Jazzakkorde unter ihre Originalmelodien. Einige ihrer Stücke laden geradezu zu solchen Interpretationen ein, besonders die schnellen Passagen.«

Er war offenbar deutlich entspannter, wenn er über Musik sprechen konnte und nicht an die Beziehung zu seiner Schwester denken musste, aber ich wollte im Gespräch gern zu Alicia zurückkehren.

»Ich spiele nur mit den Noten«, unterbrach er meine Gedanken, »es ist nichts Ernstes. Ich spiele mit den Fusionen von Jazz und Klassik und ...«

»Was hält Alicia von Ihren Kompositionen?«, fragte ich, vielleicht ein bisschen zu abrupt.

Er versteifte in seinem Sessel.

»Ermutigt sie Sie?«

Er lächelte wehmütig.

»Sie kann generell nicht viel mit Musik anfangen.« Er hatte ein natürliches Gespür für diplomatische Antworten, fand ich. »Deshalb spiele ich ihr auch nichts vor. Bitte, erwähnen Sie ihr gegenüber nichts von meinen Kompositionen, es würde sie nur verärgern.«

Ich war verdutzt. Kein Wunder, dass Alicia versucht hatte, mich von Tom fern zu halten, wenn sie sich von seinem Talent so bedroht fühlte. »Ist sie denn nicht stolz darauf, mit Daphne verwandt zu sein?«

»Doch, natürlich«, antwortete Tom, und seine Augen glänzten. »Sie haben so viele Gemeinsamkeiten. Sie sind beide lebenslustige, unabhängige junge Frauen, sind beide mutterlos aufgewachsen, sie verstoßen gern gegen bürgerliche Konventionen, sind beide Schmetterlinge, die gern von Blüte zu Blüte fliegen.« Ich sah die Bewunderung in seinen Augen. »Sie sind beide sehr schön und begehrt, und beide haben einen Hang zum Verrückten in sich, glaube ich. Alicia weiß das. Sie glaubt, es ist ein Teil ihres genetischen Schicksals oder so.«

»Aber für Daphne war die Musik das Zentrum ihres Lebens«, wandte ich ein. »Nichts war ihr wichtiger. Was hat Alicia, das ihr wichtig ist?«

Er überlegte einen Moment und schaute auf sein Klavier. »Ich glaube, das weiß sie noch nicht«, antwortete er leise.

»Es muss hart für sie zu schlucken sein, dass sie nicht dieses Talent und diese Leidenschaft besitzt, glauben Sie nicht auch?«, fragte ich. »Fühlt sie sich ein bisschen verloren?«

Er nickte traurig. »Ich glaube, das erklärt vieles bei ihr«, meinte er. »Für Alicia ist alles ein Spiel, sie nimmt nichts wirklich ernst.« Er stand auf und setzte sich auf den Klavierhocker. »Aber Sie sollten lieber mit ihr reden, wenn Sie wissen wollen, wie Alicia tickt.«

»Aber ich spreche lieber mit Ihnen«, sagte ich lächelnd und folgte ihm zum Klavier. Ich lehnte mich dagegen und lauschte, während er ein paar Akkorde spielte. »Ich habe sie gefragt, ob Sie verheiratet sind, und sie hat nur gelacht. Warum fand sie das so lustig?« Ich fragte mich, ob er schwul war, und ich entdeckte mich dabei, dass es nicht nur professionelles Interesse war, was mich zu diesen Gedanken brachte.

Er seufzte tief und lange. »Himmel, sie kann einen schlimm in Verlegenheit bringen. Sie hielt die Frage für lustig, weil … ich bin schrecklich, was den Umgang mit Frauen angeht. Absolut schrecklich. Es endet stets in einer Katastrophe, und Alicia muss jedes Mal die Scherben einsammeln.«

»Vielleicht entscheiden Sie sich für die falschen Frauen?«, fragte ich . »Im Umgang mit mir sind Sie alles andere als schrecklich.« Zum ersten Mal sah er mir in die Augen, und einen Moment lang begegneten sich unsere Blicke, und ich schaute in seine grün-goldenen Augen.

»Nun, um ehrlich zu sein, Sie sind auch nicht wie die Mädchen, die ich gewöhnlich kennen lerne.«

»Nein?« Ich setzte mich auf eine Ecke des Hockers, bereit für ein bisschen Klatsch und Tratsch. »Und wie sind diese Mädchen?«

Er hob die Schultern und nahm die Finger von den Tasten. »Ich weiß es nicht genau. Meistens handelt es sich um Alicias Freundinnen.« Ich hatte ein bestimmtes Bild vor mir. »Zu Anfang läuft es immer ganz gut, aber dann werden sie eingebildet und verlieren die Geduld.« Seine Finger glitten über die Tasten, und sein Kopf war tief gebeugt.

Ich hatte das Gefühl, seine Zeit genug strapaziert zu haben, deshalb erhob ich mich und trat einen Schritt zurück.

»Ich will Sie nicht länger stören«, sagte ich. »Und ich hoffe, wir haben bald wieder Gelegenheit, miteinander zu rede.«

Er wandte mir den Kopf zu, spielte aber weiter. »Alicia gibt heute Abend ein großes Essen für alle Hausgäste«, sagte er. »Da werden wir uns sehen.«

Ich freute mich darauf. In diesem Haus voller Masken und Versteckspiele hatte ich endlich jemanden gefunden, der nicht vorgab, was anderes zu sein, als er war. Als ich an der Tür war, hörte er für einen Moment auf zu spielen.

»Sie haben mir nicht gesagt, ob Sie verheiratet sind«, rief er mir nach.

»Nein, Tom«, antwortete ich und hielt meinen nackten Ringfinger hoch. »Ich bin sehr ledig.«

Fünftes Kapitel

Es war genau halb neun, als Alicia uns zum Willkommensessen rufen ließ. Sie liebte es stilvoll, nahm ich an, denn am Nachmittag fand ich eine kleine Einladung in meinem Zimmer vor, auf der unter anderem zu lesen stand, dass die Kleiderordnung ›stilvoll‹ sein sollte. In meiner Welt war mein lila Hosenanzug stilvoll, aber ich war unsicher, ob Alicia das auch so sah.

Ich suchte in meinem Kleiderschrank nach Alternativen und entschied mich schließlich für mein rotes Lieblingskleid. Es war angemessen, fand ich, denn ich wollte Tom gefallen, und ich war überzeugt davon, dass mein Kleid ihn beeindrucken würde. Die meiste Zeit verzichte ich auf Make up, aber heute Abend legte ich ein wenig Glanz auf meine Lippen und einen Hauch von Glitzer um die Augen, nachdem ich sie mit Mascara betont hatte. Die Haare band ich zu einem prächtigen Dutt zusammen, den ich mit zwei Schmetterlingskämmen hielt, Erbstücke meiner brasilianischen Großmutter. Die roten und goldenen Flügel passten perfekt zum roten Chiffon meines Kleids.

Ich betrachtete mich im Spiegel und war zufrieden. Das Kleid war im Baby Doll Stil geschneidert, es drückte meine Brüste hoch und sorgte für ein hübsches Dekolleté. Der Rock war kurz und fast durchsichtig, jedenfalls zeigte er viel Bein. Der i-Punkt meines stilvollen Aufzugs waren die roten Schuhe mit den hohen Absätzen.

Jetzt war ich bereit, den anderen unter die Augen zu treten. Als ich das Zimmer verließ, fühlte ich mich wie ein Soldat, der seine Waffen geschultert und Kriegsfarbe aufgetragen hatte, und mit einem Mal wurde mir bewusst, dass ich den Aufwand nicht betrieben hatte, um Tom zu beeindrucken, sondern um mit Alicia mithalten zu können. Ihre subtilen abfälligen Bemerkungen hatten mich in die Defensive gedrängt, und jetzt wollte ich ihr zeigen, wer die besser aussehende Frau war.

Mit selbstsicheren Schritten betrat ich das Esszimmer, absichtlich verspätet. Alle Köpfe drehten sich zu mir, und ich wurde von bewundernden Blicken und Komplimenten empfangen. Ray und Ollie waren da und betrachteten mich ausgiebig, und Tom, der am anderen Tischende saß, lächelte freundlich.

Ich hatte seine Augen aufleuchten sehen, als ich ins Zimmer getreten war, aber das konnte natürlich auch daran liegen, dass die Unterhaltung ins Stocken geraten war. Neben Tom saß ein Mann, den ich auf Mitte fünfzig schätzte. Er sah für sein Alter gut aus und trug den fürs Land typischen Tweedanzug. Nur Alicia war noch nicht da.

»Wer ist diese Schönheit?«, fragte der ältere Mann Tom, während er mich von oben bis unten musterte. »Hast du dir endlich eine Frau angeschafft?«

»Sie ist Reporterin einer Musikzeitschrift, Mr Wootton«, erklärte Tom. »Jo, das ist Rory Wootton, ein Freund der Familie. Rory, das ist Josephina Bell.«

Ich lachelte ihm freundlich zu und setzte mich neben ihn.

»Josephina?« Er wiederholte meinen Namen, als wäre es die lateinische Bezeichnung für Herpes. »Was ist das denn für ein Name?«

»Ein sehr schöner«, antwortete Tom und entschuldigte sich mit einem Blick bei mir. »Jo, Rory war unser Tutor, als wir aufwuchsen, und besonders kurz vor den Examen hat er uns geholfen. Ich bin dann auf ein Internat gegangen, aber Alicia hat er alles beigebracht, was sie weiß. Er besucht uns immer noch regelmäßig. Ich weiß auch nicht warum, aber wir werden unseren alten Lehrer einfach nicht los.«

Mr Wootton lehnte sich auf seinem Stuhl zurück und sah seinen früheren Schüler mit amüsierter Missbilligung an. »Aufsässig nenne ich das«, knurrte er und sah mich an. »Ich hoffe, Sie sind ein wenig gehorsamer als die beiden«, sagte er auf eine flirtende Weise. »Sie sind noch nicht zu alt, um von mir übers Knie gelegt zu werden.«

»Können wir Amerikaner davon ausgenommen werden?«, fragte Ray lachend, und Mr Wootton sah verlegen drein. Ich schätze, er hatte vergessen, dass sie bei uns am Tisch saßen.

»Ich glaube nicht, oder was meinen Sie?«, mischte ich mich ein und grinste Ray und Ollie an, als wäre Mr Wootton von der Gastgeberin zu unserer Unterhaltung engagiert worden. Ollie war besonders rastlos; entweder hatte er sich gerade eine Dröhnung besorgt, oder er brauchte dringend eine. Ray dagegen saß lässig am Tisch und lächelte mich strahlend an.

»Darf ich sagen, wie schön Sie in dem roten Kleid aussehen?«, fragte er leise. »Nicht jede Frau kann Rot tragen, aber Sie strahlen die Leidenschaft aus, die mit der Farbe einhergeht.«

Ich schaute verstohlen zu Tom, vergnügt von Rays offenbar unerschöpflichem Reservoir an Komplimenten.

»Wirklich, ich meine das ernst.«

»Ich danke Ihnen, Mr Hobbs«, sagte ich grinsend. »Sehe ich filmreif darin aus?«

Er sah mich stirnrunzelnd an und machte eine wegwerfende Handbewegung. »Sie wissen Komplimente nicht zu schätzen«, knurrte er gutmütig, dann streckte er eine Hand aus und streichelte leicht über meinen Nacken.

Es war nur eine kurze, harmlose Geste, aber die Härchen auf meinen Armen richteten sich plötzlich auf, und auch meine Nippel reckten sich. Das dünne, anschmiegsame Chiffonkleid gab über den steifen Warzen nach. Ich überlegte, ob ich die Arme über der Brust verschränken sollte, bis sich die Nippel wieder beruhigt hatten. Ray hatte ein geübtes Auge für solche Details, und seine Blicke waren auf meine Brüste gerichtet.

»Nein, wirklich, Sie sind ein hübsches Ding«, sagte er leise. Ich schaute wieder zu Tom, aber er wandte den Blick.

Alicia rettete uns, denn sie wählte diesen Moment für ihren Auftritt. Sobald ich sie sah, wusste ich, dass ich es mit ihr nicht aufnehmen konnte. Sie trug ein langes türkisfarbenes Seidenkleid, das im Nacken von zwei breiten Trägern gehalten wurde. Sie blieb einen Augenblick im Türrahmen stehen.

»Haben Sie lange warten müssen?«, fragte sie huldvoll. Als sie ins Zimmer trat, sah ich, dass ihr Kleid völlig rückenfrei war, und der Ausschnitt war so tief, dass sie unmöglich einen Slip tragen konnte. Der enge Rock schmiegte sich um ihre schlanken Beine. Ich war eindeutig besiegt und kam mir wie die gezuckerte Kirsche auf einem exotischen Cocktail vor.

»Himmel, sehen Sie umwerfend aus«, stieß Ray hervor und vergaß meine steifen Nippel. Alle Männer am Tisch erhoben sich, als wollten sie sich vor dieser Schönheit verneigen.

»Ein wunderschönes Kleid, Alicia«, sagte ich beifällig und gab mir Mühe, nicht zu eifersüchtig zu klingen. Sie strahlte mich an und setzte sich ans Kopfende.

»Oh, bitte, setzen Sie sich doch, es ist doch Unsinn, so förmlich zu sein«, sagte sie zu den Knaben und warf ihre glänzenden schwarzen Haare über ihre makellos weißen

Schultern. »Josephina, ich finde, du siehst großartig aus, Darling.« Sie warf Tom einen Blick zu. »Stimmt es nicht? Ist sie nicht köstlich?«

Tom wusste nicht, was er sagen sollte. Es entstand ein peinliches Schweigen, während er um die richtigen Worte rang. Ich verstand sein Problem. Er wollte nicht sagen, dass auch er mich köstlich fand, denn das war nicht sein Stil, aber er wollte auch nicht anderer Meinung sein, weil er fürchtete, ich könnte beleidigt sein. Er sträubte sich noch ein wenig, dann sagte er: »Ihr seht beide großartig aus.«

Alicia lächelte über die linkische Art des Bruders. »Also, ich finde, sie sieht fabelhaft aus«, sagte sie gönnerhaft. »Glaubt ihr das nicht auch, Jungs?«

Ray sah uns abwechselnd an. »Wie Feuer und Eis, Ladys«, sagte er. »Die Erfüllung aller Phantasien eines Mannes. Was sagen Sie, Mr Wootton?«

»Sie sind beide sehr ungezogene Mädchen. Wir werden uns kaum auf unser Essen konzentrieren können.«

»Keine Sorge, Rory«, sagte Alicia lächelnd. »Ich verspreche, es wird ein interessanter Abend werden. Aber lasst uns jetzt das Essen genießen und nicht über so banale Dinge wie Kleider reden.« Sie läutete eine kleine Glocke, und sofort trugen die Mädchen die Suppe auf. »Ray und Ollie, ich möchte alles über euer Filmprojekt hören.«

»Nun, über unsere Arbeit lässt sich nichts Bedeutungsvolles sagen, Alicia«, antwortete Ray grinsend. Er sah ihr tief in die Augen und zwinkerte ihr zu.

»Ich freue mich darauf, deine Arbeit kennen zu lernen, Ray«, sagte sie mit betörendem Augenaufschlag. »Ich glaube, sie ist phantastisch.«

»Was, zum Teufel, macht er denn beruflich?«, unterbrach Mr Wootton, und während wir die Suppe löffelten, versuchten die Amerikaner dem Lehrer zu erklären, was ein TV-Drama war. Der Film spielte in der viktorianischen

Zeit, obwohl sie keinen großen Wert auf historische Akkuratesse legten. Ray sprach sehr bescheiden über sein Projekt, und Ollie sprach nur dann, wenn Ray ihn dazu aufforderte.

Alicia befand sich in ihrem Element als Gastgeberin, sie leitete die Unterhaltung bei Tisch mit großem Geschick, und es gelang ihr immer wieder, sich selbst zum Thema zu machen. Sie gestand, sie würde sich auch mal gern auf dem Bildschirm sehen, was Ray begeistert aufnahm. Nach einer Weile spürte Alicia, dass die anderen Gäste auf dem Abstellgleis standen, und brachte uns einzeln wieder ins Gespräch zurück.

Das Verhältnis zu ihrem Lehrer weckte mein Interesse. Sie schmeichelte ihm, gab sich sehr liebenswürdig und begann sogar ungeniert mit ihm zu flirten. Seine grobe Art schien ihr zu gefallen, und einige Male stellte sie ihm ›Belohnungen‹ in Aussicht, aber wir erfuhren nicht, was er dafür tun musste oder worin die Belohnungen bestanden.

»Hattest du einen Lieblingslehrer, Josephina?«, fragte sie. »Ich hatte so ein Glück mit Rory. Er hat mir so viel beigebracht.«

Mr Wootton lächelte still vor sich hin.

»Nun, es gab nicht viele, die ich zum Essen einladen konnte«, antwortete ich. »In der Schule war ich bei den Lehrern eher als Raufbold verschrien.«

»Das kann ich mir nicht vorstellen«, warf Ray ein.

»Sie brauchten bestimmt eine feste Hand«, sagte Mr Wootton.

Ich wollte Alicias Reaktion testen und begann mit ihm zu flirten. »Nun, Rory, Sie wissen ja, wie man sagt: Es ist nie zu spät.« Ich sah ihn einen Moment zu lange an. »Ich bin nie privat unterrichtet worden. Vielleicht sagen Sie mir, was ich alles verpasst habe.«

»Ja, das könnte ich, meine Liebe«, sagte er eifrig.

Seine fette Hand legte sich auf mein Knie und glitt über die empfindliche Haut der Kniekehle. Ich versuchte, nicht zusammenzuzucken.

»Nun«, sagte Alicia gepresst, »ich bin bereit für den Hauptgang. Wo bleiben nur die verdammten Dienstmädchen?« Einen Moment lang verlor sie die Beherrschung und schwang ungeduldig die Glocke.

Mr Woottons Hand kroch in kreisenden Bewegungen höher. Ich spürte seine raue Haut auf meinem Oberschenkel. Mein hauchdünnes Kleid legte sich über seine Hand, und bald spürte ich seine Finger im heißen Delta meiner Schenkel. Ich hätte am liebsten gekichert und konnte kaum glauben, was er sich herausnahm. Mir war, als würde ich vom Vater meiner Freundin sexuell belästigt. Ich versuchte mich still zu verhalten, aber der Druck seiner Finger wollte mich schamvoll und erregt aufschreien lassen. Ich senkte verlegen den Blick und sah das Zelt in seiner Hose.

Die Türen öffneten sich, und die Mädchen brachten silberne Tabletts mit Fisch und Gemüse herein. Während sie uns vorlegten, hielt Mr Wootton die Hand auf dem Schritt meines Höschens. Die Mädchen mussten es sehen können, wenn sie hinter unseren Stühlen standen und Wein nachschenkten, aber das schien ihm egal zu sein.

»Ich hatte eine richtig scharfe Lehrerin«, sagte Ray. »Miss Klein. Himmel, war sie sexy. Es war eine Jungenschule, und sie kam jeden Tag in ihrem engen Top, das viel zu klein für sie war, und dazu trug sie stets eine enge Hose. Nichts war unserer Phantasie überlassen. Wenn sie sich in der Klasse vorbeugte, starrten fünfundzwanzig Jungen auf ihre Titten. Mann, sah sie scharf aus.«

»Teenager sind so dankbare Zielscheiben«, warf Alicia ein.

»Stimmt, aber das trifft auch auf Mädchen zu«, meldete sich Mr Wootton, während er mit dem dicken Daumen gegen mein Höschen rieb. »Ich glaube sogar, sie sind noch schlimmer, denn sie wissen, dass sie einen Mann dazu bringen können, alles zu tun, was sie wollen.«

»Ja, stimmt«, bestätigte Ray. »Die Jungen haben diese Möglichkeit nicht.«

Die Unterhaltung verschwand im Nebel, während Mr Woottons Finger auf dem gespannten Stoff des Höschens kleine Kreise beschrieben. Ich überlegte, ob ich ihm Einhalt gebieten sollte. Schließlich hatte ich nur deshalb mit ihm zu flirten begonnen, weil ich unsere Gastgeberin ärgern wollte, und das war mir gelungen.

Aber die schmelzenden Gefühle in meinem Schoß hielten mich auf dem Sprung, und statt Wootton zurückzuweisen, rutschte ich seinen Fingern begierig entgegen. Ich hörte, wie er zu schnaufen begann.

»Die jungen Männer haben all diese überschüssige Energie und wissen nicht wohin damit«, sagte Alicia sehnsüchtig. »Ich würde gern mal einen ausprobieren.«

»Ich wette, du hast schon einige ausprobiert«, sagte Ray. »Du warst bestimmt ein unartiger Teenager.«

Alicia nickte zustimmend, und Mr Wootton lachte trocken auf. »Sie war eine kleine Teufelin«, verriet er. »Und sie liebte nichts mehr, als zu necken und zu locken.«

»Es ist ein Wunder, dass ich überhaupt etwas gelernt habe, nicht wahr, Rory? Es gab ja so viele Ablenkungen.« Sie lächelte ihn an, und er rieb nur noch fester über meinen Schritt.

Ich stellte mir Alicia als Teenager vor und wie sie versuchte, ihren Lehrer zu verführen. Ich war sicher, dass sie unwiderstehlich war. Vielleicht hatte er sie bei früheren Familientreffen auch so berührt wie jetzt mich. Das Blut schoss in meine Wangen. Vielleicht wusste sie, was Mr Wootton in diesem Moment mit mir anstellte. Ich musste schlucken.

»Schmeckt Ihnen der Fisch nicht?« Toms Stimme schien weit weg zu sein. Nach ein paar Sekunden fiel mir erst auf, dass er mit mir gesprochen hatte.

»Oh, entschuldigen Sie.« Ich hatte mein Essen noch nicht angerührt. »Ich war meilenweit weg.«

»Das sehen wir«, sagte Ray und blinzelte mir zu. Ich fragte mich, ob er Mr Woottons Hand sehen konnte, aber dann wurde mir klar, dass er auf meine geröteten Wangen anspielte. »Das ganze Gerede über Teenager hat scharfe Erinnerungen in Ihnen geweckt, stimmt's?«

Ich lachte und schob eine Kartoffel in den Mund, damit ich nicht antworten musste.

»He, ich habe Recht!«, rief Ray.

Ich schob die Hand des Lehrers von meiner Pussy. Plötzlich war ich entsetzt über mich selbst. »Nein, nein, ich habe mich nur über euch gewundert«, sagte ich in gespielter Empörung.

»Und was macht Sie an?«, hakte Ray nach. »Ältere Typen vielleicht?« Ich sah aus den Augenwinkeln, dass Mr Wootton die Finger an seine Nase hielt und meinen Geruch tief einsog.

»Vielleicht«, antwortete ich. »Eigentlich viele Dinge. Zu viele, um sie jetzt aufzuzählen.« Mir wurde Toms Anwesenheit bewusst, und diese Tatsache ließ mich entgegen meiner sonstigen Art scheu sein. Ich wollte ihn nicht verschrecken.

»Ach, komm schon«, rief Alicia. »Sei keine Spielverderberin, meine Liebe.«

»Aber ich habe nie eine Liste von Dingen angelegt, die ich mag oder nicht«, wandte ich ein. »Ich lasse lieber alles über mich ergehen.«

Es entstand eine kleine Pause, dann hörte ich Ray sagen: »Das ist ein Mädchen nach meinem Geschmack.«

Nach dem Essen klebten wir alle trunken auf unseren Stühlen. Sogar Tom schien fröhlich gestimmt zu sein, obwohl ich mir nicht vorstellen konnte, dass dies seine Art eines netten Abends war. Ray ging zum Plattenspieler und legte Jazzmusik auf. Er tanzte durchs Zimmer und blieb hinter Alicias Stuhl stehen, strich ihr über die Haare und schwenkte die Hüften.

»Ich finde, wir sollten ein Spiel spielen«, sagte er, und sein frivoles Grinsen sagte mir, dass er nicht an Monopoly dachte. Alicia kuschelte sich mit dem Hinterkopf an ihn, und ihre Schultern drückten gegen seinen Unterleib.

»Oh, ja, eine fabelhafte Idee«, rief sie … »Welches Spiel? Und was für Regeln?«

»Es gibt keine Regeln«, bestimmte Ray, und alle lachten beschwipst. Nur Tom saß reglos da und lauschte der Musik.

»Ich bin zuerst dran«, rief Alicia. »Ich liebe Spiele. Erhalte ich einen Preis?«

»Ja, Baby.« Ray strich über ihren Nacken, und sie erschauerte lustvoll. »Es geht um Süßes oder Saures.«

Alicia klatschte begeistert in die Hände. »Ladys first – das werden die Gentlemen doch akzeptieren?«

Tom erhob sich. »Ich gehe zu Bett«, teilte er mit und fuhr sich durch die Haare.

Ich war enttäuscht, denn ich hatte gehofft, es würde jetzt erst interessant mit ihm. »Wirklich? Jetzt schon?«, fragte ich »Die Nacht ist doch noch jung.«

»Ich glaube, es ist besser, wenn ich gehe.« Er warf Alicia einen bedauernden, missbilligenden Blick zu. »Das ist nicht wirklich meine Welt. Ich wünsche allen eine gute Nacht.«

Ich sah ihm nach, wie er das Zimmer verließ, und ich fühlte mich verlassen. Im Zimmer wurde es still.

»Ach, ihr müsst ihn ignorieren«, rief Alicia so laut, dass Tom es noch hören musste. »Er ist ein Spielverderber.«

Ray lehnte sich über den Tisch. »Also, Ladys, Süßes oder Saures. Die Wahrheit oder Risiko.« Seine Augen glitzerten mich an. »Jo?«

»Ich will zuerst die Frage hören, dann erst entscheide ich mich.«

»Ja, gut.« Ray überlegte. »Bist du bereit?« Ich nickte nervös. »Jo, gibt es jemanden an diesem Tisch, mit dem du schlafen willst?«

Ich lachte verlegen, um den Schock seiner Frage zu überbrücken.

»Und wenn ja – mit wem?«

»Eine solche Frage kannst du doch nicht stellen«, protestierte ich.

»Du hast es auf mich abgesehen, habe ich Recht?«, mutmaßte Ray.

Alicia sah mich gespannt an. »Ja, Darling, wer ist es?«, schnurrte sie. Wie eine Katze, bevor sie die Maus tötet.

»Niemand«, behauptete ich. Alle sahen mich vorwurfsvoll an.

»Nun gut«, sagte Ray. »Dann also Saures.«

Um ehrlich zu sein, mir war Saures schon immer lieber als Süßes. »Was soll ich tun?«, fragte ich.

Alle Augen waren auf Ray gerichtet. Er lehnte sich auf dem Stuhl zurück und dachte nach, während er sich über den Schnurrbart strich. Ich begann vor Nervosität zu kichern.

»Ich glaube, wir sollten Nachsicht üben«, warf Mr Wootton ein. »Sie ist weit weg von zu Hause.«

Ray ging zum Plattenspieler, ging die Sammlung durch und entschied sich dann für *Black Coffee* von Peggy Lee.

»Also gut, Miss Bell«, sagte er, »auf den Tisch.«

Umständlich kletterte ich hoch. Mein Rock war so kurz, dass alle Gäste darunter schauen konnten. Mr Woottons

Augen starrten auf mein Dreieck und auf den dünnen Stoff des schwarzen Slips.

»Sehr hübsch«, kommentierte Ray und setzte sich wieder, um auch in den Genuss der Aussicht zu gelangen. »Und jetzt erwarten wir einen Striptease.« Die Gäste am Tisch lachten laut.

»Kann ich nicht ein Lied zum Besten geben?«, fragte ich, obwohl ich wahnsinnig gern strippen würde. Jerome hatte oft genug davon gesprochen, dass er mit mir in einen Stripclub gehen und dort zusehen wollte, wie ich mich vor den männlichen Gästen entblößte.

»Um Himmels willen, Lady«, antwortete Ray und zündete sich eine Zigarette an. Der aufsteigende Rauch verlieh dem Raum mehr Atmosphäre. Ich wiegte mich langsam zur Musik, und meine Hüften bewegten sich sinnlich.

»Sehr gut«, sagte Ray leise.

Ich tänzelte langsam über den Tisch und ging vor Alicia in die Hocke, bis sich ihr Gesicht auf der Höhe meines Ausschnitts befand. Mr Wootton hinter mir hatte eine prächtige Sicht auf meinen runden Po, und ich konnte seinen Seufzer der Bewunderung hören. Dann kniete ich vor Ray und beugte den Oberkörper weit zurück. Sein Mund war nur wenige Zentimeter von meinem Schoß entfernt, während ich die Hüften im Takt der Musik kreisen ließ.

»Himmel«, hörte ich Ray stöhnen und spürte seinen heißen Atem auf meiner Haut. Ich wand mich vor seinem Gesicht, und wir wussten beide, dass er seinen Mund auf meine Scham pressen wollte – und ich wollte es auch. Ich fragte mich, ob ihm meine Erregung in die Nase stieg.

Ich konnte Ollie sehen. Er schwitzte, und seine zusammengezogenen Augen waren auf meine Brüste gerichtet. Sein Anblick warf mich einen Moment lang aus dem Konzept, ich wurde unaufmerksam und ließ mich zu Rays Enttäuschung auf den Tisch sinken.

Das Blech dröhnte vom Plattenspieler, und ich rollte mich über den Tisch, bis ich bäuchlings vor Mr Wootton lag. Er lächelte mich aufmunternd an, und ich sah, wie er die Hand gegen seinen Schritt drückte. Ich sah die Hilflosigkeit in seinem Blick, ein schmutziger alter Mann, der nach einer jungen Frau lechzte, die normalerweise in einer anderen Liga spielte.

Um ihm etwas Süßes zu bieten, leckte ich genießerisch über meine Lippen. Seine Hand rieb härter gegen die Beule in seinem Schoß. Ich hob mich auf alle viere, sah ihm in die Augen und ließ die Hüften rotieren, als würde ich von hinten von einem unsichtbaren Mann beglückt.

»Das halte ich nicht länger aus.« Ich hörte Rays heisere Stimme hinter mir. »Schau dir diesen phantastischen Arsch an. Mann, ist sie heiß.«

Ich richtete mich auf die Knie auf und sah Ray über die Schulter an, während ich die Träger meines Kleids abstreifte und meine vollen Brüste mit den steifen Nippeln entblößte. Nur Mr Wootton und Ollie konnten sie in ihrer vollen Pracht sehen. Ich hörte Ray stöhnen und ungeduldig knurren, ich sollte mich zu ihm umdrehen.

Die Musik fuhr durch mich hindurch. Ich fühlte mich wie in einem Traum. Als ich Mr Woottons Mund an meine Brust führte, hatte ich den Sinn für die Realität endgültig verloren. Seine Zunge war heiß und nass, und er schlürfte selig, als könnte er sein Glück nicht fassen.

Ich erinnerte mich an seine dicken Finger unter dem Tisch und an die sexuelle Spannung zwischen ihm und Alicia. In meiner Pussy loderte ein Feuer. Hatte er auch ihre Brüste geleckt? War das Teil seines Unterrichts gewesen? Ich stellte mir vor, wie sie sich vor ihm streckte und wie er an ihren jungen knospenden Brüsten leckte. Ich seufzte.

Peggy Lee raunte schmachtend, und ich fühlte meine Haut prickeln. *A man is born to a lovin'*, schluchzte sie, während Mr Wootton immer eifriger leckte. Seine Zunge kreiste, und dabei stieß er gurrende, schmatzende Geräusche aus. Seine Hände griffen meinen Körper ab. Ich schmiegte meine Brüste an ihn. Ich war in Kontrolle, und das gefiel mir.

Ich richtete mich auf, rockte wild hin und her und wand mich aus dem Kleid, bis es in einer roten Pfütze um meine Knöchel lag. Jetzt stand ich nur noch in meinem String und den hochhackigen Schuhen da, und das Lied war fast zu Ende.

Nach einer Weile wandte ich mich Ray zu, der wieder zu stöhnen anfing, als ich mich auf dem Tisch rhythmisch drehte. Meine Brüste hüpften, und ich spürte, wie das Blut in meine Nippel floss. Sie wurden noch härter. Ich nahm die Schmetterlinge aus meinen Haaren, die locker über Schultern und Rücken fielen. Sie kitzelten auf meiner Haut.

»Himmel, was für ein Anblick!«, quetschte Ray hervor. Seine Augen leuchteten. »Zeig uns deine Pussy, Jo! Komm schon, ich wette, sie ist eine Schönheit.«

Ich hörte die letzte Zeile von Peggy Lee: *It's drivin' me crazy, this waiting for my baby …*, und dann hörte ich auf, mich zu bewegen. Ich sah Ray kühl in die Augen und schob den String millimeterweise nach unten. Mr Wootton atmete schwer, als er sah, wie der Stoff über die Backen nach unten rutschte. Mein Dreieck lag bloß, als das Lied endete.

»Tut mir Leid, Jungs«, sagte ich lächelnd und zog den String wieder hoch. »Vielleicht ein anderes Mal.«

»Ach, komm schon«, rief Ray enttäuscht und erhob sich mühsam vom Stuhl.

Ich sah seine Erektion, die sich gegen den Hosenstoff

reckte. Ich wollte sie berühren, wollte, dass er mich berührte. Ich sprang vom Tisch und spürte meine Brüste hüpfen.

»Himmel, das ist nicht fair«, stöhnte er.

Ich ging zu ihm und spürte es in meiner Hand jucken. »Hättest du vielleicht ein längeres Lied aussuchen sollen?«, fragte ich schmunzelnd.

Er starrte fasziniert auf meinen Körper. »Der andere Kerl hat an deinen Brüsten saugen dürfen«, raunte er vorwurfsvoll.

Ich hatte Mitleid mit ihm, nahm meine Brüste in beide Hände und sagte: »Bitte, Mr Hobbs.«

Seine Augen strahlten. Es wurde still im Zimmer, als er seinen Mund über meine Brüste stülpte und die Nippel mit der Zunge reizte. Die Welle der Lust, die sich in mir aufbaute, warf mich fast aus dem Gleichgewicht. Unglaublich, dass ich diesen Mann erst gestern kennen gelernt hatte, und jetzt spürte ich seine Lippen auf meinen nackten Brüsten. Seine Daumen glitten über die Innenseiten meines Schenkel und strichen sinnlich auf und ab. Immer näher schoben sie sich der heißen Klitoris, die wie eine Knospe aufging.

Man hörte nichts außer seinen schlürfenden Geräuschen und meinem leisen Wimmern. Ray streckte sich auf seinem Stuhl aus und leckte immer intensiver. Ich sah den begeisterten Ausdruck auf seinem Gesicht und schmiegte mich lustvoll an ihn. Ich spreizte die Schenkel, dann grätschte ich über seinen Schoß. Ich hätte mich gern tiefer gebückt und ihn zum Höhepunkt gerieben, aber irgendwas hielt mich noch davon ab.

»Danke, Ray«, keuchte ich, völlig außer Atem. »Das war großartig.« Einen Moment lang sah es so aus, als wollte er mich überreden, ihn noch etwas länger gewähren zu lassen, aber dann lächelte er nur.

»Ich mach's immer wieder, du brauchst es mir nur zu sagen«, meinte er grinsend.

»Okay, jetzt bin ich dran«, rief Alicia gereizt und sah mich wütend an. Zitternd stieg ich wieder in mein Kleid. »Ich bin ganz fickrig geworden von der gekonnten Darstellung unserer schönen Besucherin«, fügte Alicia noch hinzu. »Jetzt bin ich zu allem bereit.«

Der Neid nagte schon an mir, als ich sah, wie Ray von einer Sekunde zur nächsten nur noch Augen für sie hatte. »Wunderbar«, sagte er. »Wie halten wir es denn? Süßes oder Saures?«

»Was soll die Frage?«, murrte sie ungehalten. »Zuerst muss man mir doch eine Aufgabe stellen.«

»Ja, stimmt«, räumte Ray ein. »Also, lass mich nachdenken.« Er nahm den Kopf in beide Hände, als wollte er unterstreichen, dass er besonders hartnäckig nachdachte.

»Ich habe eine Idee«, meldete sich Mr Wootton.

»Schieß los«, rief Ray und blinzelte mir zu. »Aber ich hoffe, es kommt was Gutes dabei raus.«

»Ganz sicher«, sagte er. »Alicia, was ist deine geilste Phantasie? Ich meine, was ist dein schockierendstes sexuelles Verlangen, das du je gehabt hast?«

Alicia fuhr mit einer Hand über die Haare. »Weißt du das denn nicht, Rory?«, fragte sie kokett. »Ich bin sicher, das haben wir miteinander geteilt.«

»Nun, dann teile es mit uns allen«, sagte Ray. »Ich jedenfalls würde es gern hören.«

Alicia überlegte einen Moment. »Wisst ihr, ich würde es euch gern erzählen, allein schon, um eure schockierten Gesichter zu sehen. Aber ich kann es nicht mit euch teilen. Es ist zu unanständig und pervers.«

»Und unmoralisch«, gluckste Mr Wootton und nahm einen tiefen Schluck vom roten Wein.

»Aber die besten Sachen sind das immer«, erwiderte

Alicia lächelnd und wandte sich achselzuckend an Ray. »Ich fürchte also, Mr Hobbs, dass ich eine Ihrer schrecklichen Strafen über mich ergehen lassen muss.«

»Aber sie soll was ganz Schmutziges tun«, rief Mr Wootton. »Alicia ist nicht so leicht zu schockieren.«

Ray überlegte kurz, dann lächelte er still vor sich hin. »Also gut. Auf den Tisch, Alicia.«

»Oh, nein, nicht noch ein Striptease«, schmollte Alicia und stieg elegant auf den Tisch.

Ray schüttelte den Kopf. »An so was Zahmes habe ich nicht gedacht, junge Frau. Schließlich soll es was Schmutziges sein.« Das Feuer in Alicias Augen verriet uns, wie sehr sie damit einverstanden war. »Zieh dich aus. Wir möchten nicht, dass dein Kleid versaut wird.«

»Oh, das hört sich gut an«, sagte sie und trat aus ihrem Kleid. Darunter trug sie nichts. Der blasse Körper war schlank und makellos, und die kleinen Nippel leuchteten dunkelrot vor Erwartung. Das schwarze Haar zwischen den Schenkeln wies wie ein leuchtender Pfeil zu ihrem Sex. Ich empfand einen Hauch von Neid – vielleicht auch von Verlangen –, weil sie so einen attraktiven Körper hatte. Keck stand sie über mir, ihr Körper wie ein offenes Buch. »Was jetzt?«

»Lege dich auf den Rücken, die Knie auseinander«, ordnete Ray an, »und behalte deine Schuhe an, Baby. Das sieht sehr sexy aus.«

Sie gehorchte und schien die Aufmerksamkeit zu genießen. Wir sahen schweigend zu, wie sie sich grazil auf dem langen Tisch drapierte.

»Ich fühle mich wie auf einem Altar«, rief sie. »Als wäre ich ein Jungfrauenopfer.«

Mr Wootton lachte kehlig. »Wohl kaum«, murmelte er und beugte sich über sie, als wollte er ihren Körper untersuchen. Sein Blick wanderte die Beine hinauf, bis er bei ihrer Pussy angelangt war. »Hübsch«, sagte er, mehr zu sich selbst. Seine Hände waren unter dem Tisch verschwunden.

Ich wünschte mir beinahe, wieder neben ihm zu sitzen, damit ich seine neugierigen Finger noch einmal genießen konnte, dann aber bis zum Ende.

Ray ging zum Sideboard und nahm eine Schüssel in die Hand. »Ein ungezogenes Mädchen hat den Nachtisch nicht aufgegessen«, neckte er grinsend und hielt einen Löffel voll *mousse au chocolat* hoch.

»Ein Mädchen kann nicht so einen schlanken Körper haben, wenn sie den ganzen Tag dieses fette Zeug in sich reinstopft«, gab Alicia lächelnd zurück.

»Aber was für eine Verschwendung, meine Liebe«, sagte Ray tadelnd. »Weißt du was? Wir werden dir helfen, den Nachtisch zu essen. Wie gefällt dir das?« Er wandte sich an Mr Wootton. »Was soll es sein, mein Herr? Sahne, *mousse au chocolat* oder Himbeersirup?«

Der alte Lehrer leckte sich über die Lippen. »Es geht nichts über Himbeeren.«

Ray trat zum Tisch und verteilte die Erdbeeren über Alicias nackte Brüste. Sie zuckte zusammen, als die kühle, sämige Flüssigkeit ihren Körper berührte.

»Was ist mit dir, Ollie?« Ray sah seinen Freund an, der die ganze Zeit stumm zugeschaut hatte.

»Die Mousse«, antwortete er.

Ray lächelte und ließ ein paar Klumpen des Schokoladenpuddings auf Alicias Füße und Zehen fallen. »Keine Sorge, Schatz, das ist sein Lieblingsfetisch«, versicherte er Alicia, aber ich war sicher, dass sie keine Gewissensbisse hatte, wenn jemand ihre Füße leckte.

»Was ist mit dir, Josephina?«

Alle Augen waren auf mich gerichtet. Ich war davon ausgegangen, dass ich bei diesem Spiel außen vor blieb.

»Ich habe meine Strafe doch schon abgeleistet«, sagte ich lahm. »Ich will zuschauen, sonst nichts.«

»Oh, nein«, wandte Ray lächelnd ein. »Wir wollen *dir* zuschauen.« Ich sah ein, dass ich nicht aussteigen konnte, ohne die Party zu sprengen. Das wäre zu schade, denn es wurde jetzt erst richtig heiß.

»Ich bin auch ein Fan von Schokolade«, sagte ich, »aber ich esse sie nicht von den Füßen.«

»Keine Sorge.« Ray strich mit dem Löffel die Mousse über Alicias Lippen. Sie zitterte vor Erregung. Ray häufte einen Löffel mit Schlagsahne und schaute auf Alicias gestreckten Körper. »Ich selbst habe eine Schwäche für Schlagsahne«, sagte er leise, und behutsam bestrich er ihre Pussy mit Sahne. »Ich kann nicht genug davon haben«, sagte er und leerte noch einen Löffel auf ihren Schamlippen.

Wir alle starrten Alicia gierig an. Ihr Körper war mit Sahne, Schokolade und Himbeersirup dekoriert. Sie hatte die Lippen geöffnet und wiegte langsam die Hüften.

»Bitte, beeilt euch«, murmelte sie ungeduldig.

»Also, dann wollen wir die Lady des Hauses nicht länger warten lassen«, sagte Ray, kletterte auf den Tisch und kniete sich zwischen ihre Schenkel. »Guten Appetit, alle miteinander.«

Mr Wootton bewegte sich zuerst, erhob sich behände von seinem Stuhl und fiel hungrig über die kleinen klebrigen Brüste her. Ich sah den leicht ergrauten Kopf, während der gierige Mund von einem steifen Nippel zum anderen glitt.

Alicias Körper reagierte sofort auf seine Liebkosungen. Sie seufzte laut, nahm seinen Kopf in die Hände und führte ihn von einer Brust zur anderen.

»Ja, wunderbar machst du das, Rory«, stöhnte sie und wand sich hin und her.

Wir alle waren hingerissen von dem Anblick, wie der alte Mann eifrig über ihre Brüste leckte. Meine Pussy floss davon, beinahe als Sympathie für seine Leckereien. Es wurde deutlich, dass sie sich sexuell kannten.

Ich hätte gern gewusst, wann das begonnen hatte. Ich sah ihnen zu, und mir war, als schaute ich dem Lehrer zu, der sich seiner Schülerin gegenüber sexuelle Freiheiten herausnahm.

Alicia musste meine Gedanken gelesen haben. »Oh, Mr Wootton«, keuchte sie, »mein Vater kann jeden Augenblick hereinkommen.«

Das erregte ihn offenbar noch mehr, denn er saugte kräftiger an ihren Nippeln. Alicia streckte sich voller Entzücken und fühlte sich wie eine Katze, die lustvoll gestreichelt wird.

»Mr Wootton, Sie sind ein schlimmer Mann«, keuchte sie. »Sie sollten mich nicht so saugen. Ich glaube, ich muss das meinem Daddy sagen.«

»Halt den Mund und benimm dich«, knurrte er, »sonst erhältst du wieder eine Tracht Prügel.«

»Oh!« Sie erschauerte in gespielter Empörung, als sie die Drohung hörte, und mein String wurde feucht.

Ollie war auch erregt, sah ich, er stand auf, und seine schwarze Hose streckte sich über die kompakte Erektion. Er leckte begeistert über ihre Füße und nahm sich jeden Zeh einzeln vor. Ich mochte Ollie nicht, aber es sah verdammt sexy aus, wie er über Alicias Füße leckte, und wenn Alicias Stöhnen zählte, empfand sie das auch so. Die Mousse klebte an seinen Lippen, während er wie ein Tier grunzte.

Ray sah mich an und bemerkte offenbar meinen erregten Zustand.

»Steh auf«, sagte er, und ich gehorchte sofort. Er strich über meine harten Nippel. Ich hätte seine Berührungen gern zwischen den Schenkeln gespürt, aber er ließ die Hände sinken und beugte sich über Alicia.

Seine Zunge fuhr über ihre Labien und leckte die Sahne auf. Seine Augen waren vor Wonne geschlossen, während er Alicia schmeckte. Als die Zunge über ihre erregte Klitoris glitt, begannen ihre Hüften hin und her zu rucken, heftiger als bisher. Sie bäumte sich auf, ruckte ihren Schoß gegen sein Gesicht. Die Sahne schmolz in seinem Mund. Ich zitterte vor Eifersucht, als ich sah, dass er immer schneller leckte, bis die Zunge sanft wie ein Schmetterlingsflügel gegen ihre Klitoris flatterte.

Ich fühlte mich ausgeschlossen, als ich sah, wie sich die drei Männer an Alicias Körper labten, und während ich mit fiebrigen Augen zusah, rieb ich mich zwischen den Schenkeln. Alicia schüttelte sich und schrie auf, dann geriet ihr Körper in unbeherrschte, hilflose Zuckungen, aber das interessierte die Männer nicht. Sie schleckten und leckten weiter und brachten Alicia von Orgasmus zu Orgasmus.

Nach einigem Zögern beugte ich mich über ihr Gesicht und leckte die Schokolade von ihren Lippen. Ich wollte unbedingt Teil ihrer Lust sein. Ihr Mund war wahnsinnig süß, ich musste mehr davon haben. Sie drückte die spitze Zunge gegen meine, und bevor ich wusste, wie mir geschah, pressten sich unsere Münder aufeinander.

Sie fasste an meinen Hinterkopf und presste mich härter auf sich. Ich spürte ihr Stöhnen in meinem Mund und masturbierte heftig, denn ich hatte ihr gegenüber einiges aufzuholen. Ich ahnte, dass Mr Wootton sich von ihren Brüsten erhob, um unseren hungrigen Kuss besser beobachten zu können, und dann hörte ich Rays Stimme.

»Oh, verdammt, das ist scharf!«

Ich hob den Kopf und sah, dass uns alle drei Männer zuschauten.

»Hör nicht auf, Liebling«, flüsterte Ray an meinem Ohr. »Mach weiter.«

Alicia nahm mich wieder in einem Duell der Zungen gefangen und saugte meinen Mund. Ihre Finger massierten hart in meine Kopfhaut. Plötzlich spürte ich Ray hinter mir. Seine kundigen Finger stießen an meinem String vorbei in die Nässe meines Schoßes.

»Himmel, was für eine saftige Pussy du hast«, raunte er. »Ich kann es gar nicht erwarten, in dich einzudringen.« Er stieß seinen Schaft gegen mich, und ich lechzte danach, ihn endlich zu spüren. Ich hatte genug von Necken und Spielen, jetzt wollte ich Taten sehen. Oh, wenn Jerome doch da gewesen wäre. Ich konnte mich doch keinem Fremden hingeben, das könnte mich den geliebten Job kosten.

Aber als ich seine Finger spürte, die locker über meine Klitoris glitten, schob ich mich seiner Hand entgegen.

»Oh, Mann«, grunzte er und rieb härter. Ich ruckte gegen seinen Schoß und schrie meinen Orgasmus in Alicias weit geöffneten Mund.

Als es mir gekommen war, sah ich wieder klarer und stolperte vom Tisch zurück. Ray, Ollie und Mr Wootton traten näher. Sie kamen mir wie kleine Jungen vor, die sich mit ihren Waffen brüsteten. Ray und Ollie fielen über Alicia her, nur Mr Wootton hielt sich zurück. Er schnaufte laut. Alicia bemerkte seine Frustration, winkte ihn heran und nahm ihn bereitwillig in den Mund.

Ich zog mich still auf mein Zimmer zurück, und weil ich immer noch erregt war, gab ich meinem Verlangen nach und rief Jerome an. Es war nach Mitternacht, und bei ihm lief der Anrufbeantworter. Vielleicht war Jerome schon zu Bett gegangen, dachte ich, während ich meine Schuhe abstreifte. Ich warf mein Kleid über einen Stuhl, kroch nackt ins Bett und streichelte mich in den Schlaf.

Sechstes Kapitel

Auf meinem Laptop explodierten die Sterne, ein sicheres Zeichen dafür, dass mir nichts einfiel, denn wenn ich ein paar Minuten keine Taste berührt hatte, schaltete sich der Bildschirmschoner ein. Zum vierzehnten Mal schaute ich auf die Uhr. Fast elf. Wie sollte ich das gestrige Geschehen festhalten? Ich hörte schon Jerome in dieser harten Sprache schimpfen, die er immer dann an den Tag legte, wenn er wirklich wütend war (meistens, wenn ich ihn in Gesellschaft anderer meinen Freund nannte).

Ich war wütend über mich selbst, stand auf und nahm mir vor, Tom und Alicia ernsthaft zu interviewen. Ich musste mich und die anderen daran erinnern, dass ich zum Arbeiten hier war und nicht, um mich in sexuelle Spielchen verstricken zu lassen. Schließlich war ich eine respektierte Musikjournalistin.

Ich schlenderte über die Flure und suchte nach irgendeiner Inspiration. Ohne es eigentlich zu wollen, näherte ich mich dem Flügel, in dem ich am Vortag Ray und Ollie kennen gelernt hatte. Die Sonne strahlte durch die Fenster, und einige Male musste ich geblendet die Augen schließen.

Bald schon hörte ich Stimmen. Offenbar befand ich mich in der Nähe des Zimmers, in dem sie filmten. Ich wusste, dass ich nicht hineinplatzen durfte, deshalb lehnte ich mich gegen eine Fensterbank und ließ meinen Rücken von der Sonne bescheinen. Ich schloss die Augen und versuchte, mir eine Strategie zurechtzulegen, wie ich den Artikel schreiben konnte. Bisher hatten mich zu viele Dinge abgelenkt.

Plötzlich verstummten die Stimmen hinter der Tür. Ich hörte Ray ›Action‹ rufen. Zuerst glaubte ich, sie drehten eine stille Szene, denn mehrere Minuten lang hörte ich absolut nichts. Aber dann kam es: Ein langes, irre gedehntes Stöhnen. Vielleicht war es ein sehr emotionaler Moment, dachte ich, drückte mich vom Fensterbrett ab und presste mein Ohr gegen die Tür. Noch ein Stöhnen, dann ein Knall wie von einer Peitsche und schließlich ein Schrei des Entzückens.

Alle Gedanken an ernsthaften Journalismus wurden mir aus dem Kopf getrieben. Ich bückte mich und linste durchs Schlüsselloch, aber ich konnte nur Formen und Farben erkennen. Dies war das verrückteste viktorianische TV-Drama, von dem ich je gehört hatte.

Die Frau stand tief gebückt da, und ihre schwarzen Haare fielen über den Rücken eines plüschigen viktorianischen Sessels. Hinter ihr konnte ich nur den gebräunten Schenkel eines Mannes sehen und seine unglaublich große Erektion. Eine breite Peitsche landete auf den Pobacken der Frau, die wieder entzückt aufschrie. Ich kannte die Stimme, die mir sofort das Geschehen des vergangenen Abends in Erinnerung rief – Alicia.

Der Mann hinter ihr spielte mit der Peitsche und ließ sie über ihren Po gleiten, ehe er spielerisch zwischen ihre Backen fuhr. Alicia flüsterte etwas und ließ die Hüften kreisen. Dann trat Ray ins Bild und versperrte mir den Blick, sodass ich nur Alicias Schreie und Stöhnen hörte. Bald grunzte der Mann im Takt ihres Stöhnens, und ich nahm an, dass er in sie eingedrungen war. Ich schloss die Augen und genoss die unanständigen Laute.

Als ich die Augen wieder öffnete, war Ray aus meinem Bild getreten, und ich konnte sehen, wie der Mann brutal in Alicia hineinstieß. Ganz offensichtlich gefiel ihr seine harte Tour, denn ihr kam es laut und intensiv. Als der

Mann es nicht mehr aushalten konnte, zog er sich rasch aus ihr zurück und versprühte sich über ihren runden Backen.

Ollie trat in mein Blickfeld, er hielt die Kamera und ging ganz nahe an das Geschehen heran. Sein Anblick war wie ein nasses Tuch für meine Erregung. Mir wurde bewusst, wie sehr Alicia sich den fremden Männern auslieferte. Gestern Abend hatte sie als schöne Gastgeberin die Fäden in der Hand gehalten, aber hier wurde sie nur benutzt.

Ich richtete mich auf und ging. Ich musste zu Tom. Er würde mich wieder aufs richtige Gleis bringen.

Ich ging hinunter und spazierte in den Garten. Vielleicht traf ich Tom auf einem Spaziergang. Schon nach den ersten Schritten spürte ich die Hitze des Sommers. Ich zog meine Schuhe aus und ging barfuß über den weichen Rasen. Ich schloss die Augen und warf den Kopf in den Nacken. Ich konnte nur das Summen einiger Bienen und das Zwitschern von Vögeln hören.

Ich wollte nicht daran denken, auf was Alicia sich oben in diesem Zimmer einließ, und ich wollte auch nicht daran denken, was Jerome in London trieb – oder was er sagen würde, wenn er wüsste, wie ich mich hier aufführte. Ich wollte an gar nichts denken. Meine Gedanken leeren. Ich fand eine schattige Stelle, die mich zum Verweilen einlud, und redete mir ein, ich bräuchte eine Pause.

Mir stieg der Duft von frisch gemähtem Gras in die Nase, und nach wenigen Minuten des Dösens war ich eingeschlafen. In meinen Träumen sah ich Alicia mit einem Mund so rot wie Klatschmohn und einer Haut aus Glas. Die Leute lachten über sie, und dann begriff ich, dass das Lachen aus der realen Welt kam. Ich schlug die Augen auf.

Kieran stand über mir, den Blick auf meinen Schoß gerichtet. Während meines Traums hatte sich der Rock weit nach oben geschoben. Er konnte meinen Slip sehen. Zum Glück hatte ich heute Morgen einen sexy Slip angezogen – lila Satin mit Spitze.

»Hübsch sieht das aus«, bemerkte er, ein dümmliches Grinsen im Gesicht.

»Hallo, Kieran«, gab ich kühl zurück, zog den Rock nach unten und richtete mich ein bisschen zu hastig in eine sitzende Position auf. Mir wurde schwindlig, und ich fiel zurück, wobei ich mich mit dem Handgelenk abstützen wollte. Er war sofort an meiner Seite, half mir auf, halb Gentleman, halb Grabscher. Seine Hände lagen zu lange auf Hüfte und Arm.

»Danke, jetzt geht's wieder. Ich habe mich zu rasch aufgerichtet, deshalb drehte sich alles in meinem Kopf, und mir wurde schwindlig.«

»Warum hast du uns noch nicht besucht?«, fragte er und streichelte meinen Unterarm.

Kleine Schauer liefen mir über den Rücken, und wo er mich berührte, richteten sich die Härchen auf.

»Wir warten auf dich, aber lange können wir nicht mehr warten.«

»Ich habe euch doch gesagt, dass ich einen Freund habe«, erinnerte ich ihn.

Er stieß schnaubend die Luft aus und lachte.

»Was ist daran so komisch?«

»Nichts«, sagte er, aber er sagte es auf eine Weise, die klar machte, dass ich weiter fragen sollte.

»Also, was ist daran so komisch, dass ich einen Freund habe?« Ich schob seine Hand von meinem Arm. »Es ist kein Fehler, treu zu sein. Du solltest das auch mal versuchen.«

Er blinzelte zum Haus, und seine Augen blickten immer

noch amüsiert. »Nun ja«, begann er, »die Miss hat Harry erzählt, dein so genannter Freund flirtet auf Teufel komm raus mit ihr am Telefon.«

Jetzt musste ich lachen. Dieser Landkürbis kannte nicht den Unterschied zwischen Charme und Flirt. Jerome setzte oft seinen Charme ein, um bei Gesprächspartnern das durchzusetzen, was er haben wollte.

»Ja, und sie hat Harry auch gesagt, dass er sie jeden Abend mit seinen Anrufen belästigt.«

Es war, als wollte mein Blut einfrieren. Jeden Abend? Und ich habe jeden Abend versucht, ihn zu erreichen, während er genug Zeit hatte, mit ihr zu flirten?

»Ja«, fuhr Kieran lächelnd fort, weil er sah, welche Wirkung er bei mir erzielte. »Er ist ein richtiger Fan von ihr geworden. Er will sie auch mal ausführen. Ihr habt wohl eine offene Beziehung, was?«

Eine Wolke musste sich vor die Sonne geschoben haben, denn mir war plötzlich kalt.

»Unsere Miss Alicia ist immer zu allem bereit«, fügte er hinzu. »Ich und Harry können kaum Schritt halten. Sie ist unersättlich, dieses Weib.« Er sagte es so, als sollte es eine Herausforderung an mich sein. »Absolut nicht prüde.«

Ich sollte mich wohl als frigide betrachten, weil ich noch nicht zu ihnen ins Heu gegangen war.

»Ich kann es kaum erwarten, dir was davon zu geben, was sie so sehr genießt. Warum kommst du heute Abend nicht zu uns? Wir bringen dich wieder in Stimmung.«

Meine Beine zitterten noch ein wenig, als ich nach dem Anklopfen und dem »Herein« Toms Zimmer betrat. Er winkte mir zu, und ich sah, dass er sich eine Mahlzeit zusammengestellt hatte. Käse, Tomaten und ein Baguette.

»Entschuldigen Sie, Tom. Störe ich Sie beim Essen?« Mir wurde plötzlich bewusst, wie hungrig ich war. In meinem Bauch rumorte es.

»Sie sind gern eingeladen, sich zu bedienen. Ich verstecke mich hier vor den Hausgästen.« Er verzog das Gesicht, weil er den Faux pas gleich bemerkte. »Vor Ihnen natürlich nicht. Entschuldigen Sie. Ich habe Ihnen ja gesagt, dass ich im Umgang mit Frauen schrecklich ungeschickt bin.«

Ich widersprach ihm eifrig, und mir fielen zum ersten Mal seine breiten Schultern auf, als er sich an den Tisch setzte und das Brot brach. Ich setzte mich ihm gegenüber und biss in eine Tomate. Unglücklicherweise spritzte der Saft auf mein weißes Top, und die kleinen Kerne rutschten auf dem glitschigen Saft über meine rechte Brust.

Tom lachte lauthals und reichte mir nach kurzem Zögern ein Tuch. Ich glaube, er hatte einen Moment lang überlegt, ob er mich nicht selbst trocken tupfen sollte. Meine Wangen glühten. Ich hatte gehofft, dass mein spontaner Biss in die Tomate ihm das Bild einer natürlichen Frau mit gesundem Appetit vermitteln würde – stattdessen hatte ich mich als sabbernde Närrin entlarvt.

»Ich kann's nicht glauben«, murmelte ich verlegen. »Einfach idiotisch.«

Er lächelte mich an, nahm eine Tomate und biss hinein, und der Saft spritzte über sein Hemd, und wir lachten wie kleine Kinder. Ein paar Spritzer waren auf seinem Hals gelandet, und ich erwischte mich dabei, wie ich mit der Zunge über meine Lippen strich und überlegte, wie es sich wohl anfühlte, wenn ich mich zu ihm beugte und den Saft von seiner Haut leckte.

»Das ist ein neuer Trend«, scherzte er. »In Paris tragen alle Tomatenflecken.« Er gluckste, schnitt ein Stück Cheddar ab und steckte es sich in den Mund.

»Ich glaube, diese Mode überspringe ich«, murmelte ich und betrachtete mein ruiniertes Top. »Der Saft hinterlässt hässliche Flecken.«

»Wirklich?«

Ich lachte in sein entsetztes Gesicht. Er stand auf und zog sein Hemd über den Kopf. Mein Lachen verstummte. Er hatte einen sanft gebräunten Körper, muskulös und fest. Dunkelblonde Härchen kräuselten sich auf seiner Brust. Er fing meinen Blick auf und errötete.

»Oh, entschuldigen Sie, ich habe nicht daran gedacht …« Er brach ab und ging in den hinteren Teil des Zimmers, wo er sich ein T-Shirt überstreifte. Er warf das Hemd ins Waschbecken und drehte den Wasserhahn auf.

»Es stört mich nicht«, sagte ich reichlich spät. »Ich meine, ich bin nicht prüde. Ich bin halb Brasilianerin, und in Brasilien hält man nicht viel von Kleidern. Sie haben die kleinsten Bikinis auf der Welt, kaum mehr Stoff als ein paar Fäden Zahnseide.«

»Erinnern Sie mich daran, dass ich meinen nächsten Urlaub in Brasilien buche«, sagte er, kam zum Tisch zurück und setzte sein Mittagessen fort. »Besonders, wenn alle Brasilianerinnen so aussehen wie Sie.«

Er sah nicht hoch, als er das sagte, was mir nur recht war, denn ich war sprachlos und saß mit offenem Mund da. Wenn Kieran, Ray oder auch Jerome das gesagt hätten, wäre es nicht von Bedeutung gewesen, aber bei Tom wusste ich, dass es keine Phrase war. Ihm fiel auf, dass ich aufgehört hatte zu essen.

»Was ist …?« Er brach ab, denn ihm schien erst jetzt bewusst zu werden, was er gesagt hatte. »Oh, verdammt, es tut mir Leid. Ich bin so unhöflich. Ihr Top – wollen Sie es einweichen, wie ich es mit meinem Hemd gemacht habe?« Er stand auf und wühlte durch eine Schublade. »Ich habe eine ordentliche Sammlung von T-Shirts, alle sauber. Die meisten jedenfalls.« Er holte ein schwarzes heraus und schnüffelte daran. »Ja, riecht frisch.«

»Nun ...« Ich wusste nicht, ob ich in seiner Gegenwart mein Top ausziehen sollte, aber nach meiner ›Ich-bin-Brasilianerin‹-Rede konnte ich eigentlich keinen Rückzieher machen. Also erhob ich mich und zog das Top über meinen Kopf.

Tom hatte damit offenbar nicht gerechnet und wandte sich einen Moment zu spät um. Ich trug meinen besten BH, lila und mit Spitze gesäumt. Er betonte die Fülle meiner Brüste. Ich hatte es nicht eilig, sie zu verstecken, aber er war der perfekte Gentleman und drehte sich zur Wand.

»Schon gut, Tom«, sagte ich lachend und nahm ihm das schwarze T-Shirt aus der Hand. »Ich weiß, dass Sie nicht lüstern nach mir schielen.«

»Das wissen Sie?« Seine Stimme klang gepresst. Ich verrenkte den Hals, um sein Gesicht zu sehen, aber ich sah es nicht.

»Tom?« Ich musste über sein anständiges Verhalten lachen. »Wissen Sie, ich habe Sie auch lustvoll angeschaut, als Sie Ihr Hemd ausgezogen haben, deshalb ist es durchaus gerechtfertigt, dass Sie sich revanchieren. Sonst müsste ich mich ja als schmutzige alte Frau fühlen.«

»Haben Sie es schon angezogen?«

»Ja«, log ich. Er drehte sich um, und ich stand da, die Hände in die Hüften gestemmt. Ich grinste, als er erschrocken auf meine vollen Brüste starrte. »Es tut mir Leid, Tom, ich konnte einfach nicht widerstehen.« Schließlich zog ich das T-Shirt an. Er wurde rot und lächelte.

»Entschuldigen Sie sich nicht«, murmelte er und biss ins Brot. Eine Weile aßen wir schweigend, dann fiel mir ein, dass ich heute die ernsthafte Journalistin sein wollte.

»Also«, sagte ich, »reden wir über Daphne Hathaway. War sie ein Genie?«

Er lachte, dann begriff er, dass ich es ernst meinte. »Sie wollen mich jetzt interviewen?«, fragte er ungläubig.

»Ja.«

»Aber – verzeihen Sie – ich habe gerade Ihre Brüste gesehen.« Er sah schüchtern und lüstern zugleich aus. »Wie soll ich mich da konzentrieren?«

»Ich habe viel mehr zu bieten als nur nackte Brüste«, reizte ich ihn. »Erzählen Sie mir, was Sie über Ihre Urgroßmutter denken, was Sie von ihr halten.«

Er lachte wieder und schüttelte den Kopf. »Sie hatte schon einen Hang zum Bohemehaften«, antwortete er. »Sie war launisch und unberechenbar wie meine Schwester.«

»Das ist vielleicht eine sehr passende Beschreibung«, sagte ich, und vor meinem geistigen Auge sah ich Alicia auf dem Tisch liegen. Dann drängte sich mir ein Bild auf, wie Jerome lüstern in sie eindrang, und ich schüttelte mich.

»Was ist denn?«, fragte Tom.

Ich hatte ihm bisher meinen Freund Jerome verschwiegen, und ich wollte auch jetzt nicht über ihn sprechen.

»Ist Alicia … eh, ich meine, weiß sie, wo ihre Grenzen sind?« Ich hätte gern gewusst, ob Tom etwas von ihren Eskapaden gehört oder gesehen hatte.

»Wahrscheinlich nicht.« Er setzte sich zurück und fuhr sich mit gespreizten Fingern durch die Haare. »Manchmal treibt sie mich in den Wahnsinn. Ich nehme an, Sie haben inzwischen erfahren, wozu sie alles fähig ist. Alicia hat was Zerstörerisches in sich. Ihr fehlt die Kontrolle.«

»Meinen Sie damit auch etwas Selbstzerstörerisches?«

»Beides, glaube ich. Wenn ich mich mal für eine Frau interessiere, gelingt es Alicia sehr schnell, ihre Schwächen herauszufinden.«

Ich überlegte, was meine eigene Schwäche war. Ich schätzte, meine größte Schwäche war Jerome. Und wenn

Alicia es auf ihn abgesehen hatte, würde es ihr gelingen, mich da zu treffen, wo ich am empfindlichsten war.

»Sie müssen vor ihr auf der Hut sein«, warnte mich Tom. »Ich meine, ich liebe sie, sie ist meine Schwester, aber sie ist alles andere als lieb und süß.«

»Ganz anders als Sie«, bemerkte ich. Er wusste nicht, ob ich scherzte oder nicht. »Ehrlich. Sie beide sind wie Feuer und Wasser.« Er sah mich lange schweigend an, dann sagte ich: »Okay, zurück zum Interview. Ich bin an den Parallelen zwischen Daphne und Alicia interessiert.«

Tom dachte nach. »Nun, zufällig sind diese Parallelen nicht. Alicia glaubt, irgendeine spirituelle Verbindung mit Daphne zu haben. Deshalb unternimmt sie Dinge, die man Daphne zuschreibt.«

»Zum Beispiel?«

»Ihre Party.« Er sah das Fragezeichen auf meinem Gesicht. »Hat sie Ihnen noch nichts von ihrer großen Party zum dreiunddreißigsten Geburtstag erzählt? Sie plant sie schon seit ein paar Monaten. Die Party findet nächste Woche im großen Saal statt.«

Ich lächelte. Partys mochte ich. Sofort hatte ich ein Bild im Kopf, wie ich in einem großen, üppig geschmückten Saal zu romantischer Musik tanzte, wie ich mit meinem langen pinkfarbenen Ballkleid in Toms Armen lag. Er musste meinen verträumten Ausdruck bemerkt haben.

»Alles, was Sie sich ausmalen, wird von Alicias Party übertroffen«, sagte er. »Und ihre Freunde und Freundinnen sind ein Haufen perverser Snobs.«

»Es wird also keinen Ball wie im Film *The Sound of Music* geben?«, fragte ich enttäuscht.

»Ganz sicher nicht. Eher wie die Szene, in der die Nazis ins Konvent einfallen und die ganze Familie verhaften. Widerlich.« Er sah dem Ereignis mit Grausen entgegen.

»Und was hat eine solche Party mit Daphne zu tun?«, fragte ich, ganz die konzentrierte Journalistin.

»Nun, sie liebte es, Partys zu geben. Und sie hat ihre Einführungsparty in die Welt der Erwachsenen hier gefeiert, ebenfalls im großen Saal. Es steht in ihren Tagebüchern, glaube ich.« Er sah mich scheu an. »Ich glaube, dabei hat sie ihre Jungfräulichkeit verloren.«

»Oh, weh.« Ich lächelte und fragte mich, wie es um Toms Jungfräulichkeit stand. »Dann wird Alicia also nächste Woche ihre Unschuld verlieren«, sagte ich grinsend, und meine Stimme troff vor Ironie.

»Oh, die hat sie schon lange verloren«, sagte er. »Die Unschuld meiner Schwester hat nicht lange gehalten.«

»Mr Wootton?« Ich erinnerte mich an die vielen Anspielungen gestern Abend. Die Vorstellung, dass der Privatlehrer sie im Schulzimmer entjungfert hatte, fand ich dekadent und typisch aristokratisch.

»Kein Kommentar.« Er sah mich scharf an. »He, das habe ich ganz vergessen. Sie sind der Feind. Sie werden doch keine skandalösen Dinge über meine Familie in Ihrem Artikel schreiben, nicht wahr?«

»Hm, weiß ich noch nicht«, neckte ich ihn. »Das hängt davon ab, wie lieb Sie zu mir sind.« Bevor er fragen konnte, was ich damit meinte, erhob ich mich von meinem Platz und fegte die Krümel von seinem schwarzen T-Shirt. »Ich muss an meinem Text arbeiten.«

»Was ist mit Ihrem Top?«

»Sie können es mir später geben. Ziehen Sie es bloß nicht an, dadurch weitet sich der Stoff.« Ich bedachte ihn mit einem breiten südamerikanischen Grinsen und ging sofort auf mein Zimmer, wo ich die Nase ins Tagebuch steckte.

31. März 1907
Was für ein wunder-, wunderschöner Abend. Alle jungen Leute sollten eine solche Party genießen dürfen, ohne dass Eltern und Verwandte einem die Freude ruinieren. Wenn ich doch jedes Jahr die Einführung in die Welt der Erwachsenen auf diese Weise feiern könnte. Der Abend nahm einen exquisiten, verbotenen Verlauf – aber davon später mehr. Ich will chronologisch schreiben, was passiert ist.

Emily und Grace trafen um fünf Uhr ein, um bei der Organisation zu helfen. Der Saal war schon herrlich geschmückt, und in der Küche wimmelte es von Personal, denn das Essen musste vorbereitet werden. Natürlich übernahm Grace sofort das Kommando und herrschte die Leute barsch an. Mary, meine Zofe, brach in Tränen aus. Grace trug das hässlichste Gelb, das ich je gesehen hatte, dazu einen zotteligen Pelzkragen, der aussah, als wäre eine Ratte auf ihren Schultern verendet. Emily sah müde aus. Oliver ist bestimmt ein fordernder Gatte, glaube ich. Ich beneide sie nicht.

Gegen sieben Uhr trafen die ersten Gäste ein. Einige angesehene Familien aus der Nachbarschaft, Reverend Hartley, ein paar hübsche Dinger aus London, einige begehrte Junggesellen aus Cambridge, die Oliver eingeladen hatte (er hat auch sein Gutes). Ich freute mich, dass nicht viele Mädchen da waren, denn ich brauchte keine weibliche Verstärkung (zwei Schwestern sind schon schlimm genug). Ich begrüßte alle Gäste, und mein Kleid wurde allgemein bewundert. Ich hatte mich für das weiße entschieden, sehr sanft, sehr weiblich. Auf dem Tanzboden sah ich wie eine Schneeflocke aus, leicht und beschwingt.

So oft es ging, stellte ich mich neben Grace, damit die Gäste meine Schönheit mit ihrer nicht vorhandenen vergleichen konnten. Nach einer guten Stunde hatten wir gegessen und uns an Vaters köstlichen Rotweinen gelabt. Der Saal bebte vom Lachen und von der Musik. Ich genoss einige Tänze mit jungen Männern aus der Umgebung und dann mit einem Studenten aus Cambridge. Er hieß Nathan und hatte einen buschigen Schnurrbart. Ich war inzwischen ziemlich beschwipst und bereit, meinen Plan in die Tat umzusetzen.

Ich sah, dass Emily damit beschäftigt war, auf Oliver zu achten, der nicht viel Alkohol vertragen konnte, und Grace bemühte sich erfolglos, einen armen Amerikaner zu becircen, also hatte ich freie Fahrt. Ich zog Nathan aus dem Saal und ins Esszimmer, wo sich der Geheimgang befindet.

Bald hatten wir das Geheimzimmer meines Vaters erreicht. Bevor wir hineingingen, sah ich Nathan mit glänzenden Augen an. »Bist du bereit, junger Mann? So etwas bringen sie dir in Cambridge nicht bei.« Dann zog ich die Tür auf, und ich musste lachen, als ich sah, wie sein Kinn nach unten klappte. Seine Blicke waren auf die roten Samtwände gerichtet, dann trat er näher und besah sich die Peitschen, Ketten, Handschellen und (Julias Liebling) das Wasserbett.

Die Schwellung in seiner Hose verriet mir, dass ihn das Spielzeug erregte. Er wandte mir sein gut geschnittenes Gesicht zu und sagte, ich sollte die Tür schließen. Dann führte er mich zu einem Spezialstuhl. Es ist eine weiche, mit Pelzen bezogene Konstruktion, die von der Decke hängt. Mit einem Flaschenzug kann man den Stuhl heben und senken. Eingebaute Gewichte ermöglichen es, den Stuhl wie eine Kinderschaukel zu bewegen. Er setzte mich so hin, dass mein Gesicht auf einer Höhe mit seinem Brustkorb war. Mein Herz schlug wie wild, und ich hätte gern gewusst, ob das auch bei ihm so war. Er kniete sich vor mich und flüsterte: »Du bist so schön, Daphne. In deinem

Kleid siehst du wie eine Jungfrau aus.« Seine Stimme klang sanft und verführerisch. Wenn ein Fuchs sprechen könnte, würde er so eine Stimme haben.

»Ich sehe nicht nur wie eine Jungfrau aus, ich bin auch eine«, sagte ich. Ich wusste, dass er sich ein unberührtes Mädchen wünschte, deshalb sagte ich so süß ich konnte: »Ich brauche einen gebildeten Mann von Welt, der mir die Wege der Liebe zeigt.«

»Oh, ja, der will ich sein«, seufzte er und drückte seinen Mund auf meinen. Seine Lippen waren heiß und schmeckten nach Wein, und sein Schnurrbart kitzelte meine Wangen und Nase, und ich wollte kichern. Er presste seine dicke Zunge in meinen Mund, zuerst schockierte mich das, aber ich lernte schnell, dieses Gefühl zu lieben. Unsere Zungen kämpften wie zwei Schlangen miteinander. Er stieß kleine kehlige Laute aus, ächzend und stöhnend. Ich spürte, wie er sich bückte und mit einer Hand unter mein Kleid griff. Die Hand lag zuerst auf meinem Knöchel und fuhr weiter hinauf, bis sie unter meinen Schlüpfer glitt. Er fand nicht direkt den Weg und stieß ein gezischtes »Verdammt« aus.

Ich hatte nicht bedacht, dass meine Hose ein Hindernis für einen Mann sein könnte. Ich richtete mich auf und zog sie aus, dann kuschelte ich mich zurück in den weichen Stuhl und öffnete wieder meinen Mund. Seine Hand lag zwischen den Innenseiten meiner Schenkel, und seine Zunge fand wieder den Weg in meinen Mund. Sein Eifer erregte mich, und seine Finger an meinem Delta auch. Ich wartete darauf, dass er mich an meiner geheimsten Stelle zu streicheln begann.

Auch ich gab jetzt sonderbare Geräusche von mir, wie ein Baby, bevor es zu schreien anfängt. Sein Schnurrbart versengte meine Haut, ich war sicher, dass ich morgen ein wundes Gesicht haben würde. Endlich, endlich tauchte ein

Finger in meine geheime Stelle ein, und meine Muskeln wanden sich um den forschenden Finger.

»Du bist glitschig wie eine Auster«, sagte er bewundernd. Ich hoffte, das war was Schönes, aber das schien es auch zu sein, denn sein Finger drang tiefer in meine Nässe ein, und ich seufzte und zuckte. »Weißt du von den wunderbaren Dingen, die ein Mann mit einer Frau erleben kann?«, fragte er, die Lippen nah an meinem Ohr. Ich konnte nicht antworten, weil ich aufschrie.

»Ein Mann kann ihre Brüste in den Mund nehmen und sie saugen wie ein Baby«, sagte er. »Er kann sie am ganzen Körper küssen, auch ihre geheime Stelle mit der Zunge erforschen.« Dann stieß er rasch in mich hinein, schnell hintereinander, und ich wand mich unter seltsamen Zuckungen, die meinen Körper erschütterten.

»Und eine Frau kann auch einen Mann schmecken«, fuhr er fort. »Möchtest du mich mal schmecken, Daphne?«

Ich nickte eifrig. Ich wollte alles schmecken, was Leben und Liebe zu bieten hatten.

Er sprang hoch und ließ den Stuhl herab, sodass sich mein Gesicht auf der Höhe seines Schoßes befand. Geschwind hatte er seinen Gürtel gelöst, und aus der Hose sprang das außergewöhnlichste Ding, das ich je zu Gesicht bekommen hatte. Ich hatte so etwas schon einmal aus der Distanz gesehen oder auch durch das Schlüsselloch, aber noch nie aus dieser Nähe, direkt vor meinem Gesicht.

»Schmecke ihn«, drängte er mich. Ich leckte mal probeweise über die Spitze. Er gluckste, packte meine Haare und zwängte sich in meinen Mund. Ich würgte, aber er lachte nur und sagte: »Du wirst dich daran gewöhnen«, und dann stieß er zu, sehr schnell und sehr hastig. Er grunzte wie ein Bär und keuchte ein paar Worte, die ich nicht verstand, denn in meinen Ohren dröhnten alle möglichen Geräusche. Plötzlich, ohne jede Warnung, wurde mein

Mund von einer cremigen, sauren Flüssigkeit gefüllt. Instinktiv schluckte ich, was ihm zu gefallen schien. Er knöpfte seine Hose zu und grinste breit. »Ich danke dir, meine Liebe«, sagte er, dann war er weg.

Ich muss gestehen, ich war ein wenig enttäuscht. Mir hatte Nathans Erregung gefallen, aber ich hatte für mich doch ein bisschen mehr erwartet. (Das sollte noch kommen, aber von einer höchst ungewöhnlichen Quelle).

Ich ging zur Party zurück, ein wenig unsicher auf den Beinen. Grace tanzte gerade mit dem unglücklichen Amerikaner. Der Blick seines Gesichts zeigte, wie sehr er sich langweilte. Emily und Oliver waren nach Hause gegangen. Es versetzte mir einen leichten Stich, als ich sah, dass Nathan sich mit Annabel Jameson unterhielt, einem blassen Mädchen, Tochter des Anwalts.

Ich konnte sie noch nie leiden, und heute sah sie besonders hochnäsig aus, wozu sie mit ihren hässlichen buschigen Augenbrauen keinen Anlass hatte, fand ich. Wenn sie und Nathan heirateten, wünschte ich ihnen viele über und über behaarte Kinder.

Nach einer Weile tröstete ich mich mit dem Gedanken, dass so ein Langweiler wie Nathan nie mit so einem beschwingten Schmetterling wie mir zusammen passen würde.

Während ich noch eifersüchtig auf die beiden starrte, kam Reverend Hartley auf mich zu. Er ist seit einer Ewigkeit unser Vikar, ein strenger, unnachgiebiger Mann, was in meinen Augen alles andere als christlich ist, aber Grace sagt, ich verstünde von solchen Dingen nichts. Er starrte mich mit seinen stählernen Augen an und musterte mich von oben bis unten. Ob er was bemerkte? Mein Herz setzte fast aus. Ich sah Schweißperlen an seinem weißen Halsband.

»Ja, Reverend?«, fragte ich, weil er offenbar nichts sagen wollte.

»Hast du dich angesehen?«, fragte er leise. Ich schüttelte den Kopf, und er zog mich am Arm in den Flur vor den hohen Spiegel. Entsetzt sah ich, dass rote Flecken in meinem Gesicht glühten, überall, wo Nathan mich geküsst hatte. »Die Beweise der Sünde sind nie leicht zu löschen«, murmelte er in mein Ohr. »Ich fürchte, dein Mangel an Moral wird dich ins Unglück führen. Das werde ich zu verhindern wissen.« Ich sah im Spiegel in sein Gesicht. Ich sah keine Nachsicht auf seinen Zügen. Ehrlich, ich fürchtete mich vor ihm.

»Ja, Reverend. Ich werde morgen in die Kirche gehen und …« Weiter kam ich nicht. Er packte mich wieder grob am Arm und zog mich ins Esszimmer.

»Nein. Du wirst mir jetzt sofort den Ort deiner Sünden zeigen«, befahl er. »Ich habe gesehen, wie du hierhin gegangen bist, Daphne.«

Ich zögerte, ihm das Spezialzimmer meines Vaters zu zeigen, denn er könnte dadurch auch noch in Schwierigkeiten geraten. Aber weil ich so große Angst vor Reverend Hartley hatte, gehorchte ich.

Bald standen wir in dem Zimmer. Der Reverend zeigte eine eisige Maske, als er sich umsah. Ich muss gestehen, in seiner Gegenwart sahen die einzelnen Utensilien noch dekadenter aus. Ich spürte ein eigenartiges Ziehen in meinem Schoß; irgendwie erregte mich die Mischung aus Verlegenheit, Furcht und Entsetzen. Ich folgte seinem Blick und sah meinen weißen Schlüpfer auf dem Boden liegen.

»Entschuldigung, Reverend.« Ich bückte mich und hob meine Unterhose auf.

»Du musst bestraft werden«, sagte er. »Berichte, was du getan hast.« Zaudernd erzählte ich von Nathan, wie er mich intim berührt und wie ich ihn gesaugt hatte. Während ich redete, fiel mir ein Zucken unter der schwarzen

Robe auf. Er seufzte und sagte, ich sollte näher treten. »Du musst nackt sein wie ein Baby, um die Unschuld wiederzuerlangen, Daphne. Zieh dich aus.«

Ich gehorchte nervös und brauchte meine Zeit, bis ich das Mieder aufgeschnürt hatte. Er ließ mich nicht aus den Augen. Ich bin nicht blöde, ich wusste, dass dies nicht normale religiöse Praxis war, aber ich war zu neugierig, um mich ihm zu widersetzen.

Er setzte sich auf den Rand des Wasserbetts und winkte mich noch näher heran. Sein Gesicht zeigte keine Regung. Sein Blick glitt über meinen Körper und blieb dann an den Brüsten hängen (die kleinen Warzen waren rot und hart geworden). Der Blick wanderte weiter nach unten zu den seidigen Haaren zwischen meinen Schenkeln. Er sah mich lange Zeit an. »Was hast du sonst noch mit dem Studenten getan?«

»Nichts, Reverend«, sagte er. »Er hat mir von anderen Praktiken erzählt, aber wir haben sie nicht ausgeführt.«

»Welche zum Beispiel, mein Kind?«

Ich zögerte. Die Worte klebten in meiner Kehle fest. Ich errötete stark, als ich sagte: »Ein Mann könnte bei einer Frau wie ein Baby saugen, hat er gesagt.«

Der Reverend nickte grimmig und hob eine Hand zu meiner Brust. Er zog mich dicht zu sich, und zu meiner Überraschung begann er zu nuckeln. Der nasse Mund schloss sich um eine Warze, die Zunge glitt darüber und weckte neue Lust in mir. Dann wechselte er zu der anderen Brust und wiederholte sein schmatzendes Lecken. Ich schaute ihm zu, denn er hatte die Augen geschlossen. Meine Knie wurden schwach.

»Oh, Reverend«, murmelte ich.

Er hob den Kopf und gab mir einen leichten Klaps mit der Hand. »Nein, mein Kind, du sollst keine Lust daraus beziehen. Ich will den Teufel der Lust aus dir treiben.« Ich konnte das kaum glauben, denn ich sah deutlich, dass der Penis unter seiner Robe stark geschwollen war.

»Entschuldigen Sie, Reverend«, flüsterte ich.

»Was hat dieser Ungläubige dir noch gesagt?«, wollte er wissen.

Ich erregte mich schon an dem Gedanken. »Er hat gesagt, ein Mann könnte eine Frau mit der Zunge schmecken.«

Die grauen Augen funkelten vor Zorn. Er streckte seine Hand zu meiner geheimen Stelle aus und rieb sie durch den Spalt. Ein Finger pflügte durch die Nässe.

»Du böses Mädchen, es darf dir keine Lust bereiten.«

»Entschuldigen Sie, Reverend.«

Mit beiden Händen öffnete er meine Labien und lugte hinein. Ganz nah kam sein Gesicht, und ich wünschte, er würde mich mit der Zunge strafen. Mein ganzer Körper lechzte danach, dieses strenge Gesicht im Delta meiner Schenkel zu sehen. Dann müsste doch seine Maske bröckeln, damit die Lust zum Vorschein kam! Dann, flink wie eine Eidechse, schnellte seine Zunge vor. Ich zitterte und lechzte nach mehr.

»Lege dich hin, mein Kind. Dies ist ein schwerer Fall.« Ich gehorchte und legte mich neben ihn aufs Wasserbett, das unter mir zu schaukeln begann. »Du bist ein ganz böses Mädchen gewesen«, sagte er wieder.

»Ja, Reverend.« Ich öffnete ganz langsam meine Beine, eine Einladung an seine Zunge. Ich hätte es nicht ertragen, wenn er aufgehört hätte.

»Wir dürfen nicht von der verbotenen Frucht kosten«, deklamierte er, beugte sich hinunter und schlürfte meine heiße Pussy mit der Gier eines hungrigen Tiers.

»Ja, ja«, keuchte ich und sah, wie sein grauer Kopf auf und ab fuhr. »Ja, ja, Reverend.«

Er griff unter seine Robe, und ich konnte sein Stöhnen

hören, das immer lauter wurde. Nasse Geräusche füllten das Zimmer, es erinnerte mich an meine Katze Tosca, wenn sie mit gierigen Schlucken die Sahne aufleckt. Ich seufzte selig und zitterte am ganzen Leib.

Das Bett schaukelte wie ein Boot auf stürmischer See, aber er ließ nicht von mir ab. Es war eben doch ein schwerer Fall, und es dauerte bestimmt eine Stunde, ehe er sich aufrichtete. Sein Gesicht glänzte von meinem Saft. Ich war inzwischen schlaff und erschöpft und konnte kaum meine Augen aufhalten. Ich spürte nichts als Taubheit und Lust.

»Du bist fast geheilt, mein Kind.« Er kroch höher, zog seine Robe hoch und spießte mich mit seiner Lanze auf. Oh! Er war gnadenlos und hart wie ein Fels. Die Müdigkeit war rasch vergessen, und ich fing wieder zu zittern an, auch vor Schmerz, aber dann überlagerte die Lust wieder alle anderen Empfindungen.

»Komm, mein Kind«, stöhnte er in mein Ohr, »komm, sündiges Kind.«

Seine Stimme erregte mich wie nichts zuvor. »Ja, ja, Reverend«, rief ich so laut, dass die Dienerschaft mich bestimmt hören konnte, und dann befand ich mich wieder im Delirium. Als mein letzter Anfall von Zuckungen mich durchschüttelte und die Hitze mich verbrannte, spürte ich, wie der Reverend etwas in mich hineinpumpte.

Ich ließ ihn durch einen Hinterausgang in die Nacht gehen, während ich (wieder angezogen) zurück zur Party ging, ganz Frau, gar nicht mehr Mädchen. Wenn der gute Mann mich von irgendwas kuriert hatte, dann von der Last meiner Jungfräulichkeit.

Jetzt kannte ich die Freuden des Fleisches, und ich wollte sie so oft kosten wie möglich. Verzweifelt wünsche ich mir einen Mann, der mein Verlangen stillen kann. Ob es überhaupt einen solchen Mann gibt? Wenn ja, wäre jede Frau verrückt, ihn gehen zu lassen.

Was meinen Entjungferer angeht, so bedaure ich nur, dass ich mir jeden Sonntag seinen Sermon anhören muss, wo ich doch jetzt weiß, dass er ein Heuchler ist. So sehr er auch beharrte, dass er mich von der Sünde kurieren wollte, so sehr wusste ich, dass er seine Taten zu seiner eigenen Lust begangen hatte, obwohl ich zugeben muss, dass es mich zusätzlich erregte, wenn ich daran dachte, dass er mich ›strafte‹.

So lernte ich an diesem Abend zwei Dinge: Die Kunst der fleischlichen Liebe und die Lust an der Phantasie, die manchmal die Wirklichkeit noch etwas süßer werden lässt. Ich glaube, ich werde nachher ein wenig komponieren. Ich bin inspiriert.

Ich lag erhitzt auf meinem Bett, und das in grünen Samt gebundene Tagebuch hob und senkte sich auf meinem Bauch. Während des Lesens waren meine Finger in den Slip geschlüpft, und jetzt, nachdem es mir gekommen war, schossen mir viele Fragen durch den Kopf. War Tom besorgt, dass Alicia für ihre Geburtstagsparty auch so etwas plante? Hatte er das Tagebuch gelesen?

Erregt und ruhelos überschlugen sich meine Gedanken. Ich wollte unbedingt das Spezialzimmer finden. Mein Körper lechzte nach männlicher Aufmerksamkeit. Daphne hatte geschrieben, sie suchte einen Mann, der all ihr Verlangen stillen konnte. Ich fragte mich zweifelnd, ob ich ihn schon gefunden hatte.

Jerome hatte zweifellos seine Vorzüge. Ich wusste, ich sollte es nicht tun, aber ich rief ihn an. Eine letzte Chance. Überrascht hörte ich, dass er den Hörer abnahm, noch bevor es geklingelt hatte.

»Hallo«, murmelte er froh, als hätte er mit meinem Anruf gerechnet. Seine Stimme klang tief und sanft. Seine

Intimstimme, die er immer dann drauf hatte, wenn er mit mir schlafen wollte. Ich kannte sie genau.

»Hi.«

»Jo?« Kurze Pause, in der ich mich fragte, für wen er mich gehalten hatte. »Jo, Babe! Hallo, Süße. Lange nichts von dir gehört.«

Jetzt sprudelte es aus ihm heraus, um seine Verlegenheit zu verdecken. Mit kaltem Herzen dachte ich, dass er vielleicht Alicias Anruf erwartet hatte. Mein Gesicht begann zu glühen, und ich hätte am liebsten zu einem echten Latino-Wutanfall angehoben, aber es gelang mir, mein Temperament zu zügeln. Schließlich hatte ich bisher nur Kierans Aussage, was Jerome und Alicia betraf. Und falls es stimmte, dann konnte Wissen Macht sein. Er wusste nicht, dass ich etwas wusste, und das gab mir einen Vorteil.

»Nun, wie läuft es?«, fragte er gut gelaunt. »Machst du Fortschritte?«

»Oh, ja«, antwortete ich, und meine Stimme strotzte vor Selbstbewusstsein. »Es wird eine großartige Geschichte. Du hattest Recht, Jerome, diese Aristos sind völlig abgedreht.«

»Ach, ja?«

Ich meinte, so etwas wie Ungläubigkeit in seiner Stimme zu hören. »Ja, das ist so. Und im Vergleich zu Alicia war Daphne eine Heilige.«

»Wirklich?« Das Thema interessierte ihn. »Erzähle mir von ihr. Ist sie eine Draufgängerin?«

Ich überlegte kurz. Ich wollte ihn nicht noch heißer auf sie machen, aber wie ließ sich das verhindern? »Nun, sie ist kaltherzig, verdorben und eifersüchtig, schlicht ein verwöhntes reiches Mädchen, das mit jedem schläft, wirklich mit jedem.«

»Hm.«

»Ja, so ist es.«

»Aha.« Wieder eine kurze Pause. »Jo, ich weiß nicht, ob du den Artikel schreiben kannst, wenn du so voreingenommen gegen sie bist.«

»Was?« Der Zorn schwoll wieder in mir an.

»Ich meine, sie klingt sehr herzlich, wenn ich mit ihr rede, so ...« Er suchte nach dem passenden Wort. »Ganz bezaubernd.«

»Bezaubernd?« Ich hatte dieses Wort noch nie aus seinem Mund gehört. Als redete er von den Elfen im Märchenwald. »Bezaubernd?«

»Ja«, sagte er und holte gleich weiter aus. »Es hat was mit ihrer Klasse zu tun, weißt du. Der Unterschied zwischen einer Lady und einer Frau.«

»Eine Lady, die ihre Stallburschen vögelt und ihren Lehrer und alle anderen, die einen Schwanz in der Hose haben?«, tobte ich.

»Jo, deine Sprache!«, tadelte er, und er hörte sich so sehr wie meine Mutter an, dass sich mir der Magen umdrehte. »Himmel, ein gesunder sexueller Appetit hat noch niemandem geschadet.«

Sogar sein Akzent veränderte sich, fiel mir auf. Kein Anklang mehr an East End Rockstar, er betonte die H und polierte die Vokale. Offenbar hatten die täglichen Unterhaltungen mit meiner Gastgeberin ihren Eindruck bei ihm hinterlassen. Mein Drang, das Handy wieder durchs Fenster zu werfen, wurde unerträglich. Der Kunststoff in meiner Hand glühte.

»Weißt du was, Jerome?«, brüllte ich. »Du kannst dir deine bezaubernde Lady mit ihrer Alabasterhaut, ihren glasklaren Vokalen und ihrem gesunden sexuellen Appetit in den Arsch stecken!« Ich hätte ihm natürlich auch geistreicher meine Meinung geigen können, aber ich war nun mal in Fahrt. »Und mich kannst du auch vergessen, du brauchst dich nicht mehr mit meiner derben Sprache und meiner kleinen Wohnung in Peckham abzugeben, du Drecksack!«

Dies war der Moment, in dem ich das Handy wegschleuderte, aber zum Glück schmetterte es gegen die Wand. Ich war auf hundertachtzig. Ich lief im Zimmer auf und ab wie ein Tiger im Zoo, dem man eine Coladose auf den Schädel geknallt hatte. Ich wusste, wenn ich jetzt Alicia begegnete, würde ich sie mir vorknöpfen, und danach gäbe es keinen Artikel, es wäre das Ende meiner Karriere und das Ende meiner beginnenden Freundschaft mit Tom. Ich musste hier raus.

Gegen sieben Uhr hatte ich eine kleine Tasche gepackt und Tom einen kurzen Brief geschrieben. Ich müsste ein paar Tage zurück nach London, schrieb ich ihm.

Um zehn Uhr saß ich in der Weinbar im Covent Garden, vor mir eine Bloody Mary, neben mir Ruby.

»Lass mich mal zusammenfassen«, sagte sie und warf ein paar Erdnüsse ein. »Du bist sauer auf Jerome – der nicht zulässt, dass du ihn deinen Freund nennst, dieser Wichser –, weil er Telefonsex mit dieser hochnäsigen Hexe Alicia macht?«

»Ja.«

»Aber gleichzeitig läufst du im Schlafzimmer dieses wunderbaren Tom in deinem BH herum.«

»Es war mein lila BH.«

»Dein Lieblings-BH, und du hast mit Tom geflirtet und wolltest ihn küssen.«

»Ja.«

»Und ganz nebenbei haben dich die beiden Stallburschen – Himmel, ich kann's kaum glauben – angemacht? Obwohl sie eigentlich von der aristokratischen Hexe in Beschlag genommen werden?«

»Ja.«

»Mädchen, du hast dich in wenigen Tagen ziemlich tief reingeritten, was? Sie gluckste und warf den Kopf zurück, der diese Woche mit langen Zöpfen verziert war. Sie wechselte die Frisur mit jedem neuen Mann. Als ich sie das letzte Mal sah, hatte sie eine Afrofrisur aus den Siebzigerjahren. »Okay, gehen wir mal systematisch vor.«

»Ja.«

»Beginnen wir mit Jerome. Mädchen, was willst du noch von ihm? Er ist der Dreck unter meinem Schuh.« Sie verzog das Gesicht. Ich wusste, dass sie Jerome hasste. »Nein, er ist der Wurm, den ich mit meinem Schuh platt trete. Ein gescheiterter Rockstar, der keinen Respekt für dich hat. Bring ihn her, dann werde ich ihn auseinander nehmen.«

Ich glaubte ihr. Sie war zierlich und schlank, aber ich konnte mir gut vorstellen, dass Ruby mit Jerome Schlitten fahren würde. Ich liebte sie, weil sie sich so sehr für mich einsetzte. »Willst du ihn los werden?«

Ich zögerte.

»Josephina!«

»Ja«, sagte ich voller Bedauern. Ich hatte schon einige Kerle in die Wüste geschickt, und es war immer leicht gewesen. Aber die Tatsache, dass Jerome nie richtig mir gewesen war, erschwerte es, ihn zu verlassen. Ich meine, ich würde es beenden, bevor es eigentlich angefangen hatte. »Ich will mit ihm noch den Gipfel erklimmen«, sagte ich lahm.

»Du willst was?« Sie sah mich an, als wäre ich verrückt geworden. »Hör zu, Liebling. Es schwimmen noch viele Fische im Meer.«

Ich wusste, dass sie Recht hatte, aber Jeromes Gleichgültigkeit forderte mich heraus. »Nun ja«, sagte ich, »du kannst einen Fisch erst dann zurück ins Meer werfen, wenn du ihn zuvor gefangen hast.«

Rubys Gesicht zeigte Verwirrung. Bei Ruby war alles Schwarz oder Weiß. »Du wirst ihn nie fangen«, sagte sie. »Gib ihn auf, Jo.«

»Ja«, sagte ich. »Okay.«

»Gut. Ich brauche einen Drink. Ich hole uns noch eine Runde.« Ruby sprang vom Barhocker, der viel zu hoch für sie war. »Dann kannst du mir erzählen, wen von deinen Kandidaten du zuerst in dein Bettchen ziehen willst.«

Siebtes Kapitel

Als ich das zweite Mal mit dem Taxi die breite Auffahrt zu Hathaway Hall hinauffuhr, hatte das große Gebäude das einschüchternde Element verloren. Jetzt wusste ich, dass da drinnen die Atmosphäre eines viktorianischen Irrenhauses herrschte, und ich war nur ein bisschen nervös, ob ich mich wieder von der verrückten Welt einfangen ließ. Ich hoffte, dass mich der Abend mit Ruby dagegen gefeit hatte. Wenn mir diesmal das Geschehen entglitt, dann deshalb, weil ich es nicht anders wollte.

Ich hatte Zeit, meine Gefühle für Jerome zu analysieren, eine Mischung aus Eifersucht und Ärger, Entsetzen und Bedauern. Ruby sah ihn als traurige Gestalt eines Ex-Rockers, der zu keiner Beziehung fähig war, und sie hatte mich dazu gebracht, ihn auch so zu sehen. Meine neu empfundene Selbstsicherheit musste man auch an meinem Gang ablesen können, denn ich hörte Kieran hinter mir rufen.

»Hast du ihm endlich den Laufpass gegeben?«

Ich fuhr herum und sah, dass er mir zum Haus folgte. Sein Grinsen ließ mich schmunzeln. »Du siehst so aus, als hättest du nach niemandem was zu fragen«, sagte er. »Genau wie ich.«

»Stimmt«, entgegnete ich lächelnd. »Er ist Geschichte.«

»Sehen wir dich denn heute Abend?«

Ich dachte darüber nach. Eine Nacht mit den beiden wäre genau die richtige Revanche für Alicia und Jerome. Ein verlockender Gedanke.

»Warum zögerst du noch?«, rief Kieran. »Du weißt, dass du es auch willst.«

»Vielleicht«, sagte ich und ging weiter. »Vielleicht auch nicht.« Damit verschwand ich im Haus.

Als ich meine Sachen wieder eingeräumt hatte, setzte ich mich an den Schreibtisch und gab meine bisherigen Eindrücke in den Laptop ein. Ich beschränkte mich zunächst auf die Verbindungen von Daphne zu den heutigen Hathaways.

Anfangs hatte ich Alicia als das interessantere Objekt empfunden, aber je mehr ich schrieb, desto mehr faszinierte mich Tom mit seinen verborgenen Talenten, der hohen Verehrung für seine Urgroßmutter und seinen Verbeugungen vor den Wünschen der Schwester. Wenn ich einen Instinkt für irgendwas hatte, dann für musikalisches Talent und Innovation. Ich hatte es in jeder erdenklichen Form gesehen, auf den Straßen von Rio, in Rockstadien, in verräucherten Studentenkneipen, bei klassischen Konzerten.

Und Tom hatte es, das wusste ich. Vielleicht gab es eine Möglichkeit, das in meinem Artikel herauszustellen, es bot sich geradezu an, wenn ich über seine Urgroßmutter schrieb. Nach einer Weile klemmte ich mir meinen Notizblock unter den Arm und ging hinauf zu seinem Zimmer. Diesmal war ich entschlossen, mich nicht von Tomatensäften, nacktem Torso und heißem Flirten ablenken zu lassen.

Als ich mich seinem Zimmer näherte, hörte ich, dass er am Klavier saß. Er spielte ein wunderschönes, sinnliches Stück mit Jazzakkorden und einer Melodie, die einem nicht aus dem Kopf ging. Ich lauschte eine Weile, bis er aufhörte und mit verschiedenen Enden experimentierte. Er schrieb gerade, und eigentlich hätte ich ihn in Ruhe lassen sollen, aber ich konnte nicht widerstehen.

Ich klopfte an die Tür, hörte, wie der Klavierhocker über den Boden schabte, und dann wurde auch schon die Tür geöffnet. Ich hatte vergessen, wie groß er war. Seine Haare waren zerzaust, als ob er sie gerauft hätte.

»Tom, Sie haben mich inspiriert«, verkündete ich, als ich in sein Zimmer platzte und meinen Laptop auf den Tisch legte.

»Das ist eigenartig, denn Sie haben mich auch inspiriert«, gab er zurück.

Das war nicht die Reaktion, die ich erwartet hatte. »Was? Nein, ich meine, mein Artikel wird nicht nur von Daphne berichten, sondern auch von Ihnen.«

»Ich habe dieses Stück geschrieben, kurz nachdem Sie bei mir waren. Es ist ein gutes Stück, und dabei ist mir vorher viele Wochen lang überhaupt nichts mehr eingefallen.«

»Ja, so ging es mir auch!«, rief ich.

»Aber dann flossen die Noten nur so aus mir heraus.« Er redete sprudelnd und aufgeregt, wie ein kleiner Junge, der Weihnachten beschreibt. »Ich konnte gar nicht mehr aufhören zu schreiben. Das habe ich Ihnen zu verdanken, Jo. Es war noch nie so aufregend zu komponieren.«

Ich wusste nicht, was ich getan hatte, um seine Schreibblockade aufzuheben, aber ich mochte ihm nicht widersprechen.

»Ich muss sagen, es ist eines meiner besseren Stücke. Wollen Sie es hören?«

»Natürlich.«

»Es ist noch nicht fertig.« Er spielte ein paar Akkorde als Fingerübungen. »Himmel, was ist denn los mit mir? Ich bin nervös«, sagte er lachend. »Meine Hände zittern.«

Er war so liebenswert, dass ich schnell ein paar Notizen machen musste, um mich von meinem Wunsch abzulenken, durchs Zimmer zu laufen und ihn ganz fest in die Arme zu nehmen.

»Oh, nein, Miss, keine Notizen. Das ist nicht fair.«

»Ich schreibe nur auf, was Sie sagen«, protestierte ich. »Das ist mein Job.«

»Nein, nein, legen Sie den Notizblock weg. Kommen Sie her zu mir.« Er wies neben sich auf den Klavierhocker. Er brauchte mich nicht zweimal zu bitten. »Sie können die Augen schließen und zuhören.«

Ich ließ mich neben ihm nieder und war überrascht von der Wärme seines Arms. Mein weicher Körper drückte gegen seine harte Seite. Ich trug ein leichtes Sommerkleidchen, und bevor er zu spielen anfing, fing ich seinen Blick auf meinen Körper auf. Er betrachtete die üppige Schwellung meiner Brüste unter dem dünnen Stoff. Dann begann er.

Die Musik war zuerst langsam, verträumt und mit tiefen Tönen. Ich sah mit Schmetterlingen im Bauch den großen Händen zu, die sexy über die Tasten glitten.

»Schließ deine Augen«, wisperte er, und ich gehorchte. Die Vibrationen seiner Musik liefen durch seinen Körper und in meinen. Wann immer er einen höheren Ton schlug, rieb der Arm sanft gegen meine Brust.

Ich spürte, wie sich meine Nippel verhärteten. Er musste es auch gespürt haben, denn das erste Mal entschuldigte er sich, aber dann berührte er sie immer öfter mit dem Arm. (Vielleicht war es auch eingebildet, das zu denken – es konnte sein, dass die Musik jetzt mehr hohe Töne verlangte.) Mein Herz schlug schneller, je höher die Töne wurden. Das Stück nahm an Tempo zu, es wurde leidenschaftlicher, und dann erkannte ich den Refrain wieder, den ich schon vor der Tür gehört hatte.

Ich lehnte mich gegen ihn, und die Musik wurde wieder langsamer und sehnsuchtsvoller. Meine langen schwarzen Locken fielen über seinen Arm.

Offenbar hatte er noch nicht weiter komponiert, denn

er hörte auf zu spielen. Ich wollte meine Augen nicht öffnen, mir ging es gut, so entspannt neben ihm zu sitzen, wie sich unsere Haut berührte. Ich hätte mich ihm gern zugewandt, damit ich mehr von ihm berühren könnte. Vielleicht würde er denken, ich wäre halb in Trance, was auch beinahe stimmte, denn das Echo der Musik hallte in den Windungen meines Gehirns nach. Ich fühlte, wie er hastiger atmete, und unser Schweigen lastete schwer.

Eine Hand strich meine Haare federleicht aus meinem Gesicht. Ich konnte seinen Atem auf der Stirn spüren und wusste, dass er mich ansah. Ich neigte den Kopf zur Wärme seines Körpers hin, wie eine Blume sich zur Sonne wendet. Die Augen hatte ich noch geschlossen. Im nächsten Moment spürte ich seine Lippen sanft auf meinen. Seufzend erwiderte ich seinen zärtlichen Kuss, ich drehte meinen Körper zu ihm und nahm sein Gesicht in meine zitternden Hände.

Ich hatte noch nie einen solchen Kuss erlebt, so zart und exquisit, beinahe so, als wäre er noch ein Teil der Musik. Dann legte er die Arme um mich, und der Kuss wurde tiefer und sinnlicher. Ich öffnete den Mund weiter und spürte seine Zunge, die sich an meiner lustvoll rieb. Vor Freude entwich mir das Geräusch eines Schluckaufs, und er musste lachen und löste sich von mir.

»Was war das denn?«, neckte er, aber ich sah an den verhangenen Augen und an dem erhitzten Gesicht, dass der Kuss ihn genauso erregt hatte wie mich.

»Das war ich nicht, du musst das gewesen sein«, behauptete ich.

Er schlang die Arme um meinen Hals, zog die Haare nach hinten und sah mir forschend ins Gesicht. »Du bist sehr schön«, sagte er schlicht.

Meine Augen füllten sich mit Tränen. Es ist nicht so, dass

ich solche Sätze noch nie gehört hatte, meistens dann, wenn ein Mann mit mir ins Bett wollte, oder wenn er wusste, dass ich mich von ihm trennen wollte. Jerome hatte es gelegentlich auch gesagt, aber bei ihm hörte es sich immer so an, als müsste noch ein Aber folgen. Vielleicht war ich auch nur ein bisschen rührseliger als sonst, weil ich noch nicht darüber hinweg war, dass Jerome mich zugunsten von Alicia hatte abblitzen lassen. Eine Träne fiel auf Toms Arm.

»He«, sagte er und küsste mich wieder.

Obwohl ich wusste, dass er das vielleicht nur tat, weil Männer mit den Tränen einer Frau nichts anfangen können, war ich tief gerührt. Meine Brüste drückten sich gierig gegen seinen harten Körper, sie wollten Aufmerksamkeit, aber zu meiner Frustration berührte er sie nicht. Ich fuhr mit den Händen über seinen Körper, aber er zog sich zurück und lächelte auf eine Art, die mir sagen sollte, mehr wäre für mich nicht drin. Ich war verwirrt. Ich meine, sonst war es das Vorrecht der Frauen, den Anschein der Keuschheit lange durchzuhalten.

»Wollen Sie sich nicht jetzt ein paar Notizen machen?«, neckte er mich. »Ich meine, als ernsthafte Journalistin darf man sich doch nichts entgehen lassen.«

Obwohl ich wusste, dass er mich nur auf den Arm nehmen wollte, lief es aber darauf hinaus, dass er mich von seinem Hocker entfernen wollte. Ich ging zum Tisch zurück und schrieb auf den Block: »Küsst nicht schlecht.« Ich versuchte, nicht zu schmollen, aber offenbar zeigte mein Gesicht eine Art Verletzung.

»He, ich habe Ihnen gesagt, dass ich mich bei Frauen immer falsch verhalte.«

»Wollen Sie mir sagen, dass Sie schwul sind?«, fragte ich geradeheraus und schrieb weiter in meinen Block, um mich abzulenken.

»Nein, ich bin nicht schwul.«

»Nicht schwul«, schrieb ich.

»Nun ja«, sagte ich, »ich bin gekommen, um zu arbeiten, und das werde ich tun.« Wie entschlossen das auch klingen mochte, ich hörte eine Gereiztheit heraus. »Wie integrieren Sie Daphnes Musik in Ihre eigene?«, fragte ich und sah ihn kühl an.

»Es ist so«, sagte er, »wenn die Dinge so heiß werden, dann fängt meine Nervosität an. Es ist nicht so, dass ich Sie nicht begehre. Himmel, und wie!«

Meine Pussy prickelte bei dem, was er sagte.

»Es ist nur – ich weiß, ich sollte nicht auf sie hören, aber es ist verdammt schwer, sie zu ignorieren.«

»Was? Ich komme nicht mehr mit.« Ich wollte, dass er noch einmal zurückging zu der Stelle, an der er gesagt hatte, dass er mich begehrte.

»Alicia.«

Das Gespräch verlief in falsche Bahnen. »Ihre Schwester? Was ist mit ihr?«

»Sie hat mir eingeredet, dass ich in allen Dingen hoffnungslos bin. Besonders in sexuellen Dingen. Sie hat sich über meine Nutzlosigkeit lustig gemacht, bevor ich überhaupt wusste, was Sex war. Und weil sie selbst so ein sexueller Mensch ist, scheint es fast, als wäre kein Platz für mich, wenn ich auch so wäre.«

Ich versuchte zu begreifen. »Ich bin keine Psychologin, aber das klingt ziemlich abgefuckt in meinen Ohren.«

Er lachte. »Ja, das glaube ich auch.«

Ich kritzelte auf mein Blatt. Er beugte sich vor, als wollte er, dass ich ihn begriff.

»Wissen Sie, in einer Familie wird jedem eine Rolle zugewiesen. Einer ist der Kluge, einer der Stille, ein anderer der Humorvolle.«

Ich nickte.

»Nun, Alicia ist die Lebenslustige, und ich bin der Schüchterne, der sich in Gegenwart von Frauen schrecklich verhält.«

»Ich verstehe.«

»Was sind Sie in Ihrer Familie?«

Ich dachte darüber nach. »Die Neugierige«, sagte ich dann. »Die immer in Schwierigkeiten steckt.« Ich war noch nicht überzeugt von seiner Analyse. »Sie sagen, Sie verhalten sich Frauen gegenüber schrecklich, aber das war ein verdammt scharfer Kuss, den Sie mir gegeben haben.«

»Wirklich?« Er schien ehrlich überrascht zu sein und glücklich.

»Ja«, versicherte ich, ehe sich neue Zweifel bei mir einnisteten. »Hat es Ihnen nicht gefallen?«

»Himmel, es war phantastisch.«

Wir saßen da, schauten uns schweigend an und erinnerten uns an den Kuss.

»Sie müssen bedenken, wie wichtig Alicia für mich ist.«

Ich wünschte, er würde nicht immer seine Schwester ins Spiel bringen.

»Ich meine, unsere Eltern sind tot. Alicia ist alles, was ich noch habe. Aber für sie ist das Macht.« Er hob die Schultern. »Ich schätze, sie hat die Macht dazu benutzt, mir einzureden, dass ich bei Frauen versage.«

Ich hatte genug davon. Ich ging hinüber zu seinem Bett, was nur oberflächlich gerichtet war. Kurz entschlossen zog ich die weißen Laken zurück, griff nach seinem Teddy und drückte ihn an meine Brust. Ich setzte mich auf den Bettrand, trat die Schuhe von meinen Füßen und sah ihm in die Augen.

»Ich selbst spiele kein Instrument«, sagte ich, »aber ich habe mir immer vorgestellt, dass es beinahe so ist wie

Liebe machen. Man muss bei beiden ein Gefühl für den richtigen Moment haben.«

»Aber ...«

»Ich möchte wetten, dass Sie ein guter Liebhaber sind. Sie kennen sich mit Timing aus, mit Rhythmus und Empfindsamkeit. Die meisten Männer befinden sich schon im Finale, wenn die Ouvertüre nicht mal abgeschlossen ist.«

Er lachte nervös.

»Komm her«, sagte ich, und er gehorchte und blieb vor mir stehen. »Jetzt tu, was ich sage, sonst muss der Bär dran glauben. Setz dich.« Er setzte sich neben mich. Seine Blicke streichelten die Kurven meines Körpers, und ich freute mich über die spontane Schwellung in seinen Shorts. Na, bitte, das Wesentliche funktionierte doch. »Stell dir vor, mein Körper wären die Tasten deines Klaviers«, improvisierte ich. »Berühre mich.«

Sanft streichelte er auf dem Kleid über die Kurve meiner linken Brust. Sein Daumen rieb über den Nippel, der sich gleich versteifte. Er sah mich an, als wollte er sich jede einzelne Pore meines Körpers einprägen. Die andere Hand stimulierte meine rechte Brust und schickte wirbelnde Gefühle zu meinem Schoß. Er hatte wunderbare, sanfte, empfindsame Finger.

»Du machst das herrlich«, keuchte ich. Sein Selbstvertrauen wuchs. Er küsste mich, streichelte meine Brüste weiter, und dann fielen wir auf die Matratze. Meine Hand wanderte neugierig zu seinem Schritt und strich leicht über die Erektion. Sie fühlte sich lang und hart an, und meine Pussy begann zu schmelzen, als ich mir vorstellte, wie er sich in mir anfühlte. Seine Hände strichen jetzt über meinen ganzen Körper, und allmählich übernahm er die Kontrolle.

»Ist das okay für dich?«, fragte er.

»Es ist wunderbar«, flüsterte ich und schob seine Hand unter meinen Rock und zum feuchten Stoff meines Höschens. Er sollte fühlen, wie sehr er mich erregte. Aber er wollte noch nicht und kehrte zu meinen Brüsten zurück. »Du kannst mich anfassen, Tom. Ich möchte, dass du es tust.« Ich stellte mir diese langen Finger vor, die in mich hineinschlüpften, diese Finger, die so träumerisch sicher über die Tasten glitten. Wenn sie solche Wunder aus dem Klavier locken konnten, was würden sie dann erst in mir bewirken?

Er ließ von mir ab und legte sich zurück in die Kissen.

»Kann ich dir eine Frage stellen?«, fragte ich nach einer Weile des Grübelns.

»Habe ich überhaupt mal mit einer Frau geschlafen?«, unterbrach er mich rasch.

Ich zögerte. Ehrlich, ich hatte nicht daran gedacht, dass er noch Jungfrau sein könnte. Ich hatte ihn fragen wollen, ob er mich attraktiv fand. Aber seine Gesprächsrichtung war viel spannender. »Weiter«, drängte ich.

»Also, ich schäme mich tatsächlich ein bisschen, dass ich mit meinen dreißig Jahren nur einige wenige Frauen gehabt habe. Alicia hat eben eine Art, Dinge aufzuhalten oder gar nicht erst entstehen zu lassen. Oder sie platzt herein, wenn wir gerade beim Schmusen sind. Oder sie warnt ein Mädchen, sich überhaupt mit mir einzulassen.« Er walzte sich auf die Seite und sah mich an. »Jo, ich tauge nichts für dich, nicht wahr?«

»Ach, halt den Mund«, sagte ich. »Und sage nie wieder, dass du schrecklich im Umgang mit Frauen bist, sonst setzt es was.« Er lachte, und ich rollte mich auf ihn. Ich genoss den Druck unserer Körper aufeinander. »Du kannst eine Frau nicht so sehr erregen und sie dann auf ihr Zimmer schicken.« Ich küsste ihn, spreizte die Beine und grätschte über ihn. Er stöhnte unter meinem Kuss, und ich spürte, wie er sich entspannte. Mein Slip war inzwischen klatschnass, und ich wusste, ich würde sofort kommen, wenn er mich berührte.

Wie aufs Stichwort schwang die Tür auf, und Alicia stand da, die Hände in die Hüften gestemmt. Ihre kühlen Augen blitzten vor Ärger.

»Was soll das denn?«, fauchte sie.

Ich beschloss, meine Position auf ihm nicht aufzugeben, hob nur den Oberkörper an und starrte sie wütend an. »Ich glaube nicht, dass ich ein Klopfen gehört habe.«

Sie lachte trocken auf. »Das ist ja dreist. Wessen Haus ist das denn?«

Tom richtete sich verlegen auf. »Hör zu, Alicia, das geht nur Jo und mich an.«

»Ich denke, sie ist dienstlich hier«, fauchte sie.

»Nun hör aber auf«, wandte Tom ein, »ich …«

»Raus, du kleine Schlampe!«

Ich sah, dass Tom die Situation nicht im Griff hatte, und ich hatte keine Lust, mich beleidigen zu lassen. Ich fühlte mich von ihm im Stich gelassen. Also sprang ich auf und schnappte meinen Laptop. Als ich gerade zur Tür gehen wollte, drehte sie das Messer in meiner Wunde.

»Oh, dein Freund hat übrigens angerufen. Er möchte dringend mit dir reden.«

»Freund?«, fragte Tom und starrte mich entsetzt an, als hätte er mich noch nie gesehen. Natürlich hatte ich Jerome noch nicht offiziell in die Wüste geschickt, aber ich war auch nicht mehr mit ihm zusammen. Wir waren frei, wie er mir immer wieder gepredigt hatte.

»Danke«, murmelte ich, riss die Seite meines Notizblocks ab und drückte sie in Alicias Hand.

»Was soll das denn? ›Küsst gut‹, ›nicht schwul‹, ›von Schwester abgefuckt‹, las sie. »Was, zum Teufel …?«

Aber da war ich schon durch die Tür und überließ es

ihnen, ihre eigenen Probleme zu sortieren. Mein Körper summte vor Ärger und sexueller Frustration. Ich überlegte, Jerome anzurufen, aber dann glaubte ich, dass Ruby Recht hatte. Es gab eine Menge Optionen, und einige von ihnen wollte ich ausprobieren.

Es war stockfinster, und ein paar Sekunden wusste ich nicht, wo ich mich befand. Mein Herz schlug schneller, und ich hörte Kieran leise rufen.

Himmel, ja!

Es war die wildeste, sättigendste Nacht meines Lebens gewesen.

Harry und Kieran hatten mir alles gezeigt, was ihre Herrin von ihnen verlangte, und sie hatten nicht Ruhe gegeben, bis sie sich völlig verausgabt hatten – ich hatte sie nicht zurückgehalten, denn ich hatte jeden Moment genossen. Harry war stämmig rundum, und Kieran hatte eine so sanfte und lange Zunge, dass ich sie jeden Tag willkommen geheißen hätte.

Natürlich hatte es ihnen gefallen, dass ich nicht so herrisch war wie Alicia, über deren Launen sie sich beklagten.

Jetzt wusste ich wieder, was mich hatte aufwachen lassen. Kieran hatte mich gerufen, und jetzt stieß er mich wieder an: »Du musst aufstehen.« Er half mir auf die Füße und drückte mir mein Kleid in die Hände.

»Du musst durchs Fenster klettern«, raunte er mir zu und schob mich in eine bestimmte Richtung, während ich im Halbschlaf versuchte, mein Kleid überzuwerfen. Ich stieg in meine Schuhe, und dann erinnerte ich mich erneut: Ein dumpfes Hämmern gegen die Tür.

Es hämmerte wieder. »Macht die Tür auf, ihr verdammten Affen!«

Das war Alicias schrille Stimme. »Was macht ihr denn die ganze Zeit?«

»Nichts«, rief Harry, Panik in der Stimme. Kieran hievte mich zum Fenster hoch. »Ich wusste gar nicht, dass die Tür abgeschlossen war«, fügte Harry noch hinzu und sah sich im Zimmer um.

»Sie bringt dich um, wenn sie erfährt, dass du hier warst«, flüsterte Kieran mir zu.

Ich sprang durchs Fenster und landete auf dem Blumenbeet. Ich saß eine ganze Weile da, benommen, vom Mondlicht beschienen. Ich hörte, wie Alicia endlich eingelassen wurde, dann hörte ich ein paar Klatscher. Wahrscheinlich hatte sie Harry ein paar Ohrfeigen gegeben.

Die beiden Männer entschuldigten sich und behaupteten, sie hätten die Tür aus Versehen abgeschlossen, sie hätten zu viel getrunken und wären dann eingeschlafen, deshalb hätten sie auch ihr Klopfen nicht sofort gehört.

Es folgte Stille, und kurz danach fing Alicia an zu stöhnen, daraus schloss ich, dass die Männer sie auf gewohnte Art beruhigten. Ich hörte eine Weile zu und schaute dabei in die klare Nacht hinaus. Die kühle Luft linderte meine wunde Pussy, und ich öffnete die Beine ein wenig. Dabei fiel mir auf, dass mein Slip irgendwo im Zimmer liegen musste.

Fast genau in diesem Augenblick hörte ich Alicias empörten Aufschrei.

»Dieses Flittchen!«, kreischte sie. »Ihr schmutziges Höschen in deinem Bett!«

Schreie, Vorwürfe, Leugnen. Ich muss gestehen, mir ging das runter wie Butter. Es war fast so gut, als hätte ich meine Visitenkarte zurückgelassen, oder einen kleinen Zettel: »Alles, was du kannst, kann ich besser.«

Weiß der Himmel, warum sie diesen Konkurrenzgedanken in mir heraufbeschwor, aber ich wollte mich von ihr nicht unterkriegen lassen.

Lächelnd stand ich auf, wischte den Dreck ab und schlenderte langsam zum Haus. Der Wind trug ihre wütenden Schreie hinter mir her.

Achtes Kapitel

In den folgenden Tagen hielt ich mich bedeckt und saß meistens über den Laptop gebeugt. Ich wollte keinen Hennenkampf mit der Gastgeberin und auch keine weitere Session mit ihrem Personal. Ich wich sogar Tom aus, weil ich nicht genau wusste, wie ich mich ihm gegenüber verhalten sollte. Wann immer ich einen von ihnen auf den Fluren oder im Garten traf, lächelte ich freundlich, grüßte und hastete weiter.

Ich las viel und schrieb wenig, ich stellte Nachforschungen in der großen Bibliothek von Hathaway Hall an, die auch mit Memoiren von Daphnes Freunden und vielen Romanen ihrer Zeitgenossen ausgestattet war. Die Mahlzeiten nahm ich auf meinem Zimmer ein, und nur einmal begegnete ich Ray auf dem Flur. Wir tauschten ein paar Nettigkeiten und gingen unserer Wege. So war das Leben einfacher.

Zum Glück ging es im Haus zu wie in einem Bienenkorb. Alicia bereitete die große Party vor. Sie erstellte Listen, lief aufgeregt hin und her und erteilte Befehle.

An einem sonnigen Nachmittag saß ich in der Bibliothek, den Kopf über ein Buch von Elgar gebeugt, als ein Schatten auf die Seite fiel. Ich schaute auf und sah Tom verlegen hinter mir stehen. Er trug einen Tennisdress und sah erhitzt aus, also hatte er schon gespielt. Ich wartete darauf, dass er etwas sagte, aber er blieb einfach stehen.

»Hast du gewonnen?«, fragte ich kühl.

»Was?« Er sah mich verwirrt an, vielleicht glaubte er, ich spielte auf den Machtkampf mit seiner Schwester an.

»Beim Spiel.«

»Oh.« Er entspannte sich sofort. »Ja, ich habe gewonnen. Was nicht zu Alicias Stimmung beigetragen hat. Sie hatte wohl gehofft, mich vom Platz fegen zu können. Das hätte ihr gut getan.«

Ich drehte mich in meinem Ledersessel halb zur Seite und fragte mich, ob sie ihm die Slip-im-Bett-Geschichte erzählt hatte.

»Warum?«

»Na, sie ist völlig verkrampft wegen der großen Party«, erklärte er und zog sich einen Sessel heran. »Und verkrampft, was uns angeht – dich und mich.«

»Gibt es ein uns?«, fragte ich, ein bisschen schärfer, als ich gewollt hatte. Er sah so verdammt gut aus, wie er da neben mir saß, aber ich hatte ihm noch nicht vergeben, dass er sich nicht bei seiner Schwester auf meine Seite gestellt hatte. Ich hatte die Nase gestrichen voll von komplizierten Männern, besonders von denen, die gut aussahen.

»Entschuldige, das war wohl vermessen, ich weiß.« Er sah an mir vorbei, als er fragte: »Sag mal, was ist mit deinem Freund?« Er verzog sein Gesicht, als er das Wort aussprach.

»Geschichte.«

Jetzt sah er mich an, nun wieder mit neu erwachtem Interesse. Er war sich unserer Beziehung – die noch gar keine war – wohl ebenso unsicher wie ich.

»Wirklich, es ist vorbei.« Aber ich müsste mich endlich dazu aufraffen, Jerome das mitzuteilen, dachte ich. Ich hatte immer noch nicht seinen ›dringenden Anruf‹ beantwortet, den Alicia mir ausgerichtet hatte. Ich wollte ihn schmoren lassen. Außerdem hatte er ja meine Handynummer.

Ein Lächeln legte sich über Toms Züge.

»Gut. Oder auch nicht gut für ihn.« Wir saßen eine Weile schweigend da. »Weißt du, ich wollte eigentlich nur sagen, dass es mir Leid tut«, sagte er dann. »Es tut mir Leid, dass ich so ein Idiot bin.«

»Schon gut«, sagte ich. »Du kannst nichts dafür. Du bist ein Mann. Es liegt an deinen Genen.«

Er lachte nervös über meinen lahmen Witz und spielte mit dem Griff seines Tennisschlägers. »Ich wünschte, ich wäre ein Mann der Tat«, sagte er. »Aber ich bin eher fürs Reden und fürs Grübeln, und immer wieder verpfusche ich irgendwas.« Er grinste verlegen. »Mehr Hamlet als Romeo, fürchte ich.«

»Romeo hat auch was verpfuscht«, widersprach ich. »Wenn ich mich richtig erinnere, war er am Ende tot.«

»Ja, stimmt.« Er nickte. »Aber wenigstens hat er eine Frau gehabt.«

Sein trockener Humor nahm mich wieder für ihn ein. Ich dachte gerade, ich sollte ihm noch eine Chance geben, als die Tür aufschwang und Alicia eintrat. Mir stockte der Atem. Tom und ich verstanden uns gut, es wäre schade, wenn das verdorben würde durch die schlüpfrige Geschichte eines Dreiers mit zwei Stallburschen. Ich suchte ihr Gesicht nach Zeichen der Rache ab, doch es war ruhig und glatt wie ein zugefrorener See. Ein charmantes Lächeln illuminierte die blauen Augen. Alicia sah hübsch und gut gestylt aus in ihrem Tennisdress.

»Da seid ihr ja, meine Lieblinge!«, rief sie strahlend.

Ich richtete mich in meinem Sessel auf. Ich hatte damit gerechnet, dass sie mich angreifen oder bloßstellen würde, und darauf hätte ich reagieren können, aber ihr Liebreiz machte mich nervös.

»Jo, Schatz, ich habe dich seit Tagen nicht gesehen. Wo hast du dich versteckt?«, fragte sie. »Mir fehlen deine lustigen Bemerkungen beim Essen.« Sie rümpfte die Nase, als sie das sagte, dann kam sie näher und hockte sich auf einen Sesselarm. Ich konnte die Rüschchen ihres Tennisslips sehen.

»Ich musste arbeiten«, sagte ich nervös.

»Arbeit, Arbeit, Arbeit! Ihr Londoner Mädchen seid alle gleich«, entgegnete sie lachend. »Meine Liebe, du bist viel zu jung und zu schön, um die ganze Zeit über Büchern oder dem Computer zu hocken. Du brauchst auch deinen Spaß. Du kannst mir bei der Vorbereitung der Party helfen. Sie wird ein richtiger Knaller.«

Etwas Schlimmeres, als ihr bei der Vorbereitung der Party zu helfen, konnte ich mir nicht vorstellen. Aber ich lächelte nur.

Sie wandte sich Tom zu. »Und von dir erwarte ich, dass du dich anständig benimmst, Thomas. Alle deine alten Flammen werden da sein, und ich will nicht, dass du wie ein kleiner Junge in Tränen ausbrichst. Ehrlich, Jo« – sie wandte sich mir zu, und ich sah gerade noch, wie Tom die Augen verdrehte – »er hat zwischen vier lieblichen Mädchen auswählen können, und er hat es sich mit allen vieren verdorben.«

»Lieblich waren sie nicht«, protestierte er, »und ich erinnere mich noch sehr gut daran, dass du es warst, die sie vertrieben und die Beziehungen ruiniert hat.«

»Die erste war Fenella«, fuhr Alicia ungerührt fort. »Sehr hübsch, sehr reich.«

»Eine verdammte Heuchlerin«, warf Tom ein. »Sie war widerlich.«

»Und Juliana Harker.«

»Verdorben, reich und verwöhnt«, kommentierte Tom. »Und kokainsüchtig.«

»Nein, überhaupt nicht. Sie war wirklich ein liebenswürdiges Mädchen. Tom, du bist ja so prüde.«

Tom sah mich an und schnitt eine Grimasse. Ich musste lachen.

»Dann war da noch Thomasina.«

»Oh, Himmel!«, rief Tom.

»Thomasina ist eine der begehrtesten Junggesellinnen Norfolks«, klärte Alicia mich auf. »Nicht unbedingt eine Schönheit, aber eine ausgezeichnete Reitersfrau.«

Ich hatte ein klares Bild von ihr.

»Sie sieht selbst aus wie ein Pferd«, raunte Tom mir zu.

»Und dann noch das Mädchen aus dem Dorf. Wie hieß sie auch noch?«

Tom errötete. Ich erkannte, dass mit diesem Mädchen etwas anders war.

»Nun ja, sie wird nicht zur Party kommen, sie ist ein bisschen zu gewöhnlich«, vertraute Alicia mir an, als ob ich plötzlich zu ihren Kreisen gehörte.

»Sie war okay«, sagte Tom, »aber du warst eifersüchtig auf sie. Du hast sie so schnell es ging aus dem Haus geschickt.«

Alicia runzelte kurz die Stirn, dann ließ sie ein falsches Lachen hören. »Eifersüchtig? Was für ein verrückter Gedanke.« Sie zwinkerte mir zu.

Ich rang mir ein Lächeln ab.

»Die Party wird phantastisch werden. Du musst dir eines meiner Kleider aussuchen, meine Liebe. Ich meine, wenn wir eins finden, das dir passt.« Sie konnte sich den Seitenhieb nicht verkneifen. »Ich habe ein goldenes Kleid, das dir bestimmt gut stehen wird.«

Meine Augen leuchteten, denn ich erinnerte mich daran, es in ihrem Schrank gesehen zu haben, als ich in ihrem Zimmer herumschnüffelte. Woher konnte sie wissen, dass es wirklich mein Lieblingskleid war?

»Ja«, sagte sie, »du wirst phantastisch darin aussehen.«

Ich drehte mich verträumt vor dem hohen Spiegel in meinem Zimmer. Mein Körper war von schimmerndem Gold bedeckt. Das Kleid umschmiegte meine Hüften und Brüste wie ein gieriger Liebhaber. Es war zwar für Alicia maßgeschneidert worden, aber es passte mir trotzdem, und ich liebte es, wie mein üppiger Körper es ausfüllte. Ich fühlte mich wie eine Sanduhr und goldener als Midas.

Der Kapuzenkragen und die schmalen Schulterbänder ließen mich mich sehr weiblich fühlen, und der tiefe Rückenausschnitt endete kurz unterhalb des Grübchens meines Pos. Es war unmöglich, unter diesem Gedicht Unterwäsche zu tragen. Die Bräune der nackten Arme, meines Rückens und des Ausschnitts wurden vom Gold des Kleids noch verstärkt.

Alicia hatte mir auch ein Paar Schuhe gegeben, elegante goldene Schuhe mit schmalen Riemchen. Als ich sie anzog, kam ich mir wie Aschenputtel vor und Alicia, die sich aus irgendeinem Grund unglaublich großzügig gab, erschien mir gar nicht mehr wie die hässliche Schwester.

Ich legte das breite Halsband und die passenden Armbänder um, und zum Schluss krönte ich mich mit einer mit Rubinen geschmückten Tiara. Ich drehte mich noch einmal langsam vor dem Spiegel und seufzte glücklich.

Bisher hatte ich dem arroganten Charme von Hathaway Hall widerstehen können, aber dieses Kleid veränderte meine Einstellung. Mir war nicht wohl in meiner Haut, es kam mir so vor, als hätte Alicia mich gekauft. War ich wirklich so oberflächlich, dass ich meine Seele für ein Prinzessinnenkleid und ein Paar goldene Schuhe verkaufte?

Während ich mich im Spiegel betrachtete, konnte ich das Lachen unten aus dem Saal hören, das falsche Lachen und die hohlen Phrasen, die immer zu solchen Partys gehören. Es gab bewundernde Ausrufe über Alicias Kleid, und ich war neugierig, wofür sie sich entschieden hatte. Natürlich würde sie das Outfit für sich behalten haben, in dem sie am meisten Aufsehen erregen würde. Aber was konnte schöner sein als mein golden glitzerndes Gedicht?

Alicia hatte von Anfang an ein Geheimnis um ihre Robe an diesem Abend gemacht, deshalb erwartete ich etwas wirklich Sensationelles. Ich atmete tief durch, trat aus meinem Zimmer und ging die Treppe hinunter. Unten in der Halle sah ich Alicia, umringt von ihren Freundinnen, und sofort fiel es mir wie Schuppen von den Augen.

Die Gruppe der versammelten Frauen trug knappe Designerklamotten, kurz, spärlich, weiblich. Nicht eine von ihnen trug ein langes Abendkleid. Einige Frauen trugen Minis, schmale Hipster oder Hotpants. Es gab bunte Bikinitops und kniehohe Stiefel. Sie sahen aus wie moderne junge Frauen, die sich zu einem ungezwungenen lustigen Abend trafen, und ich kam als Königin des Nils.

Ich stand auf dem Treppenabsatz und sah wie ein verdammter geschmückter Weihnachtsbaum aus. Jemand wurde auf mich aufmerksam, und dann schauten alle zur Treppe hoch. Ihre Münder klappten auf. Eine junge Frau begann zu kichern, dann öffnete sich die Gruppe, und Alicia trat mir entgegen.

»Darling, was für ein Anblick!«

Ich hatte sie noch nie so bizarr gekleidet gesehen. Sie trug einen engen weißen Anzug mit breiten Revers aus den Siebzigern und Cowboystiefel aus Kobrahaut, dazu einen weißen Stetson mit einer silbernen Kette.

Instinktiv wollte ich zurück auf mein Zimmer laufen. Himmel, bizarre Kleidung war mein Spezialgebiet, das konnte ich alle Tage. Wie oft war ich bei diesen Medienpartys in den wildesten Outfits aufgetaucht? Oft genug hatte ich Popstars mit meinem Aufzug ausgestochen.

Aber ich hatte mich in den Gedanken eines richtigen altmodischen Balls verliebt, genau wie in Daphnes Tagebuch, und Alicia hatte das bemerkt und sich vorgenommen, mich zu blamieren. Ich war die Lachnummer, und diese Frauen des Landadels waren die Elite, die den Trend setzten.

»Ich wusste gar nicht, dass wir auf einem Kostümball sind«, hörte ich die schnippische Bemerkung einer jungen Frau mit Zähnen wie ein Pferd.

»Pst, Thomasina«, tadelte Alicia.

Meine einzige Chance bestand darin, gute Miene zum bösen Spiel zu machen, sonst würde ich mein Gesicht verlieren. Wenn ich schmollend auf mein Zimmer gegangen wäre oder wenn ich mich jetzt umgezogen hätte, wäre Alicia gleich zweimal die Siegerin gewesen, und diesen Triumph wollte ich ihr nicht lassen. Außerdem war ich davon überzeugt, dass ich in dem Kleid heiß aussah, auch wenn es so schien, als wäre ich auf der falschen Party gelandet.

Ich schritt lächelnd die letzten Stufen hinunter und ging auf Alicia zu. »Herzlichen Glückwunsch zum Geburtstag, Alicia«, sagte ich, obwohl ich sie schon oft an diesem Tag gesehen hatte, dann schritt ich an der Gruppe vorbei in den großen Saal. Ganz hinten auf einem kleinen Podest stand ein Disc Jockey, und der Saal wurde vom harten Beat erfüllt. Einige Paare tanzten schon. In meinem Kleid würde es nicht ganz einfach sein, zum Beat zu tanzen, besonders auch, weil ich keinen BH trug, deshalb zog ich mich erst einmal in eine Ecke zurück und sah zu, wie der Saal sich füllte. Alicia kam mit zwei Freundinnen herein.

»Verdammt, sie sieht aus wie Alexis Carrington aus dem *Denver Clan*«, sagte eine der Frauen so laut, dass ich es hören konnte. Ich sah Alicia, wie sie sich im Rhythmus des Beats bewegte. Ihr schmiegsamer Körper wand sich zur Musik. Die ultravioletten Lichter hoben ihren weißen Anzug hervor; sie leuchtete in der Dunkelheit.

Die Gruppe um sie herum lachte und trank und umarmte sich. Verschiedene Männer gingen auf Alicia zu, herzten und küssten sie, und kaum einer verzichtete darauf, mit den Händen über ihren zierlichen Körper zu streicheln. Sie stach wie ein Leuchtturm hervor, und sie hörte nicht auf zu lächeln. Sie sah cool aus und sehr sexy.

Ray und Ollie trafen ein, und zu meiner Freude trugen sie Fräcke. Ollie mit seinen kleinen Augen sah so verschwitzt wie immer aus. Während Ray sich um die Getränke kümmerte, sah ich, wie Ollie zu Alicia ging und ihr ein kleines Päckchen überreichte. Sie steckte es unter die Jacke ihres Anzugs.

Vom Tablett eines vorbeigehenden Kellners nahm ich ein Glas mit Champagner und sah zu, wie Ray das Geburtstagskind Alicia mit einem langen Kuss begrüßte und ihren hübschen kleinen Hintern mit einer Hand rieb und quetschte. Sie stellte ihn ihrer Gruppe vor, dann tanzten die Frauen weiter.

Der Schauspieler, den ich mit Alicia heimlich beobachtet hatte, traf mit einem weiteren Mann und zwei Frauen ein. Der andere Mann hatte ein sehr kantiges Kinn und einen klobigen Stiernacken, während die beiden Frauen spärlich bekleidet waren, die Brustimplantate herausgestellt wie in einem Regal, die mit Collagen aufgespritzten Lippen zu einem Dauerschmollmund in leuchtendem Pink aufgebläht. Es gab keine Preise für die richtige Beantwortung der Frage, womit sie ihren Lebensunterhalt verdienten, dachte ich, während ich an meinem zweiten Glas Schampus schlürfte.

Der DJ veränderte die Stimmung, indem er ein Lied von Madonna auflegte. Das Parkett füllte sich, und plötzlich bewegten sich alle. Ich zog mich tiefer in die Dunkelheit meiner Ecke zurück und versuchte, unsichtbar zu sein, was in meinem leuchtenden Goldkleid nur ein frommer

Wunsch bleiben konnte. Die dünnen Riemchen von Alicias Schuhen schnitten in mein Fleisch. Ein Luftzug von hinten ließ mich erschauern. Ich spürte, wie sich meine Nippel versteiften. Ich bedeckte sie mit den Händen, damit sie sich beruhigten.

»Kann ich dir dabei helfen?«

Ich hörte Rays Texanerstimme, noch bevor ich aufgeschaut hatte. Konnte dieser Abend noch peinlicher werden?

»Nein … ich wollte mich nur ein bisschen zurechtrücken«, sagte ich und lächelte ihn an. Er hatte sich hübsch herausgeputzt; der Frack stand ihm gut. Seine kavaliersmäßige Südstaatenart und die Bewunderung für die weiblichen Formen hatten was Tröstliches, fand ich.

»Du siehst unglaublich aus«, sagte er. »Einfach zauberhaft. Warum versteckst du dich hier? Du bist die hübscheste Frau in diesem Saal.«

Ich war ihm dankbar für seine freundlichen Worte, und zweifellos wäre ich die Schönste auf einem Ball in Tennessee gewesen, aber er musste an meinem Gesicht abgelesen haben, dass ich mich wie die große dumme Gans fühlte.

»Nun gräme dich nur nicht über den Hosenanzug und die jungen Dinger mit ihren knappen Tops«, fuhr er fort. »Was wissen sie denn schon? Du weißt, was ein richtiger Mann von einer Frau erwartet.«

»Blowjobs?«, fragte ich.

Er krümmte sich vor Lachen. »Himmel, nein!«, prustete er dann, und im nächsten Moment: »Ja, stimmt.« Er musterte mich von oben bis unten. »Bring mich nicht auf solche Idee, junge Lady.«

»Okay, was ist es also, das ein richtiger Mann von einer Frau will, Mr Hobbs?«, fragte ich und hatte wieder so viel Selbstvertrauen, mich aufzurichten.

»Alles, was du hast, Babe. Brüste, in denen er sich verlieren kann, ein Po, den man greifen kann, und ein hübsches Gesicht zum Verlieben.«

Ich grinste über seine weisen Worte. »Verstehe. Ist das von Oscar Wilde, oder hast du es dir selbst einfallen lassen?« Ich griff nach einem frischen Glas Champagner und fühlte, wie mein Körper von der perlenden Flüssigkeit aufgewärmt wurde.

»Es ist eine Wahrheit, die seit Adam Bestand hat«, antwortete er. »Es steht schon in der Bibel.«

»Oh.« Ich leerte mein Glas. »Das muss ich in der Sonntagsschule verpasst haben.«

»Schade.« Er nahm mir das leere Glas aus der Hand und stellte es ab. »Du musst mit mir tanzen«, sagte er und zog mich tiefer in den Saal hinein. Der DJ hatte Scheiben aus den achtziger Jahren aufgelegt, als wir uns gemütlich über den Tanzboden bewegten. Es fiel mir leicht, seinem schlanken, großen Körper zu folgen, und er hielt mich fest in seinem Griff.

Ich wurde bald benommen von seinen schwungvollen Bewegungen. »Nun«, sagte er, »wann können wir denn mal zur Sache kommen?«

Ist stöhnte auf. Gerade hatte ich mich zu amüsieren begonnen, da musste er es schon wieder zerstören.

»Ich habe hier zu arbeiten«, erinnerte ich ihn. »Und du doch auch, nicht wahr?«

»Ich weiß. Aber ich habe auch von Arbeit gesprochen«, verteidigte er sich.

»Ich soll bei deinem so genannten Tele-Drama mitmachen?«, fragte ich, meine Stimme voller Sarkasmus.

Er sah mir in die Augen. »Das wäre großartig, mein Schatz, aber ich glaube, dafür bist du noch nicht bereit«, sagte er zu meiner Überraschung. »Aber ich würde dich gern fotografieren.« Ich roch den Tabak in seinem Atem. »Und am liebsten würde ich alles von dir sehen.«

Endlich begriff ich. »Du meinst für ein Pornomagazin? Nein, ich glaube, das ist nichts für mich.«

»Nein, nein«, sagte er lachend. »Nur für dich. Für dich und für mich. Wunderschöne Schnappschüsse in Schwarz und Weiß. Ich bin ein guter Fotograf, musst du wissen.«

Ich dachte darüber nach. Eitelkeit und Neugier kämpften mit dem Champagner in meinem Kopf. Sein Angebot hörte sich verlockend an.

»Du bist eine schöne Frau, Jo. Eine echte Frau. Ich würde dich am liebsten auf der Stelle nehmen. Ich weiß, dass die Kamera dich lieben wird. Deine Haut, deine Augen, deine Figur.« Er seufzte und zog mich an sich. Ich spürte die Härte seiner Erektion, die sich gegen meinen Bauch drückte. »Stell dir vor, ich gebe dir Kopien aller Fotos, damit du sie an alle deine Ex-Kerle schicken kannst. Sie können dann sehen, was sie verpasst haben.«

Ich dachte sofort an Jerome, und noch bevor ich wusste, was ich tat, nickte ich schon. »Also gut. Du hast ein neues Model, Ray.«

»Großartig. Aber bitte, sage Ollie nichts davon. Er … nun ja, er dreht schnell durch, wenn er hört, dass ich ihm ins Handwerk pfusche – besonders, wenn es darum geht, ein schönes Mädchen zu fotografieren. Er ist nicht so nett wie ich, verstehst du?« Er lächelte breit und wirbelte mich so wild herum, dass ich als kicherndes Bündel in den Knien einknickte. Er zog mich hoch in seine Arme. »Also, junge Lady, bleib hier, rühre dich nicht vom Fleck. Ich hole ein Glas Wasser.«

Ich nickte und sah ihm nach, und plötzlich fühlte ich mich wieder allein und verletzlich. Das Goldkleid war verrutscht, und eine Brust war fast nackt. Verstohlen zupfte ich mich zurück in die Anständigkeit. Ein trunkenes Paar griff nach mir, und ich wich erschrocken an die Wand zurück. Die Schauspieler rieben sich aneinander.

Es war, als nähmen sie ihre Arbeit auch in der Freizeit wahr.

Ich musste an Jerome denken und fragte mich, wo er jetzt war. Seit fast einer Woche hatten wir uns nicht mehr gesprochen, und wenn ich ihn gedanklich auch schon abgehakt hatte, war es doch merkwürdig, dass er nicht mehr angerufen hatte. Schließlich wusste er ja noch nicht, dass ich mit ihm gebrochen hatte, und außerdem hätte er den perfekten Vorwand gehabt, mit mir zu reden, denn natürlich hatte er ein berufliches Interesse daran, wie sich mein Artikel entwickelte.

Ich fühlte mich mies und griff nach einem Cocktail vom Tablett des Kellners. Während ich am Glas nippte, suchte ich den Saal nach Tom ab. Ich stolperte an tanzenden Paaren vorbei, nachdem mir klar geworden war, dass er sich bisher noch nicht hatte blicken lassen. Ich hatte unbedingt mit ihm tanzen wollen.

Mühsam kämpfte ich mich durch und stand endlich im Flur zum Treppenhaus. Viele Kerzen holten die rot bespannten Wände aus der Dunkelheit. Auf dem Treppenabsatz gab es einen mannshohen Spiegel, in dem ich mich betrachtete – ein Porträt in Gold, ziemlich figurbetont und ein wenig beschwipst.

Plötzlich wurde mir klar, dass dies der Spiegel sein musste, vor den Daphne vom strengen Reverend gezerrt worden war. Mir fiel sofort wieder das Spezialzimmer ein, der Ort ihrer Entjungferung.

Es gehörte zu meiner journalistischen Neugier, dass ich dieses Zimmer finden wollte. Ich wollte die Atmosphäre des geheimen Orts einatmen. Ich stolperte ins dunkle Esszimmer und drückte gegen die Paneele, um den versteckten Zugang zu finden. Systematisch klopfte ich gegen die Paneele und horchte auf einen hohlen Laut, aber nichts geschah. Ich hob die Porträts der Ahnen in der Hoffnung, einen Schlüssel zu finden, und dann spürte ich einen kühlen Atem in meinem Nacken.

Ich wirbelte herum und sah in Alicias feurige Augen. Ich wollte etwas stammeln, aber sie lächelte nur.

»Keine Sorge, Darling, ich habe nichts anderes von dir erwartet. Du bist ein neugieriges Ding, nicht wahr?« Sie reichte mir noch einen Cocktail, und während ich daran nippte, fiel mir auf, dass Alicia im Gegensatz zu mir noch ziemlich nüchtern war. »Du suchst das Spezialzimmer von Daphnes Vater, nicht wahr?« Ich nickte. »Dann komm«, hauchte sie und zog mich in eine Ecke des Esszimmers.

Es gab dort eine Anrichte mit Porzellan, und darunter befand sich ein Schrank. Alicia nahm einen kleinen Schlüssel aus einer Teetasse und öffnete die Schranktür. Leinentücher und Tischdecken in ordentlichen Stapeln. Alicia langte in den Schrank und zog an einem Riegel, dann drehte sich der Schrank und öffnete sich zu einem Geheimgang. Die hohe Anrichte mit dem Porzellan blieb fest an der Wand.

»Wenn du deine großen starrenden Augen jetzt sehen könntest«, sagte Alicia spöttisch, und im nächsten Augenblick war sie schon im Geheimgang und in völliger Dunkelheit verschwunden.

Ich folgte ihr durch den modrigen Flur, bis wir vor einer Eichentür standen. Alicia drückte sie auf, und meine Augen schlossen sich, geblendet vom gleißenden Licht. Hunderte Kerzen säumten das Zimmer. Offenbar hatte jemand den Raum für die Party präpariert.

Das Spezialzimmer war beinahe so, wie ich es mir ausgemalt hatte, ein erotisches Märchenland. Einige Bilder, die sich mir einprägten, wirkten sinnlich auf mich, andere eher einschüchternd und schaurig. Zügel, Handschellen, seltsame Stühle, Ketten und Harnische schauten mich an. Ich ging langsam im Zimmer umher, sah mir alles ganz genau an und schlürfte ab und zu an meinem rosa Cocktail.

»Hier kannst du den Himmel oder die Hölle erleben«, flüsterte Alicia und trat dicht hinter mich. Ich drehte mich um, und sie strich sanft mit einem Finger über meine Lippen und saugte dann an der Spitze. »Das ist auch der Name des Cocktails«, erklärte sie, dann hauchte sie einen Kuss auf meine Lippen. »Süß«, stellte sie fest, dann schlenderte sie durchs Zimmer, spielte mit verschiedenen Geräten und griff schließlich zu den Handschellen, die an der Wand befestigt und innen mit Samt gefüttert waren.

»Sie waren Daphnes Lieblingsspielzeug«, sagte sie. Das hatte ich im Tagebuch nicht gelesen, aber es überraschte mich nicht. »Willst du sie mal ausprobieren?« Es klang wie eine Herausforderung, und ich gehöre zu denen, die keiner Herausforderung ausweichen können. Aber ich traute Alicia nicht über den Weg.

»Warum?«, fragte ich.

»Ach, nun komm schon. Hast du keinen Sinn für Humor? Probiere sie doch nur mal«, lockte sie und winkte mich zu sich. Ich näherte mich ihr unentschlossen, dann stellte ich mich mit dem Rücken zur Wand und fühlte die samtene Fütterung der Manschetten.

Alicia hob meinen Arm über meinen Kopf, und dann hörte ich, wie es ›klick‹ machte. Sie presste ihren zierlichen Körper gegen meinen Leib. Es fühlte sich gut an, zwängte mich aber ein. »Die andere Hand«, sagte sie.

Ich hielt mein Glas fest und schüttelte den Kopf. »Oh, nein, liebe Alicia. Eine Hand genügt. Du kannst mich jetzt wieder loslassen.«

»Ach, du bist wirklich ein Partyschreck«, sagte sie schmollend und begann mich unter der Achsel des gefesselten Arms zu kitzeln. Ich wand mich und versuchte, ihr auszuweichen, aber mein Kichern schwächte mich, und eigentlich hatte ich mit einer Hand keine Chance, ihre zwei Hände auf Dauer abzuwehren. Es gelang ihr, mir das Glas aus der Hand zu nehmen.

Sie lächelte triumphierend und brachte meine zweite Hand zur Manschette, die sich blitzschnell um das Gelenk schloss. Verdammt, sie hatte mich überlistet.

»Alicia!«, protestierte ich und kicherte immer noch, diesmal aber als Ausdruck meiner Nervosität. »Hör auf damit!«

Sie lächelte, und ich stand da, beide Hände über dem Kopf, und wand mich hin und her, zappelte und wusste doch, dass ich keine Chance hatte.

»Du siehst wie ein kleiner Goldfisch aus«, sagte sie lachend. »Ein Goldfisch am Haken.«

»Alicia, jetzt reicht es.« Ich wurde allmählich wieder nüchtern und starrte sie streng an. »Nimm mir die verdammten Handschellen wieder ab.«

Sie sah mich schmollend an.

»Nimm mir die verdammten Handschellen ab« äffte sie mich in ihrer Babystimme nach und kicherte. Sie presste sich wieder an mich und küsste mich fest auf den Mund. Ihre flinke heiße Zunge stieß sinnlich gegen meine. Eine Hand rieb sie gegen meinen Schoß und kitzelte mich, und entgegen allen Instinkten begann ich zu reagieren.

Plötzlich hörte ich Stimmen vom Korridor, und kurz darauf drangen ihre Freunde ein, die alle zu ihrem inneren Kreis gehörten, wie ich im Verlauf des Abends festgestellt hatte. Sie hatte die ganze Zeit mit ihnen getanzt, geschmust und geflirtet. Jetzt brachten sie Champagnerflaschen mit, Whisky und Bier und lachten ausgelassen.

»Hat die Schau schon begonnen?«, fragte ein rotgesichtiger Junge mit der piekfeinsten Stimme, die ich je gehört hatte.

»Noch nicht«, sagte Alicia und zwinkerte mir zu.

Die Gruppe sah sich neugierig im Zimmer um und ließ sich dann gemütlich nieder. Mir war, als gefröre das Blut in meinen Adern. Was hatte sich Alicia vorgenommen?

»Aber sie wird dir gefallen, die Schau«, fügte sie noch hinzu.

»Himmel, deine Familie ist wirklich bizarr drauf«, kommentierte ein anderer Mann und hielt eine Peitsche in der einen und eine Kette in der anderen Hand hoch. »Seid ihr alle sexverrückt?«

»Natürlich«, antwortete Alicia schlicht.

Die modischen Mädchen ließen sich aufs Wasserbett fallen, und eine fing an, einen Joint zu drehen. Noch mehr Leute drängten ins Zimmer. Ray und Ollie waren auch da, sie brachten die vier Pornostars mit. Jemand legte eine Disc mit meditativer Musik ein, die mir hypnotisch im Kopf herumging.

Alicia presste sich wieder dicht gegen mich. »Das wird dir eine Lehre sein«, flüsterte sie, die Stimme kühl wie Kristall. »Kleine Schlampe.« Dann zog sie an einem Seil, und damit wurde ich an der Wand hochgehoben, gut einen halben Meter über dem Fußboden.

»Was, zum Teufel, machst du denn da?«, rief ich, aber sie ignorierte mich.

»Henry, komm her und hilf mir«, sagte sie zu einem der Freunde. Gemeinsam legten sie mir Manschetten um die Fußgelenke, nachdem sie meine Beine weit gespreizt hatten. Ich konnte mich so gut wie nicht bewegen.

»Okay, der Scherz ist vorbei«, ächzte ich, »hört sofort auf damit!«

»Was machen wir mit dem Kleid?«, fragte Henry.

»He, was soll das denn?«, rief ich empört.

Die Leute im Zimmer drängten sich um mich herum wie die Zoobesucher um den Affenkäfig, wenn die Insassen sich besonders drollig verhalten. Ich zerrte an meinen Fesseln.

»Was geht hier vor, Alicia?«

Sie nahm eine Hutnadel aus ihrem Stetson, hob mein Kleid bis zu den Hüften an und befestigte es mit der Hutnadel und Henrys Hilfe an der Wand. Mir stockte der Atem, als mir bewusst wurde, dass meine Scham den gierigen Blicken der Leute im Zimmer ausgesetzt war, und ich hatte keine Möglichkeit, etwas dagegen zu unternehmen.

»Sieh dir unseren kleinen Goldfisch an«, spottete Alicia. »Zappelt hilflos an der Angel.« Die Frauen lachten. Alicia wandte sich ab, die umstehenden Leute auch. Die meisten warfen sich übereinander aufs Wasserbett, die anderen auf den Boden. Es war unmöglich zu sehen, wer mit wem zugange war – ich wollte es auch gar nicht sehen. Ich war viel zu erleichtert, dass sie mich in Ruhe ließen.

Nach einer Weile – meist hatte ich die Augen geschlossen, aber wenn ein besonders lauter Lustschrei an meine Ohren drang, öffnete ich sie – sah ich einen Mann ins Zimmer treten. Er blieb gleich hinter der Tür stehen und besah sich das unglaubliche Treiben. Als er mich an der Wand hängen sah, blickte er mich von oben bis unten an. Sein Blick haftete an meiner nackten Vulva, dann trat er auf mich zu.

Er trug einen Frack und einen langen schwarzen Umhang. Die schwarze Maske bedeckte die Hälfte seines Gesichts und seine Haare. Alle anderen Leute im Zimmer waren mit ihren jeweiligen Partnern beschäftigt oder schauten einem Spektakel zu, das Alicia mit ihrer Freundin Dixie auf dem Boden bot, deshalb nahm niemand den Fremden wahr.

Er stand vor mir und betrachtete meinen Körper so intensiv, dass ich spürte, wie ich eine Gänsehaut bekam. Er fuhr mit den Händen sanft über meine Beine, streichelte die empfindlichen Kniekehlen, und ich begann zu vibrieren. Ich war zu schwach, um mich zu wehren. Er trat noch näher, inhalierte den Duft meines Schoßes und öffnete mich mit zarten langen Fingern, ehe er meine Pussy liebevoll küsste. Sein Mund war süß, die Zunge muskulös. Er schmeckte mich und stöhnte, leckte und keuchte, er legte die Hände auf meine zitternden Backen und trieb die Zunge noch tiefer in mich hinein.

Meine Pussy war warm und nass, und mein Körper prickelte vor Erregung. Ich ruckte den Schoß vor und wollte immer mehr vom Mund des Fremden spüren, der daraufhin gierig meine Klitoris saugte.

»Oh, ja«, seufzte ich und schmolz in ihn hinein. »Ja, genau so.« Er presste mich fester an sich und stieß die Zunge wie ein kleines Glied in mich hinein. »Ja, ja«, stöhnte ich. Die harte Zungenspitze hatte mein Klitoris gefunden, und jetzt badete er sie in seinem Speichel. Immer und immer wieder stieß er sie mit der Zungenspitze an, und mein Körper geriet völlig aus der Kontrolle. Ich rüttelte an den Ketten, als der Orgasmus mich überschwemmte und meine Lust aus mir heraus und in seinen Mund lief. Danach leckte er mich sauber, als wollte er gar nicht mehr aufhören. Seine Zunge leckte immer noch neugierig zwischen den Labien.

»Bitte, ich kann nicht mehr«, ächzte ich benommen, als er wieder härter zu saugen begann. »Bitte, bitte.«

Er hörte auf und rieb abwechselnd seine Wangen über die Innenseite meiner Schenkel, als wollte er sich meinen Duft einprägen.

»Himmel, wie ich dich begehre«, murmelte er, und als ich seine Stimme hörte, wusste ich sofort, dass es Tom war. Ich sah hinunter, und unsere Blicke trafen sich. Diese schönen grünen Augen würde ich überall sofort erkennen.

Er bemerkte, dass ich wusste, wer er war, dann drehte er sich um und sah ein paar Momente dem Treiben im Zimmer zu. Alicia hatte sich wieder mündlich mit Mr Wootton eingelassen, während sie von hinten von einem der Pornodarsteller bedient wurde. Sie quietschte vor Entzücken.

Tom wandte sich wieder mir zu und begann mich erneut mit der Zunge zu verwöhnen. Es dauerte nicht lange, und ich spürte das Nahen des nächsten Orgasmus. Sehnsüchtig wartete ich auf seinen Schaft. Ich unterdrückte einen Aufschrei und begann vor Lust zu wimmern.

»Oh, Tom«, seufzte ich. Er richtete sich auf, als ich seinen Namen aussprach. Ich wünschte, er würde die Maske abnehmen, damit ich sein Gesicht zwischen den Schenkeln spüren könnte. »Ich warte auf dich. Lass mich runter, damit wir es richtig tun können. Bitte!«

»Nicht hier«, raunte er. »Komm in mein Zimmer.« Er fing an, mich zu befreien, und steckte kleine Schlüssel in die Schlösser der Manschetten um meine Fußgelenke. Sein Gesicht war meinem Schoß so nahe, dass er nicht widerstehen konnte und ab und zu über meine geschwollenen Labien leckte.

»Bitte, beeil dich«, flüsterte ich drängend, während er das Seil in die Hand nahm, um mich zurück auf den Boden zu lassen.

Plötzlich wurde er zur Seite gerissen und auf den Boden geworfen. Einen kurzen Moment dachte ich, dass Alicia uns bemerkt hätte und den Befreiungsbesuch unterbrechen wollte, aber dann sah ich Jerome, der mich anstarrte, das Gesicht verkniffen vor Wut. Er sah so aus, als wollte er mich verprügeln. Seine Hände ballten sich zu Fäusten. Die schwarzen Haare waren noch zerzauster als sonst.

»Was, zum Teufel, soll das bedeuten?«, fauchte er und wies auf meine Fesseln und auf meine Nacktheit. »Und wer, zum Teufel, ist das?« Er hatte Tom nicht erkannt, der sich vom Boden aufrappelte. »Kein Wunder, dass du meine Anrufe nicht beantworten kannst.«

»Jerome, beruhige dich«, sagte ich leise und so würdevoll, wie das unter diesen Umständen möglich war. »Mach keine Szene«, riet ich.

»Ich soll keine Szene machen? Und was ist das hier alles?« Er lachte wie ein Verrückter und machte eine allumfassende Handbewegung, die diese ganze Orgie einschloss. Die nackte Alicia rutschte auf Mr Woottons Gesicht herum, Männer trieben es mit Männern, Frauen mit Frauen. Ich musste gestehen, es war kein überzeugendes Bild.

»Und was stellst du dar?«, fragte er wütend und griff mir grob zwischen die Beine. »Du bist eine kleine Schlampe«, knurrte er und wusste nicht, ob er entsetzt oder erregt sein sollte.

»He«, protestierte Tom und schob Jerome zur Seite. »Wer bist du eigentlich? Das hier ist eine private Party, du hast hier nichts zu suchen.« Tom ließ mich mit dem Seil zurück auf den Boden, und dabei fiel auch die Hutnadel ab, so dass ich plötzlich wieder ganz züchtig war.

»Ich bin ihr Freund, du Dummkopf«, sagte Jerome und trat Tom mit erhobenen Fäusten entgegen.

Es war Ironie des Schicksals, dass Jerome sich das erste Mal dazu bekannte, mein Freund zu sein, aber es war zu spät. Zu spät und zu wenig.

»Nein, das bist du nicht mehr«, sagte ich scharf. »Ich bin frei, Jerome. Klingelt es bei dir?« Er starrte mich ungläubig an. »Ja, so ist es.« Tom öffnete die Handschellen um meine Gelenke. »Ich schicke dich in die Wüste.«

Neuntes Kapitel

Im Norden Brasiliens, tief im Amazonasgebiet, gibt es die *Umbanda,* eine geheimnisvolle Kraft, von der meine Mutter immer gesagt hat, dass sie in der Lage ist, alles zu heilen, ob mit Voodoo oder Zaubertrunk. Aber als ich an diesem Morgen im Bett lag, war ich davon überzeugt, dass es auf der ganzen Welt keinen Trank und keinen Spruch für den schrecklichsten Kater gab, unter dem ich je zu leiden hatte. Es war der Kater aller Kater. Die Sonne fiel durch einen Schlitz in den Vorhängen und brannte in meinen Augen wie eine gleißende Lampe im Verhörzimmer des Militärischen Abschirmdienstes. Das Geräusch meines Atems hörte sich wie Donnergrollen in meinen Ohren an.

Ich hätte gern aufgestöhnt, aber ich wusste, das Geräusch würde mir den Kopf spalten. Vorsichtig drehte ich das Gesicht zum Wecker auf dem Nachttisch. Ein Uhr am Nachmittag. Neben der Uhr stand ein Glas Wasser. Klares, kühles Wasser. Ein Wunder? Die Wüste meines Mundes lechzte danach, aber meine Glieder waren zu schwer, um danach zu greifen. Wie war das Glas neben mein Bett geraten?

Schwerfällig und unter Schmerzen rotierten meine Gehirnzellen, bis sie ein wackliges Bild herstellten: Tom, in seinem schwarzen Mantel, legte mich aufs Bett und küsste mich auf die Wange. Er stellte das Glas mit Wasser hin und rang mir das Versprechen ab zu trinken. Dann flatterten andere Erinnerungen in meinem Kopf herum – Himmel, was für eine Nacht. Das Stöhnen kam jetzt doch, ungewollt.

Jeromes Ärger war nicht so schnell abgeklungen. Es hatte mehrere Momente gegeben, in denen ich gefürchtet hatte, er würde Tom zu Boden schlagen. Ich hatte seine Wut auf mich gelenkt, indem ich ihm trunken vorwarf, wie mies er sich mir gegenüber verhalten hatte. Ich hatte Rubys Beschimpfungen zitiert, und er hatte behauptet, Ruby wäre immer schon scharf auf ihn gewesen.

Das war der Augenblick, in dem ich ihn anschrie. Seine Arroganz war unglaublich. Die ganze Zeit wollte ich mit Tom die Treppe hoch auf sein Zimmer, um das fortzusetzen, was er begonnen hatte. Dann war Alicia zu uns getreten und hatte Jerome mit ihren flatternden Lidern in eine tranceähnliche Demut gebracht. Er geiferte nach ihr.

Das war der letzte Strohhalm gewesen. Ich sah rot, griff in seine Haare und schlug ihm mit der anderen Hand ins Gesicht. Himmel, musste ich betrunken gewesen sein.

Tapfer langte ich nach dem Glas und nahm einen zaghaften Schluck. Ich spürte, wie das Wasser mein Innerstes reinigte und meine Gedanken klärte. Jetzt erinnerte ich mich, Tom angefleht zu haben, bei mir zu bleiben, aber leider blieb er der Gentleman, der er ist, und beharrte darauf, dass ich zu betrunken war.

»Ich will deine Situation nicht ausnutzen«, hatte er gesagt. Selbst in meinem trunkenen Zustand wusste ich, wie lächerlich das war. Er hatte keinen Moment gezögert, mich auszunutzen, als ich gefesselt im Spezialzimmer aufgehängt war. Oh, verdammt, das Spezialzimmer! Die Erinnerung an Alicias Trick mit den Handschellen war zu viel für mich, und ich barg mein Gesicht wieder im Kissen.

Drei Stunden später trieb mich der Hunger aus dem Bett. Nach einem Bad und ein bisschen Schminke fühlte ich mich präsentabel genug, nach unten zu gehen und zu suchen, wo es einen Nachmittagstee gab, obwohl ich eigentlich nach einem Sandwich mit Speck und Ketchup schmachtete. Auf der Treppe hörte ich schon Alicias perlendes Lachen und das Klirren von Porzellan, was mich hoffnungsvoll stimmte.

Mir lief das Wasser im Mund zusammen, und rasch folgte ich dem Geräusch ins Esszimmer. Sie bemerkten mich nicht sofort, deshalb blieben mir ein paar Sekunden, in denen ich einen ungehinderten Blick auf Alicia hatte, die über meinem Exfreund grätschte und ihn mit Erdbeeren fütterte.

Jerome fraß ihr wortwörtlich aus der Hand, er hatte den Kopf weit nach hinten gelegt, und beide kicherten wie Kinder. Sie rutschte sinnlich über seinen Schoß und neckte ihn mit dem Obst. Sie hielt eine Erdbeere zwischen den Zähnen fest und neigte sich zu ihm, und er biss die Hälfte ab. Plötzlich sah Jerome mich, und er zuckte schuldbewusst.

»Du kannst dich entspannen«, murmelte ich mit tiefer Kopfschmerzstimme. »Kümmert euch nicht um mich. Ich suche nur was Essbares.«

Alicia richtete sich auf und wandte sich mir zu, strahlend wie eh und je. Wie schaffte sie das nur?

»Bediene dich«, sagte sie in bester Gastgeberlaune. »Es gibt Tee, Kaffee, Scones, Marmelade, Toast und Sandwiches.«

Ich setzte mich schweigend an den Tisch und schlug schamlos zu. Mein Appetit kannte keine Grenzen.

»Du hast einen gesegneten Hunger«, bemerkte Alicia trocken, als ich einen Happen mit Lachs schluckte und dann in eine Käsebrezel biss.

»Mhm.« Selbst wenn ich mich mit der Frau hätte unterhalten wollen, wäre der Mund zu voll gewesen. Das Schweigen lastete schwer im Zimmer.

»Das ist eine unangenehme Situation für uns alle«, sagte Jerome gepresst.

Ich stieß ein ironisches Gelächter aus, und einige Brösel flogen über den Tisch. Es war mir egal. »Es gibt Schlimmeres«, sagte ich und warf Alicia einen giftigen Blick zu.

Sie war ein Bild der arglistigen Lieblichkeit. »Ach, du spielst auf das alberne Treiben der vergangenen Nacht an?«, fragte sie lächelnd. »Das war doch nur Spaß, Jo. Ich wusste, dass du es verkraften kannst.«

Ich grunzte unfreundlich und schlürfte einen Schluck des süßen heißen Tees.

»Aber ich glaube, jemand hat es mit den rosa Cocktails übertrieben, was?«, stellte Alicia grinsend fest. »Sie sind tödlich, habe ich mir sagen lassen.« Sie beugte sich über Jerome und flüsterte ihm etwas ins Ohr. Sein Blick sagte mir, dass es was Unanständiges war.

Er legte seinen Arm um ihre schlanken Schultern und kitzelte ihren Hals. Sie unterdrückte ein Kichern wie ein junges Mädchen vor der Mutter. Allmählich begriff ich, dass meine Gegenwart ein zusätzlicher Anreiz für sie war. Ich war das Tabu in der Beziehung, und nichts machte sie mehr an, als Tabus zu brechen. Ich räusperte mich.

»Lasst euch von mir nicht stören«, sagte ich, »macht ruhig weiter. Ich habe ihn in die Wüste geschickt, du kannst ihn also gerne haben. Viel Glück.« Ich grinste breit. »Ja, viel Glück euch beiden, ihr werdet es gebrauchen können.« Ich lächelte voller Unschuld.

Sie sahen mich nervös an und wussten nicht genau, ob sie noch Lust hatten, ihr Spiel weiter zu spielen. Überrascht stellte ich fest, wie gut ich damit umgehen konnte, Jerome in Alicias Armen zu sehen. Wahrscheinlich hatten sie die ganze Nacht gevögelt, und nun wollten sie mir das unter die Nase reiben, um mich zu ärgern. Aber es machte mir absolut nichts aus.

»Gibt es noch Erdbeeren, oder habt ihr sie alle für eure kindischen Spielchen gebraucht?«, fragte ich.

Jerome sah mich verlegen an. »Jo!«, rief er empört.

»Ach, sei doch nicht so ein Weichei.« Er hörte sich pathetisch an, fiel mir auf. Alicias Klasse und Herkunft schienen ihn in Ehrfurcht erstarren zu lassen, und offenbar war er der Meinung, ich müsste mich in ihrer Gegenwart so verhalten, als speiste ich mit der Königin. Sogar seine Kleidung hatte er geändert. Kein Leder mehr, nicht mehr das Schwarz der Siebzigerjahre. Er trug gestärkte Chinos und ein weißes Leinenhemd. Ich machte mir nicht die Mühe, unter den Tisch zu schauen, aber ich rechnete fest damit, dass er Leinenschuhe trug. Ich gluckste still vor mich hin und biss in ein Scone, das ich mit einem Butterstückchen bestrichen hatte.

»Wie geht's mit dem Artikel?«, fragte er.

»Großartig.« Ich würde ihm nichts sagen, während er seine Hände um Alicia geschlungen hatte.

Sie lehnte sich vor und drehte ihren Charme auf. »Hast du viel über mich geschrieben?«

»Nein.« Ich langte über den Tisch. »Ist das Aprikosenmarmelade? Ah, die esse ich am liebsten.«

Alicias blaue Augen blickten stählern, aber das Lächeln blieb wie eingemeißelt in dem schönen Gesicht. »Ich verstehe«, murmelte sie. »Aber über wen schreibst du denn überhaupt, wenn nicht über mich?«

Ich hielt ihrem Blick stand, biss in mein Brot und schluckte in aller Gemütsruhe. »Über Daphne natürlich«, sagte ich. »Und über Tom, wenn er mich lässt.« Ich wusste, das würde sie treffen.

Ihre Augen weiteten sich, dann stieß sie einen schrillen Schrei aus. »Über Tom?«

»Ja, Tom.« Ich schenkte mir noch etwas Tee nach. »Ich weiß nicht, ob der gute Jerome dir etwas über unser Magazin erzählt hat, eher nicht, denn Reden ist nicht seine Stärke.« Er warf mich einen strafenden Blick zu. »*A Tempo* ist ein Magazin, das über Musik und musikalische Talente schreibt.« Ich nippte am Tee. »Wenn du dein Gesicht in einer Zeitschrift veröffentlicht sehen willst, empfehle ich dir die Klatschkolumne von *Harpers* oder *Horse and Hound.* Denen kannst du deine hübschen Kleider oder deine beiden Stallburschen und so zeigen.«

Ihr Kinn klappte nach unten, und ein seltsames Geräusch entwich ihrer Kehle. Ich glaube, sie zischte sogar etwas wie »unverschämt«. Ich weiß es nicht genau, denn ich beachtete sie nicht länger. Mir fiel gerade ein, dass meine Kopfschmerzen auf wundersame Weise verschwunden waren.

Ich fand Tom, wie er am Waldrand an einem sprudelnden Bach auf einem Baumstumpf saß und kleine Steine ins kristallklare Wasser warf. Als ich mich ihm näherte, stellte ich wieder fest, wie gut er aussah, auch wenn er nur ein Baumwollhemd und Blue Jeans trug. Die Sonne legte einen goldenen Schein um seine blonden Haare. Er schien tief in Gedanken zu sein, und er hörte mich nicht, bis ich schon ganz nah war, als zwei Äste unter meinen Füßen knackten. Er schaute hoch und lächelte freundlich.

»Hallo«, sagte er. »Wie geht es dir?«

Ich dachte darüber nach. »Ich leide noch. Ich bin verlegen und enttäuscht, aber am meisten leide ich.«

»Ich auch.«

Ich setzte mich neben ihn und versuchte mich auch mit ein paar Steinen, die ich flach über den Bach warf.

»Ich habe gerade über dich nachgedacht«, sagte er.

Mein Herz schlug schneller, obwohl sein Tonfall mir verriet, dass er nicht nur an Freundlichkeiten gedacht hatte.

»Worüber denn?«

Er blinzelte in die Sonne. »Nun, zuerst einmal darüber, wie du an diesen Trottel geraten bist.«

Ich musste lachen.

»Allein sein Haarschnitt!«

»Ich weiß«, sagte ich seufzend. »Aber jetzt hat ihn sich deine Schwester unter den Nagel gerissen.« Das kam ein wenig verbittert heraus, und er sah mich von der Seite prüfend an. Er musste sich fragen, ob ich noch Gefühle für Jerome hatte.

»Es wird nicht lange dauern«, sagte er dann, entweder sich selbst oder mir zum Trost. Ich glaube nicht, dass er Gefallen daran fand, seine Schwester zusammen mit einem ehemaligen Rockstar zu sehen.

»Mir ist es egal, Tom.«

»Gut.« Er nahm meine Hand. »Dann musste ich an gestern Abend denken und wie wunderbar du in dem schönen goldenen Kleid ausgesehen hast. Du kamst mir wie eine Vision vor.«

»Das glaube ich gern«, sagte ich dumpf und sah mich wieder in dieser unmöglichen Pose an der Wand hängen.

»Ehrlich. Ich habe noch nie einen so sexy Anblick in meinem ganzen Leben gesehen.« Er blickte mir tief in die Augen, dann lehnte er sich über mich und küsste mich. Seine warmen Lippen schmolzen auf meinen wie Butter. Ich löste mich behutsam von ihm.

»Wirklich?«

Er nickte und küsste mich wieder. Oh, wie sexy er küssen konnte! Er drückte seine Stirn gegen meine und redete weiter. »Und dann habe ich gedacht, ich will nicht wieder die alten Fehler begehen.«

Mir stockte der Atem. Wollte er mir jetzt schon sagen, dass es vorbei war? »Wie meinst du das?«, hauchte ich.

»Ich meine, dass ich einiges zu klären habe. Ich will

nicht, dass meine Schwester das zerstört, was wir beide füreinander empfinden.« Er strich mir über die Haare. »Ich will auch nichts überstürzen, denn das könnte alles ruinieren. Und meine Schwester muss sich erst daran gewöhnen, dass ich auf meinem eigenen Leben bestehe. Deshalb habe ich beschlossen, einen Freund in Paris zu besuchen. Etwa für eine Woche. Der Abstand wird mir helfen, klare Gedanken zu fassen.«

Ich dachte darüber nach. War das wieder ein kleiner Sieg für Alicia?

»Oder ist das deine Art, mich wissen zu lassen, dass es zwischen uns schon vorbei ist, bevor es richtig angefangen hat?«, fragte ich leise.

»Bevor es richtig angefangen hat? Du siehst es also auch so, dass wir am Anfang einer Beziehung stehen?« Er starrte mich ernst an, aber seine grünen Augen lächelten.

Ich lachte unsicher, dann begann ich zu kichern. »Ich weiß es nicht«, murmelte ich. »Sage du es mir.«

»Ich hoffe es«, sagte er ernst und küsste mich wieder, und er legte so große Gefühle in diesen Kuss, dass meine Knie wacklig wurden. Mein Körper sehnte sich danach, sich für ihn zu öffnen.

Oh, Himmel, dachte ich, hoffentlich bringt er Sinn in diese Angelegenheit. Sein Arme umfassten mich, und er zog mich dichter an sich heran.

»Ich will eigentlich nicht fortgehen«, sagte er, »aber wenn ich bleibe, verstricken wir uns in unserer Impulsivität.«

»Ja, stimmt.« Aber in Wirklichkeit dachte ich, wie erregend es sein kann, sich von der Impulsivität treiben zu lassen. »Wann reist du ab?«

»Heute Nachmittag.« Er nahm meine Hand. »Hör zu, Jo, ich weiß, es ist frustrierend, aber ich weiß auch, dass es sich zu warten lohnt.«

Es war, als hätte er meine Gedanken gelesen.

Zehntes Kapitel

An diesem Abend wurde uns wieder eine von Alicias protzenden Dinnereinladungen zuteil. Ich saß gerade an meinem Schreibtisch und schrieb an dem Artikel, während ich mit offenen Augen von Tom träumte, als der goldgerahmte Umschlag unter der Tür durchgeschoben wurde. Seufzend bückte ich mich danach, öffnete den Umschlag und las den Text.

»Alicia Hathaway bittet Sie heute um acht Uhr zum Abendessen. Legere Kleidung erwünscht.«

Ich musste lachen wegen des prahlerischen Getues und begriff, wie tief Alicia in ihrer Scheinwelt lebte. Die Rolle, die sie als kultivierte, bezaubernde Gastgeberin spielte, war ihr zu Kopf gestiegen. Ich fragte mich, ob sie überhaupt in der realen Welt existieren konnte, oder ob ihr ganzes Leben ein kindliches Spiel mit Verkleidungen und Maskeraden war.

Diesmal unternahm ich erst gar nicht den Versuch, es kleidermäßig mit Alicia aufzunehmen, dabei hatte ich einmal schon den Kürzeren gezogen. Ich entschied mich für eine schlichte Kombination aus engen Jeans und einem weißen T-Shirt, das fast an meinem Körper klebte; ich muss zugeben, dass Jerome immer auf solchen Tops stand. Ich trug die Haare offen und betrachtete mich im Spiegel. Obwohl ich jetzt kein Interesse mehr an Jerome hatte, wollte ich ihn doch sehen lassen, was er verloren hatte. Ich war zufrieden und sah aus, als wäre ich ein Rock Groupie, das gerade aus den Federn gestiegen war.

Ich atmete tief durch und ging die Treppe hinunter. An

diesem Abend wollte ich kühl und witzig sein, nahm ich mir fest vor, und ich würde mir keine Schlacht mehr mit meinem Ex liefern.

Als ich das Esszimmer betrat, war Ollie der einzige andere Gast. Er saß am Tisch und trommelte ungeduldig mit Messer und Gabel. Als er mich sah, schaute er verdutzt auf, dann lachte er über seine eigene Nervosität. Lächelnd und ein bisschen widerwillig setzte ich mich zu ihm an den Tisch. Eine Weile wichen sich unsere Blicke aus, und er nahm wieder das nervige Trommeln auf.

»Wo bleiben denn die anderen?«, murmelte ich nach einiger Zeit.

»Es ist schon spät«, sagte er. »Ich dachte, ihr Engländer haltet euch was auf eure guten Manieren zugute.«

»Ja, stimmt, aber es ist das Vorrecht einer Lady, sich ein wenig zu verspäten«, klärte ich ihn auf. »Ich bin sicher, dass Alicia sich streng an dieses Vorrecht hält.«

»Sie ist wahrscheinlich zu heftig mit ihrem neuen Macker beschäftigt«, gab Ollie charmefrei zurück.

Ich sah an seinen verengten Augen, dass ihm diese Entwicklung gegen den Strich ging. Er hatte sich doch nicht eingebildet, bei der Gastgeberin landen zu können?

»Ja, schon möglich. Ich finde, sie könnte was Besseres finden.«

»Natürlich könnte sie das«, antwortete er hitzig. »Sie ist heiß, heiß, heiß. Und ich weiß, dass sie Sex liebt. Ich habe schon andere Sexsüchtige erlebt, und sie ist auch eine von ihnen. Ich kann mir nicht vorstellen, dass sie so einen Typen braucht.« Das Thema schien ihm zu behagen. Seine kleinen Augen huschten durchs Zimmer, als er sagte: »Sie hat's auch schon einige Male bei mir versucht. So oft, dass ich es nicht mehr zählen kann. Ich glaube, sie ist unersättlich.«

Ich nickte.

Plötzlich beugte er sich zu mir und beäugte mich von oben bis unten. »Du«, begann er, »du bist eine gut aussehende Frau, ist dir das klar?«

»Danke«, sagte ich.

»Du steht im Gegensatz zu ihr mit beiden Füßen auf dem Boden.« Er dachte nach, und ich fragte mich, in welche Richtung das Gespräch gehen würde. »Was hältst du davon, in einem Film mitzuspielen?«

Ich musste laut lachen, mehr über sein uraltes Klischee als über die Vorstellung, mich auf der Leinwand zu sehen. Er deutete meine Reaktion falsch.

»Nein, Baby, es ist mein Ernst. Du hast das gewisse Etwas.«

»Ja?«

»Ich habe Kontakte«, sagte er.

Er konnte einem Leid tun, dachte ich. Der Schweiß stand ihm auf der Stirn.

»Ich habe den Verstand, und du hast das gute Aussehen. Und die richtigen Brüste«, seufzte er und starrte sie an. Es entstand ein kurzes Schweigen, und ich überlegte, ob ich ihm eine herunterhauen sollte.

»Hör zu, Baby, du brauchst dich nicht sofort zu entscheiden. Aber lass es mich wissen, ja?«

Ich sah ihn kühl an.

»Solche Gelegenheiten werden dir nicht oft geboten«, fuhr er fort. »Und du wirst nicht jünger. Bald wirst du dreißig sein, dann kannst du es vergessen.« Er lehnte sich auf seinem Stuhl zurück, ein überlegenes Grinsen auf dem feisten Gesicht, offenbar zufrieden mit sich, dass er so klug und überzeugend argumentiert hatte.

Zum Glück kamen Ray und Jerome herein, sonst hätte ich ihm wirklich eine Ohrfeige gegeben.

Ich hatte Ray seit der Party nicht mehr gesehen, und jetzt sah er mich verlegen an. Wie der perfekte Gentleman setzte er sich neben mich und küsste mich sanft auf die Wange. Jerome setzte sich mir gegenüber, und wir blickten uns finster an.

»Wie geht es dir, meine Schöne?«, flüsterte Ray.

»Ich habe interessante vierundzwanzig Stunden hinter mir«, antwortete ich.

»Das ist eher untertrieben«, hörten wir Jerome murmeln. »Schlampe.«

Ray ahnte, dass es besser war, das Thema nicht zu vertiefen. »Worüber hast du mit Ollie gesprochen?«, fragte er. »Ich hoffe, er will dich nicht auf Abwege bringen?«

Es war scherzhaft gemeint, aber ich sah in seinen kühlen Augen, dass es ihm ernst war. Ollie rutschte unruhig auf seinem Stuhl herum.

»Nein, er hat mich nur davon in Kenntnis gesetzt, dass ich es hinter mir habe, wenn ich die Dreißig überschritten habe«, sagte ich lächelnd. »Was eine schlechte Nachricht für jeden anderen an diesem Tisch ist«, fügte ich noch hinzu und sah das Trio der Männer an. Ray war bestimmt schon über vierzig, und Jerome und Ollie nicht weit davon entfernt.

»Bei Männern ist das anders«, rief Ollie, was ich mit einem müden Lächeln quittierte. »Wirklich, das stimmt. Wir sehen mit dem Alter besser aus.«

»Dann musst du aber einen schlechten Start gehabt haben«, rief ich spontan und ein bisschen grausam. Manchmal kann ich meine scharfe Zunge nicht im Zaum halten.

Ich war froh, dass Ray neben mir fröhlich gluckste. »Das war gut reagiert«, sagte er lachend. »Wenn Ollie siebzig ist, sieht er bestimmt ganz manierlich aus.«

Ollie sah alles andere als amüsiert aus und begann wieder mit dem nervenden Tischtrommeln. Vielleicht brauchte er dringend eine neue Dröhnung, dachte ich. Ich bemerkte, dass Jerome kaum noch an sich halten konnte.

»Ollie, wenn du Nachhilfe im Trommeln brauchst, ist Jerome dein Mann«, sagte ich in der Hoffnung, ihm bewusst zu machen, dass er uns alle nervte. »Er hat lange Zeit in der Schießbude gesessen. Hast du schon mal von der Band *Black Heart* gehört?« Ollie hob die Schultern, aber Ray nickte. »Jerome war zuletzt ihr Frontman.«

»Ich bin beeindruckt«, sagte Ray.

»Bei zwei unserer großen Hits habe ich am Schlagzeug gesessen«, bestätigte Jerome. *»Angel Cake* und *In Deep Water.«*

Ich bedauerte sofort, ihm den Ball zugespielt zu haben, denn jetzt prahlte Jerome mit den Erfolgen seiner Band, dankbar, ein neues Publikum für seine Anekdoten gefunden zu haben. Als Alicia uns schließlich die Ehre gab zu erscheinen, war ich tatsächlich froh, dass sie da war.

»Meine Lieblinge«, sagte sie und blieb einen Moment in der Tür stehen. Heute Abend hatte sie sich entschieden, sexy auszusehen. Sie trug ein Kleid mit verschiedenen Stoffschichten, die ihren Körper umschmiegten, und darunter war sie völlig nackt. Die einzelnen Stoffschichten waren fast durchsichtig, sodass man die dunklen Spitzen ihrer Warzen und den Schatten des getrimmten Buschs sehen konnte.

Sie hatte die Haare nach oben gebunden, wodurch die scharfe Knochenstruktur ihres Gesichts und die blauen Augen stärker zur Geltung kamen. Ihre Füße steckten in kniehohen Stiefeln aus Kamelleder, und die hohen Absätze verliehen ihrem Schreiten eine zusätzliche erotische Note. Die Männer fielen in ein tiefes Schweigen, als sie hereinkam.

»Ach, unterbrecht doch nicht wegen mir eure Unterhaltung«, sagte sie und strahlte uns an. »Ich höre gern Geschichten aus Jeromes Rock and Roll Zeit.«

Sie setzte sich neben ihn, und alles in mir sträubte sich,

als ich sah, wie sie mit einer Hand besitzergreifend über seinen Nacken strich.

»Oh, ja, das waren wilde Zeiten.« Jerome legte eine Hand unter dem Tisch auf Alicias Schoß. Ich konnte von meinem Platz aus nichts sehen, aber der verzückte Blick auf ihrem Gesicht verriet mir, dass er sie intim streichelte, während er erzählte. »Die halbe Zeit waren wir so prall, dass wir nicht wussten, was wir taten. Die Partys waren unglaublich.«

»Ich wette, du hattest eine Menge weiblicher Bewunderer«, lockte Ray ihn.

»Oh, Gott, gib ihm doch nicht das Stichwort«, stöhnte ich. »Sonst gibt es den ganzen Abend kein anderes Thema.«

Jerome ignorierte mich. Er redete über nichts so gern wie über seine glorreichen Tage.

»Klar. Mann. Die Mädchen warfen sich an uns ran. Wirklich verblüffend war, dass sie schon nass waren, bevor du Zeit hattest, ihnen das Höschen auszuziehen. Ihnen reichte es schon, in einem Zimmer mit dir zu sein.«

Ollie seufzte, als er sich die Szene ausmalte. Ihm würde so etwas wohl nie widerfahren.

»Einmal ist es einem Mädchen gekommen, weil ich ihm etwas ins Ohr flüsterte. Ich habe sie nicht einmal angefasst. Die Vibration meiner Stimme an ihrem Ohr hat schon genügt«, prahlte Jerome.

Ich hatte schon einige Versionen dieser Geschichte gehört, deshalb war meine Reaktion gedämpft, aber Alicia rutschte auf ihrem Stuhl herum, die Wangen gerötet.

»Aber ich bin sicher, wir haben alle unsere sexy Storys erlebt«, schloss Jerome unvermittelt.

Er sah mich an, und ich fragte mich, ob ich mit den Menschen an unserem Tisch was gemein hatte: zwei Pornofilmer, eine Nymphomanin und ein früherer Rockstar. Plötzlich sehnte ich mich nach Tom, ein Fels der Vernunft in dieser Sammlung verrückter Leute.

»Ich habe nur sexy Storys erlebt und keine anderen«, verkündete Alicia. »Ich glaube, ich ziehe solche Erlebnisse magisch an. Die Leute spüren, dass ich offen bin…« Sie zog das Wort so sehr in die Länge, dass es sich wie das schmutzigste Wort der englischen Sprache anhörte. Jerome grinste sie wissend an, als sie das sagte.

»Wir haben dich mit deinem alten Lehrer gesehen«, warf ich ein und fragte mich, ob Jerome das Ausmaß von Alicias Eroberungen kannte. »Mr Wootton, nicht wahr?«

Alicia seufzte, als ob sie sich an einen feinen Wein erinnerte. »Ah, ja, der gute Rory«, schnurrte sie. »Er war es natürlich, der meine Libido erst geweckt hat.«

»Er hat eine Bestie aus dem Käfig gelassen«, murmelte ich.

»Also, wir waren den ganzen Tag in der verstaubten Bibliothek eingesperrt, und er redete über die Könige von England oder verlangte, ich sollte lateinische Verben deklinieren. Aber die Gedanken eines jungen Mädchens wandern gern. Mein Körper war reif zum Pflücken, das kann ich euch sagen. Tom war im Internat, Papa hielt sich schon seit einiger Zeit in Südamerika auf, und Mama war kurz vorher gestorben. Also waren Rory und ich allein im Haus. Welcher Mann hätte da nicht die Gelegenheit wahrgenommen, mir etwas über die Fakten des Lebens beizubringen statt all des Schwachsinns, den ich nie brauchen würde?«

»Ist das nicht illegal?«, fragte ich.

»Ach, du Dummerchen. Natürlich war ich alt genug«, rief sie, »und außerdem war ich früh entwickelt. Und zuerst haben wir auch nicht alles gemacht. Das kam erst später im Spezialzimmer.« Sie strahlte mich mit ihrem falschen Lächeln ihrer blauen Augen an. »Du kennst es ja,

Jo, hast ja auch schon da herumgehangen.« Sie lachte dröhnend über ihren kleinen Witz.

Ich schüttelte tadelnd den Kopf, und Ray drückte wie zum Trost meinen Schenkel.

»Was habt ihr denn da getrieben?«, fragte er Alicia, als wollte er mich aus ihrer Schusslinie holen. Er zwinkerte ihr zu und lehnte sich zu ihr über den Tisch. »Erzähle uns davon, damit wir uns ein Bild machen können.«

»Seid ihr wirklich daran interessiert?« Alicia sah in unsere Gesichter. Selbst ich hatte nichts dagegen, die Geschichte ihrer Verführung zu hören.

»Nun, es begann, als wir Literatur mit erotischem Inhalt lasen. *Sturmhöhe, Lady Chatterleys Liebhaber* und solche Sachen. Wir saßen den ganzen Tag in diesem Zimmer und lasen den Text, aus dem die Sexualität nur so troff, und das setzte meine frivolen Gedanken in Gang. Ich glaube, er erwischte mich einige Male, wie ich unruhig auf dem Stuhl hin und her rutschte und meine Schenkel zusammenpresste. Ich wusste, dass ich eine Wirkung auf ihn ausübte – Mädchen jeden Alters wissen, welche Macht sie haben, Gentlemen, deshalb gelingt es uns auch, unsere Daddys um den kleinen Finger zu wickeln. Ich fing an, kürzere Röcke zu tragen, und bei den Blusen ließ ich schon mal einen Knopf auf oder zwei. Er fing an, mir Komplimente zu machen, wie glatt meine Haut sei, wie hübsch meine Brüste gewachsen seien …«

»Das sind sie immer noch«, murmelte Jerome, ganz offenbar erregt von den Gedanken an den Teenager Alicia.

Ich sah, wie sein Arm sich bewegte. Er streichelte Alicia immer noch unter dem Tisch.

»Eines Tages brachte er ein Buch mit, *Lolita* von Nabokov. Oh, genau meine Welt!«, rief sie, und ihre Wangen wurden mit jedem Wort rosiger. »Die ganze Geschichte, wie die kleine Nymphe den älteren Mann fast in den Wahnsinn trieb, also, davon wurde ich schon nass. Wir lasen abwechselnd laut vor, und wenn er las, nahm ich die Posen ein, die im Buch beschrieben waren. Ich lehnte mich weit auf dem Stuhl zurück, und Mr Wootton konnte einen ungehinderten Blick auf meinen weißen Slip werfen. Bald war er so frustriert, dass es grausam gewesen wäre, ihm nicht zu gestatten, mich ein bisschen zu streicheln. Zu Beginn hat er nur meine Brüste gestreichelt. Ah, wie er mit meinen Nippeln gespielt hat! Am liebsten hatte er es, wenn ich eine bestimmte Szene las, und er spielte mit meinen kleinen Brüsten. Zu diesem Zeitpunkt stand meine Bluse offen, und darunter trug ich keinen BH. Ich ließ ihn nach Herzenslust streicheln. Natürlich war ich längst klatschnass, und nach einer Weile war ich zu erregt, besonders, wenn er meine Warzen in den Mund nahm und daran saugte. Das machte mich fertig.«

Sie seufzte schwer, und Jerome fuhr mit seiner freien Hand über ihre Brüste. Die Nippel standen hart wie Patronen. »Es kribbelte ganz wunderbar.«

»Erzähle weiter«, wisperte Ray heiser.

»Nun, eines Tages sagte ich ihm, dass ich ein seltsames Ziehen in meiner geheimen Stelle spürte, wenn er auf diese Weise mit mir spielte. Und dass mein Slip immer klebrig wäre, wenn ich ihn abends auszog. Oh, ihr hättet sein Gesicht sehen sollen!«

Ich sah mich im Zimmer um. Die Männer lauschten angestrengt, ihre Münder weit aufgesperrt. Meine eigene Pussy weinte auch.

»Er sagte, er könnte dieses Ziehen kurieren, wenn ich das wollte. Ich flehte ihn an, mir zu helfen. An diesem Tag hörte unser Spiel nicht auf, als er wieder meine Brüste gekost hatte, während ich seine Lieblingsstelle vorlas. Seine Hand kroch unter meinen Rock, und der Daumen drückte sanft gegen meinen Schlüpfer. Oh, Mann, ich dachte, ich wäre gestorben und im Himmel. Ich wimmerte und keuchte und rutschte von einer Backe auf die andere, dann schlüpfte seine Hand unter den Gummizug des Slips und entdeckte meine jungfräuliche Pussy. Ich versuchte, weiter zu lesen, aber meine Stimme wurde immer höher, und dann konnte ich kaum noch Luft schnappen. Ich wusste nicht, was er mit mir anstellte, aber bald rutschte das Buch von meinem Bauch, weil ich von Zuckungen geschüttelt wurde, und fiel auf den Boden, und ich schrie voller Ekstase. Nach all den Wochen und Monaten des Neckens und Erregtseins erlebte ich endlich einen riesigen Orgasmus. Oh.«

Jerome massierte sie schneller, wie ich an den Bewegungen seines Arms sehen konnte.

»Oh, ja, ja!«

Wir alle schauten zu, wie Alicia knallrot im Gesicht wurde. Ihre Nippel drohten den Stoff des Kleids zu durchbohren. Ihre Stimme zitterte jetzt.

»Ein paar Tage später hat er mich das erste Mal geleckt. Es war wie ein Schock für mich. Himmel, war ich erregt. Er zog meinen Schlüpfer aus und begann zu lecken wie ein gieriger Schäferhund. Ah, war das ein Erlebnis! Ah, oh ...«

Ihr Kopf fiel nach hinten, und sie verlor die Kontrolle über ihren Körper. Jerome stieß mit den Fingern tief in sie hinein, und ich wünschte, ich hätte genug Mut, um das bei mir auch zu tun.

In den nächsten Tagen entwickelte sich die Beziehung meines Ex zu Alicia für mich immer schlimmer, und es war fast unmöglich, ihnen aus dem Weg zu gehen. Nachts hielt Alicia ihn in ihrem Gemach fest, aber tagsüber trieben sie es überall im Haus und draußen auf dem Rasen. Beim Essen knabberten sie an sich herum, und einmal überraschte ich sie in meinem Zimmer: Alicia hatte sich eines meiner Kleider angezogen, kniete auf meinem Bett und ließ es sich von Jerome von hinten besorgen.

Draußen stieß ich auf Kieran, der sich bitter darüber beklagte, dass seine Herrin an ihm und Harry nicht mehr interessiert schien, außer, dass sie gefragt hatte, ob sie an einem Vierer mit ihrem neuen Freund teilnehmen wollten.

»Drei Männer und eine Frau?« Ich sah ihn erstaunt an. Diese Alicia schien wirklich keine Grenzen zu kennen. »Das gibt logistische Probleme. Ich meine, was will sie mit euch allen gleichzeitig anfangen?«

»Wie ich sie kenne, hat sie sich das alles schon zurechtgelegt«, meinte Kieran betrübt. »Sie ist scharf darauf und will es unbedingt probieren. Sie hat uns sogar angefleht.« Er sah verzweifelt aus.

Ich konnte seine Sorge gut nachvollziehen, schließlich hing sein Job davon ab, dass er der Herrin jeden Wunsch erfüllte. »Jerome würde bei solchen Sexspielen nicht mitmachen«, versuchte ich ihn zu trösten, und er seufzte dankbar.

»Warum lässt du dich nicht mehr bei uns sehen? Es hat dir doch gefallen, oder? Uns jedenfalls hat es eine Menge Spaß gebracht.«

Ich war schon versucht nachzugeben, aber dann entschied ich mich, sauber zu bleiben. Schließlich hatte ich mich in den Hausherrn verknallt.

Manchmal, wenn mein Artikel stockte, kroch ich hinauf in Toms Zimmer, wälzte mich über sein Bett und badete in seinem Geruch. Ich setzte mich an sein Klavier, klimperte vor mich hin und träumte von seinen langen Fingern, die meinen Körper streichelten. Einmal würde er mich dabei überraschen, dachte ich gerade, und tatsächlich hörte ich, wie die Tür aufgestoßen wurde. Ich schwang mich auf dem Hocker herum, mein Herz im Hals. Tom war zurück! Aber der Mann, der hereinkam, war nicht Tom, sondern Jerome.

»Ach, du bist's«, sagte ich uncharmant.

Er lächelte verlegen und trat tiefer ins Zimmer. Er sah sich neugierig um. »Er hat's gern klar und übersichtlich, was?« So wie er das sagte, hörte es sich wie eine Beleidigung an.

Ich klimperte weiter, lauter noch, und hoffte, mein Ex würde den Wink verstehen und wieder gehen. Aber er ging nicht.

»Er ist kalt wie ein Fisch, was?«

Ich drehte mich wütend um. »Hast du was auf dem Herzen, Jerome?«, fragte ich streng.

Er hob eine Augenbraue und setzte sich auf den Rand von Toms Bett.

»Solltest du nicht irgendwas in deine kleine Spielgefährtin stecken? Ich bin sicher, sie vermisst dich.«

Er seufzte leise. »Eifersüchtig, Josephina?«

»Ha!« Ich wollte so spöttisch wie möglich klingen, wandte mich abrupt wieder dem Klavier zu und hämmerte wütend auf die Tasten.

»Ich kann mir nicht vorstellen, dass dein gesellschaftlicher Krüppel es schätzt, wenn du sein Lieblingsinstrument derart misshandelst«, sagte Jerome grinsend.

Natürlich hatte er Recht. Ich beruhigte mich und drehte mich um. Jerome lag auf dem Rücken und stützte sich mit den Ellenbogen auf, wobei er Toms Teddy unter sich zerquetschte. Ich stand auf und zog den Teddy unter seinem Körper weg.

»Ach, wie süß.«

Als ich mich über ihn beugte, packte er meinen Arm und

hielt mich einen Moment lang fest. »Befriedigt er dich ordentlich?«, flüsterte er. Ich riss mich los. »Bringt er's dir so gut wie ich?«, raunte er in mein Ohr.

»Nun, lassen wir nicht alles im Gold der Erinnerungen glänzen«, gab ich zurück. »Der Sex zwischen uns war gut, aber ich hatte schon besseren.«

Jerome verzog das Gesicht. »Ach, ja? Alicia sagt, ich sei der Beste«, prahlte er. »Sie kann die Finger nicht von mir lassen.«

»Das habe ich bemerkt.«

Sein eitles Lächeln wich aus seinem Gesicht. Er richtete sich auf und stützte den Kopf mit den Händen. »Sie ist sehr fordernd«, murmelte er.

Ich war verwirrt. Ich dachte, er wäre zu mir gekommen, um Salz in meine Wunden zu streuen. Aber als ich ihn jetzt ansah, glaubte ich, dass er jemanden brauchte, dem er sein Herz ausschütten konnte.

»Ich weiß«, sagte ich. »Ich dachte, gerade das gefällt dir. Eine hübsche kleine Nymphomanin – was willst du mehr?«

Jerome schnitt eine Grimasse. »Ich will mich nicht beklagen«, sagte er düster.

Ich schwieg und wartete auf das Aber.

»Es ist nur – und ich dachte nie, dass ich mich das mal sagen höre –, manchmal sehne ich mich nach schlichtem Sex, verstehst du?«

»Schlicht im Gegensatz zu kompliziert?«, fragte ich amüsiert.

»Nein. Schlicht im Gegensatz zu bizarr.« Er hob die Schultern. »Ich meine, ich bin immer für eine Abwechslung zu haben, das weißt du selbst.«

Ich nickte eifrig.

»Aber sie hat das unstillbare Verlangen nach leicht perversem Sex. Jetzt hat sie mich gefragt, ob ich mir einen Vierer mit den beiden Stallburschen vorstellen kann, verdammt.«

»Ich weiß«, sagte ich und konnte mir ein Lächeln nicht verkneifen.

»Dann wollte sie, dass ich in dem Porno von Ray und Ollie mitspiele. Sie liebt es vor der Kamera. Ich habe zugestimmt. Natürlich war es sexy.« Er zündete sich eine Zigarette an. Ich schüttelte den Kopf, ging hinüber zum Fenster und riss es demonstrativ auf. »Aber sie ist verrückt. Sie weiß nicht, wann sie aufhören muss. Sie will, dass ich sie festbinde und auspeitsche. Sie will, dass ich sie durch den Park verfolge und dann wie ein Tier über sie herfalle. Ich soll sie im Stehen nehmen, während sie an einen Baumstamm gefesselt ist. Sie will es mit mir treiben, wenn eine der Pornodarstellerinnen dabei ist. Aber …«

»Aber du willst mal wieder eine harmlose, gesunde Nummer schieben?«

»Ja, so ist es wohl.« Er stieß den Rauch seiner Zigarette aus. »Ich bin ausgelaugt, verstehst du?« Er sah mich mit flehenden Hundeaugen an. »Wir hatten großartigen Sex, nicht wahr? Wir brauchten keine Handschellen und all das andere verrückte Spielzeug.«

Ich lachte ihm ins Gesicht. »Manchmal hat man zu viel des Guten.« Nach einem kaum hörbaren Seufzer fuhr ich fort: »Ich finde, du solltest jetzt zu deiner Alicia zurückgehen. Vielleicht braucht sie dich gerade, um ihre Nöte zu lindern. Du bist schon seit zwanzig Minuten von ihr weg.«

Er erhob sich lächelnd. »Du bist ein großartiges Mädchen, weißt du das?« Er ging zur Tür. »Ich schätze, du bist nicht an einem Dreier interessiert?«

Ich war sprachlos ob seiner Unverschämtheit und warf ihm wütend den Teddy hinterher.

»Okay, aber ich wollte es nicht unversucht lassen.«

Nachdem er gegangen war, schloss ich Toms Fenster und zog sein Bettzeug gerade. Die geladene Atmosphäre in Hathaway Hall kam mir plötzlich ungesund und erstickend vor. Das Schreiben fiel mir immer schwerer. Tom war weg, und eigentlich hielt mich nichts in diesem Haus. Ich brauchte Tapetenwechsel. Es war Zeit, dass ich ging.

Ich sah mich noch ein letztes Mal im Zimmer um und empfand ein leises Bedauern darüber, dass ich es nicht geschafft hatte, in meinem schönen Bett Liebe zu machen. Meine Taschen waren gepackt, und das Taxi würde bald kommen. Der Gedanke, zurück nach London zu reisen, erfüllte mich mit Erleichterung. Manchmal war es eine verrückte Stadt, aber wenigstens kannte ich die Irren, die mir auf dem Bürgersteig begegneten. In Hathaway Hall sahen die gefährlichsten Leute besonders schön aus.

Meine Nachforschungen waren abgeschlossen. Ich würde Tom in den Vordergrund meines Artikels stellen, und Daphnes Tagebuch bot eine wunderbare Einleitung. Die breite Öffentlichkeit brauchte nichts über Alicias dekadentes Leben zu erfahren. Ich stolperte schwer beladen aus meinem Zimmer, Laptop, Aktentasche und Kleidertasche unter den Armen und in den Händen.

Ich schritt an Alicias Zimmer vorbei und hörte die vertrauten Geräusche von Jeromes Höhepunkt. Es war mir nicht möglich herauszuhören, ob es normaler Sex oder eine wilde Session mit dem Einsatz von Spielzeug war. Die Dielenbretter knarrten laut, aber ich ging weiter.

»Ja, ja, ja«, hörte ich Alicia wimmern, und dann vernahm ich noch das Klirren von Handschellen und Jeromes geiles Knurren. Ich hob die Schultern und ging zur Treppe, verfolgt von Alicias Schreien, die mir den Abschied erleichterten.

Alicia triumphierte, aber ich schätzte, dass der Triumph von kurzer Dauer sein würde. Jerome hatte nie einer von vielen sein wollen.

Das Taxi traf ein, und durch das Rückfenster sah ich Hathaway Hall immer kleiner werden. Wenn ich es das nächste Mal sah, dachte ich, würde das Leben dort hoffentlich weniger kompliziert sein.

»Sind Sie sicher, dass Sie alles haben?«, fragte der Taxifahrer kurz vor dem Bahnhof. »Lassen Sie nichts liegen. In so alten Häusern lässt man gern was zurück.«

»Ja, gut möglich«, erwiderte ich abwesend und musste an Tom denken. Ich fragte mich, wo er gerade war. »Wenn das so ist, werde ich gern noch einmal zurückkehren.«

Elftes Kapitel

»Das ist sehr gut.« Ruby legte den Artikel auf den Tisch und trank einen Schluck ihres Gin and Tonic. »Wirklich gut.«

Ich stieß einen erleichterten Seufzer aus und nahm die Seiten wieder an mich, bevor sie sie mit Salatsauce bekleckern konnte. Ruby war immer eine ehrliche Kritikerin meiner Arbeit gewesen, und wenn sie auch nicht viel über Musik wusste, konnte sie sich doch in das Thema hineinversetzen. In ihrer PR-Agentur vergeudete sie ihre Zeit.

»Mir gefällt die Unterscheidung der vererbten Fähigkeiten – Aussehen, Talent, Musik. Es ist verblüffend, wie alles von Generation zu Generation vererbt wird.«

»War ich Alicia gegenüber nicht zu brutal?«, fragte ich.

Ruby schnaufte. »Himmel, Mädchen, du hättest sie zerfleischen können. Ich an deiner Stelle hätte es bestimmt getan.«

Ich hatte darüber nachgedacht, mich dann aber für eine subtilere Form der Kritik entschieden, indem ich darauf hinwies, dass Alicias Obsession mit ihrer Urgroßmutter ein Element der Selbstzerstörung enthielt, während Tom das Gefühl für Musik von ihr geerbt hatte und großartige Stücke schrieb.

»Ich schätze, jetzt ist sie es, die Jerome ertragen muss«, sagte Ruby, brach ein Stück Brot ab und rieb es über den Teller, um die letzten Saucenreste aufzufangen. »Das ist Bestrafung genug für sie.«

Ich lachte und stellte mir die beiden vor. Ich wusste, dass

sie eine Art vorgezogene Flitterwochen miteinander verbrachten, denn beide hatten einen starken Sexualtrieb, aber darüber hinaus gab es kein Paar, das weniger zusammen passte. Seit einer Woche war ich jetzt wieder in London, deshalb ging ich davon aus, dass der Glanz ihrer Beziehung schon ein bisschen matt geworden war.

»Also gut«, sagte ich. »Ich werde Jerome meinen Artikel vorlegen, falls er es schafft, sich dem Luder zu entreißen und zurück zu seinem Schreibtisch zu finden. Ich wette, im Büro geht es chaotisch zu, denn er ist schon ziemlich lange weg.«

»Da ist nur noch eine Sache«, warf Ruby ein und beugte sich über den Tisch. »Aber nur eine Kleinigkeit.«

»Ja?«

»Es ist … also, du beschreibst die Stücke von Tom so gut, dass man eigentlich ins Geschäft laufen will, um sie zu kaufen. Ich will sie hören. Ich möchte seine Musik fühlen. Aber das geht nicht, weil es sie nicht zu kaufen gibt.« Sie sah mir ins Gesicht. »Die Leute werden sauer sein.«

Ich dachte darüber nach und wusste, dass sie Recht hatte. »Ja, kann schon sein«, murmelte ich. »Aber ich kann ihm doch keinen Plattenvertrag geben. Was kann ich sonst für ihn tun?«

Wir saßen grübelnd da, und Ruby hielt ihr Glas umschlungen wie ein Baby seine Flasche, während ich am Brot knabberte.

»Du sagst, Jerome will den Artikel groß herausstellen? Er will ihn schreierisch aufmachen?«

»Ja, die Verkäufe sind gefallen, deshalb brauchen wir Themen, die viele Leute ansprechen.«

Ich sah, wie ihre grauen Zellen arbeiteten. Das war typisch Ruby: Sie sprühte vor Kreativität.

»Wenn wir auf ein Produkt oder auf eine Person aufmerksam machen wollen, verteilen wir Proben«, sagte die PR-Frau. »Nichts lieben die Leute mehr, als eine Ware kostenlos in die Hand gedrückt zu bekommen.«

»Ja, das kann ich nachvollziehen. Aber welche Probe können wir den Lesern von *A Tempo* in die Hand drücken? Vielleicht ein Poster von Hathaway Hall?«

Sie sog die Luft zischend zwischen die Zähne und sah mich tadelnd an, als wäre ich das Schlusslicht in der Klasse. »Nein. Es geht doch um die Musik, Liebling. Darauf kommt es an.«

»Du meinst, wir sollen unserer Zeitschrift eine CD beilegen?« Ich konnte mir Jeromes Reaktion ausmalen, wenn ich so eine teure Zugabe vorschlug.

»Ja, aber natürlich nur eine kleine. Nur ein paar Akkorde oder wie man so etwas nennt.« Sie sah meinen skeptischen Gesichtsausdruck. »Schatz, du musst schon den kleinen Finger anbieten, um die ganze Hand zu erhalten. Ich kann dir ein Studio heraussuchen, das wäre kein Problem. Ein paar Kunden schulden mir noch einen Gefallen. Und wenn dein Tom so gut ist, wie du behauptest, wird es nicht lange dauern, und die Aufnahme ist im Kasten. Keine Begleitung, nur er und das Klavier.«

Ich atmete tief durch, und sie sah mich warmherzig an. Sie wusste, was ich für Tom empfand.

»Wer weiß, Jo, vielleicht springt am Ende sogar ein Plattenvertrag für ihn heraus. Dann müsste er dir ewig dankbar sein, du wärst seine Ritterin in glänzender Rüstung oder so ähnlich.« Sie setzte ihr Glas an die Lippen, leerte es triumphierend und grinste. »Nun, ich habe die ganze Zeit hier gesessen und deine Arbeit erledigt. Ich schätze, dafür kannst du wenigstens das Essen übernehmen.«

In der Redaktion herrschte das übliche Chaos. Corinne telefonierte mit ihrer Mutter in Neuseeland, und Sven bemühte sich, die Kartusche im Fotokopierer zu wechseln. Die beiden sahen mich gehetzt an, als ich durch die Tür stürmte, etwa so, als wären sie die letzten Überlebenden im Big Brother Container und erwarteten von mir die Befreiung. Svens aschblonde Haare waren noch zerzauster als sonst, und unter den blassen Augen deuteten dunkle Ringe auf Schlafmangel hin.

»Hallo, Leute«, rief ich fröhlich und warf meinen Artikel auf den Schreibtisch. »Ich bin wieder da. Gibt's was Neues?«

Sven zuckte die Achseln, verlor die Kontrolle über seine Aufgabe und konnte nicht vermeiden, dass der Rest schwarzer Farbe sich über seine beigefarbene Hose ergoss.

»Typisch«, knurrte er. Corinne beendete ihr Gespräch und sah mich dabei vorwurfsvoll an. »Entschuldige, Mum, ich muss Schluss machen.« Anklagend richtete sie einen tadellos manikürten Fingernagel auf mich.

»Wo bist du gewesen?«, fauchte sie. »Hier geht es wie in einem Tollhaus zu. Stimmt's, Sven?«

Er nickte müde. »Wir brauchen dringend deinen Artikel. Jerome ist vom Antlitz dieser Erde verschwunden.«

»Ja, er steckt in langen Gesprächen mit Alicia Hathaway«, sagte ich spitz in Anlehnung an Corinnes Lügen, wenn Jerome sich am Telefon hatte verleugnen lassen. Aber sie verstand meine Retourkutsche nicht.

»Ich wünschte, er käme bald zurück«, sagte sie. »Alle zwei Minuten habe ich die Muttergesellschaft aus New York in der Leitung, die ihn sprechen will. Ich muss wissen, wann Redaktionsschluss ist, und dann habe ich viele Anfragen von Anzeigenkunden …« Sie raufte sich die kurzen Haare. »Wer ist diese Alicia überhaupt? Ich dachte, du und Jerome …«

Sie brach ab, weil ihr wahrscheinlich einfiel, dass unsere Beziehung nicht allgemein bekannt war.

Sven blickte neugierig auf.

»Was bringt dich denn auf die Idee?«, fragte ich Corinne streng.

Sie begann zu stammeln. »Nun …, also, ich weiß nicht. Ich meine, er war immer ein bisschen seltsam, wenn du dabei warst. Und …« Offenbar hatte sie noch eine Menge mehr zu erzählen, aber ihre Blicke huschten unruhig hin und her.

»Was?«

»Nun, als du weg warst, hatte er sich einige Male mit jemandem getroffen, und er trug mir auf, dir nichts davon zu sagen.« Sie hob schuldbewusst die Schultern und ließ sie wieder fallen. »Tut mir Leid, aber ich wusste nicht, was ich tun sollte. Ich hoffte, es würde sich klären, bevor du zurückkommst.«

Das erklärte alle ihre lahmen Entschuldigungen, dachte ich, und meine Wut auf Jerome erhielt neue Nahrung. »Ich verstehe«, sagte ich. »Und mit wem hatte er diese geheimnisvollen Treffen?«, fragte ich so ruhig es ging.

Corinne schluckte, bevor sie antwortete. »Mit seiner Frau.«

Das war albern. Ich lachte laut auf und setzte mich mit einer Backe auf Corinnes Schreibtisch. Jerome hatte mir von der lächerlichen Beziehung zu seiner Exfrau erzählt, einem siebzehnjährigen Groupie, dem er vor zehn Jahren im Vollrausch die Ehe versprochen hatte. Sie hatte zwei Jahre gehalten, dann war sie mit einer beträchtlichen Abfindung zurück in die Staaten gegangen. Deshalb war er noch heute gelegentlich knapp bei Kasse, hatte er mir gesagt. Er litt immer noch unter den finanziellen Belastungen.

»Du musst dich irren«, sagte ich lächelnd. »Er ist geschieden. Sie lebt in Boston.«

Sven sah unbehaglich aus und beschäftigte sich damit, das Wasser im Luftbefeuchter zu wechseln. »Wirklich?«

Corinne schüttelte den Kopf. »Sie leben seit langem getrennt, aber geschieden sind sie noch nicht. Und sie wohnt tatsächlich in Boston, aber in der Grafschaft Lincolnshire und nicht in Boston, Massachusetts. Tut mir Leid, Jo.«

Ich konnte nicht glauben, wie unverschämt er mich belogen hatte.

»Wenn es dir ein Trost ist, Jo – die Wiederbelebung ihrer Romanze dauerte nicht lange. Als du in Brasilien warst und dann noch einmal, als du dich für den Artikel über die Hathaway vorbereitet hast.«

Nein, ein Trost war das nicht. Ich marschierte wie eine Furie in sein Büro und knallte die Tür hinter mir zu. Ich starrte auf die Dinge auf seinem Schreibtisch, seine Stifte, das Diktiergerät. Ich lachte die albernen goldenen Schallplatten höhnisch an, mit denen er die Wände dekoriert hatte. Alles machte mich unsagbar wütend. Mein Blut raste durch die Adern, und am liebsten hätte ich alles kurz und klein geschlagen. In diesem Moment klingelte das Telefon und riss mich aus meinem Zorn. Ich starrte auf den Apparat, dann hob ich den Hörer ab.

»Ich bin's«, sagte Corinne. »Ich wollte nur sagen – bitte, zerbrich nichts. Nächste Woche kommt ein hohes Tier aus New York. Er wird hier alles inspizieren. Bis dahin haben sie weitere Zuschüsse eingefroren. Deshalb können wir uns keine zerbrochenen Fensterscheiben erlauben. Danke, das war's schon.«

Ich sah sie durch Jeromes Fenster an und betrachtete mein eigenes Spiegelbild. In meiner Hand hielt ich irgendeine Messingstatue, auch irgend so ein Preis für den Rockstar. Ich hielt sie wie eine Waffe. Corinne und ich lächelten uns an, dann brachen wir beide in Gelächter aus. Nur Sven traute dem Braten noch nicht und blickte verängstigt von mir zu Corinne. Er schien bereit, sich blitzschnell zu ducken, wenn es nötig werden sollte. Ich lief in die Redaktion zurück, die Statue immer noch in der Hand.

»Lass dir das eine Warnung sein, Sven. Eine zornige Frau ist unberechenbar.«

Sein versteinertes Gesicht löste sich in ein erleichtertes Lächeln auf. Erst jetzt fiel mir auf, dass er recht attraktiv war.

»Also gut«, sagte ich und griff nach meinen Taschen. »Ich gehe in die Kneipe. Kommt jemand mit?«

Sven und Corinne liefen zu ihren Jacken. »Ich rufe Jerome an und sage ihm, wohin ich ihm die Statue stecken möchte.«

Zwölftes Kapitel

In meiner Wohnung blinkte der Anrufbeantworter. Ich schenkte mir einen Gin and Tonic ein, damit die anderen in meinem Bauch Gesellschaft erhielten, dann drückte ich auf ›Play‹.

»He, Jo, ich bin's, deine Freundin und Retterin Ruby. Soll ich dir was sagen? Ich bin großartig! Ich habe das Studio fürs Wochenende gebucht. Kostenlos. Sie stellen die CD einschließlich Verpackung für dreißig Pence her. Ein Schnäppchen! Sage also deinem wunderbaren Tom, dass er am Wochenende nach London kommen und um sein Leben spielen soll. Du schuldest mir was! Ciao!«

»Jo, Babe, ich bin's …«

Es war Jerome mit seiner honigsüßen Stimme voller Verlangen und Entschuldigung. Ich richtete mich auf.

»Hör zu, ich vermisse dich sehr. Wirklich.«

Er keuchte, als wäre er von seiner eigenen Emotion überrascht.

»Also, was meinst du? Die Sache mit Alicia … weißt du, einige der Dinge, die sie mit mir tun wollte, sind einfach verrückt. Es wird immer schlimmer mit ihr. Seit die Amerikaner weg sind, ist sie noch abgefahrener. Himmel, ich habe sogar blaue Flecken. Ich glaube, sie ist völlig außer Kontrolle. Zuerst hat mir das ja gefallen, ja, klar, sie ist sexy, eine sehr lebendige Frau …«

Er riss sich zusammen, räusperte sich und schöpfte noch einmal tief Luft.

»Aber es ist verrückt. Du bist es, die ich will, Josephina. Ruf mich an. Ich liebe dich. Ehrlich.«

Ich war verdutzt und hörte mir den Anruf noch ein zweites Mal an. Es hatte eine Zeit gegeben, da wäre ich entzückt gewesen, solche Bekenntnisse von ihm zu hören, aber jetzt klang alles hohl, was er sagte. Ich löschte die Nachricht und fühlte so etwas wie eine Befreiung, als ich das tat. Ruby wäre stolz auf mich.

»Jo, bist du da? Nimm den Hörer in die Hand.«

Das war Toms Stimme.

»Ich weiß, es ist fast zehn Uhr. Eh … Ich wusste nicht, wen ich sonst anrufen soll. Es geht um Alicia. Sie ist verschwunden. Heute Morgen, als ich aus Frankreich zurückkehrte, hatten wir einen riesigen Krach. Wegen dir. Dann hat sie sich mit Jerome gestritten, dabei ging es auch um dich. Sie hat ein paar verwirrende Dinge gesagt. Also, ich bin sehr beunruhigt, denn nun ist sie verschwunden. Seit Stunden hat niemand sie gesehen. Einige ihrer Sachen sind auch weg. Ich habe ein ganz ungutes Gefühl …«

Es entstand eine kleine Pause, und als ich seine Stimme wieder hörte, klang sie ruhiger und vertraulicher.

»Ich weiß natürlich auch nicht, was du tun kannst, aber ich musste mit jemandem reden. Sie hat einen Zettel hinterlassen. Da heißt es: ›Heute ist der Tag, an dem wir eins werden. Heute tun wir Dinge, die wir schon lange hätten tun sollen. Heute gehen wir den dornigen Weg.‹ Jo, kannst du dir einen Reim darauf machen? Bitte, ruf mich an.«

Die Maschine schaltete sich automatisch ab. Ich wünschte, ich wäre nüchtern. Ich rief Toms Nummer einige Male an, aber sie war immer besetzt.

Die Abschiedsnachricht von Alicia war in ihrer Dramatik typisch für Alicia, aber beunruhigt war ich trotzdem. Sie war weder subtil noch poetisch, und der ›dornige Weg‹ war eine Metapher, die mir im Kopf herumspukte. Der Begriff war mir vertraut, aber ich wusste nicht woher. Ich blätterte im Zitatenbuch, aber ich fand nichts.

Das Zitat brummte in meinem Kopf, angetrieben vom Gin in meinem Blut. Das vollständige Zitat lautete: ›Hätte ich doch nur den dornigen Weg gewählt.‹ Aber woher stammte es? Ich lief in meiner kleinen Wohnung auf und ab und nahm ein Buch nach dem anderen aus dem Regal. Ich hörte das Band noch einmal ab. ›Wir werden eins.‹ Wer war ›wir‹? Jerome und Ray konnte sie nicht gemeint haben. Vielleicht gab es noch einen anderen Mann. Sprach sie sogar von Heirat?

Ich schüttelte den Kopf. Kieran und Harry hätten mir davon erzählt, wenn es einen Heiratskandidaten gegeben hätte. Aber was waren das für Dinge, ›die wir schon längst hätten tun sollen‹? Plötzlich klingelte es deutlicher in meinem Kopf, und ich lief ins Schlafzimmer. Daphnes Tagebuch lag auf meinem Nachttisch. ›Heute ist der Tag‹, hatte Alicia geschrieben.

Ich schlug im Tagebuch den 3. August auf und begann zu lesen, bis ich die Stelle erreichte, die mir vielleicht einen Hinweis geben konnte.

Dritter August, verzweifelte Seele

Geschmacklos und hohl scheint mein Leben, wenn ich die letzten Seiten noch einmal durchlese. Selbst meinen Freuden haftet der Geruch von Mangel und Verlust an. Meine

Stimmung hat sich seit den mädchenhaften Gefühlen am Anfang des Jahres gewaltig verändert, und das kann nicht nur an der Entjungferung durch den strengen Reverend Hartley liegen. Oder? Seither hat es viele Entjungferungen gegeben, und jeder Mann hat geglaubt, er wäre der Erste, der meine Keuschheit überwindet.

Seit fünf Wochen wohne ich jetzt in London bei meiner Cousine Evelyn, die so sehr mit ihren Kindern und dem Frauenstimmrecht beschäftigt ist, dass sie meine Abwesenheit am Tage und bei Nacht gar nicht bemerkt. London ist weit entfernt von Hathaway Hall, nicht so sehr in Meilen, sondern im Temperament. Wenn Hathaway Hall ein freundlicher Onkel ist, dann ist London sein böser Bruder, der einen bei Tisch heimlich streichelt und einen beim Anziehen beobachtet. Ich fürchte, ich mag den bösen Onkel lieber als den freundlichen.

Sie haben wunderbare Einrichtungen hier, tief im Herzen von Soho: Dunkle Räume, in denen nur rote Kerzen brennen, und auf dem Boden liegen orientalische Kissen herum. Opiumhöhlen. Was für eine Mischung von Menschen! Alte, junge, arme, reiche, viele Intellektuelle und Künstler.

Im Dunkel der Nacht saugen wir uns die Freude aus gepresstem Mohn ein. Meine Adern sind schwarz geworden von der narkotischen Wirkung. Ah, wie sich das Gift in dein Blut setzt und dein Herz langsamer schlagen lässt! Die Welt wird zu einem wunderbaren, gesetzlosen Dschungel der Lüste.

Heute Abend hatte sich ein Gentleman, den ich nicht kenne, neben mir ausgestreckt, während wir beide das Opium genossen. Wir sprachen über Politik, Kunst und Natur, aber die ganze Zeit waren meine Lider schwer, und meine empfindlichen Teile schienen stark geschwollen.

Wir unterhielten uns, und er richtete sich auf einen

Ellenbogen auf. Er trug einen Frack – ich glaube, er kam aus der Oper –, und sah im trüben Licht wirklich gut aus.

Er hatte krause dunkle Haare und sehr prägnante Wangenknochen. Er sah wie ein slawischer Prinz aus. Seine schwarzen Augen blickten mich intensiv an. Ich redete, und dann spürte ich seinen Mund auf meinem. Meine Stimme verkümmerte zu einem lustvollen Wimmern. Wie mein Körper sich danach sehnte, von ihm berührt zu werden. Er küsste mich jetzt voll auf den Mund.

Mein Sehnen war schamlos und dekadent. Ich war nicht ich selbst, musst du wissen, ich war wie eine offene Mohnblume, die ihn willkommen hieß. Bald war er auf und in mir.

Andere um uns herum schauten zu. Gespräche verstummten, und beifälliges Gemurmel füllte den Raum. Andere vereinigten sich auch in sündiger Lust wie wir.

Der Fremde war so langsam wie ich, so voller Sehnsucht. Nur die Hitze unserer Körper schien real zu sein, unsere mahlende Verbindung. Wie wunderbar, einen fremden Mann in dir zu spüren, jemanden, den du vielleicht nie wieder siehst. Eine solche Vereinigung strahlt eine aufregende Dunkelheit aus, die wir beide fühlten, als er sich fiebrig in mir ergoss, vollständig angezogen, nur die Unterwäsche zur Seite geschoben. Ich glaube, wir waren stundenlang miteinander verbunden, als ich seine heiße Essenz in mir spürte.

Als wir später wieder nebeneinander lagen, raunte er in mein Ohr, ich sollte mit ihm nach Paris kommen.

Erst jetzt fiel mir sein französischer Akzent auf. Er war Maler, sagte er, und er würde mich gern malen, mit allen Einzelheiten, jedes Teil von mir. Er hatte Brüder, die sich meiner auch gern annehmen würden. Ich könnte auf einer Welle des Glücks mit ihnen schweben. Er beschrieb ein Leben absoluter Freuden, in dem ich nur eine Aufgabe hatte, nämlich vier jungen Pariser Männern erotische Lüste zu bescheren. Vier gut aussehende Brüder!

Wie gern wäre ich mit ihm gegangen, wie gern hätte ich seine Brüder kennen gelernt, um ihr Spielzeug zu sein. Aber mein Geist ist feige.

Ich wusste, eine Flucht aus so einer Welt wäre unmöglich. Ich würde als schwarzlippige kranke Hure zurückkehren, wenn auch einige meiner Sehnsüchte gestillt wären. Also verabschiedete ich mich und floh, um in den sicheren Hafen meines einmal gewählten Wegs zurückzukehren – zu meiner Musik und meiner Familie.

Und jetzt sitze ich hier, und mein ganzes Sein lechzt nach dem Fremden und nach den sündigen Lüsten, die er mir versprochen hat.

Hätte ich doch nur den dornigen Weg gewählt, den Schattenweg, die unbekannte Route. Ich werde nie wissen, was aus meinem Leben geworden wäre.

Ich bin nicht besser als Grace oder Emily. Ich bin sogar noch weniger als Julia, die neue Braut meines Vaters, denn sie teilen ihre dunklen Lüste offen. Ich habe mich entschieden, im Licht zu wandeln, aber mein Leben im Licht ist langweilig und leer. Ah, die nächtlichen Eskapaden!

Ich glaube, ich höre jetzt auf. Ich will in dieser Stimmung ein Nocturno komponieren.

Ich setzte mich zurück und dachte über den Eintrag nach. Das Verlangen nach Drogen, Sex und Beachtung – alles Merkmale, die Alicia mit ganzen Herzen aufgenommen hatte. Ich wusste, dass sie und Tom Kopien des Tagebuchs besaßen, und ganz offensichtlich hatte Alicia den ›dornigen Weg‹ von Daphne übernommen. Hatte Alicias Wunsch, dem Leben ihrer berühmten Urahnin nachzueifern, sie in Schwierigkeiten geführt?

Sie war natürlich nicht auf die Opiumhöhlen Sohos angewiesen, obwohl ich wusste, dass es auch heute noch welche gab. Ich hatte gesehen, dass Ollie ihr Drogen gegeben hatte. Der Gedanke an Ollie ließ mich schaudern. Verschwitzte Hände, heimliche Blicke aus den kleinen Schweinsaugen. Selbst sein Freund Ray hatte mich vor ihm gewarnt.

Ich erinnerte mich an sein Filmangebot, als wir allein am Tisch gesessen hatten. Aber selbst ich mochte nicht glauben, dass Alicia sich für ein Leben des zwanghaften Sex mit Ollie entschieden hatte. Auch für sie musste es eine Grenze geben. Ich kramte in meinen Taschen, die ich noch nicht ganz ausgepackt hatte. Ray hatte mir seine Karte gegeben.

Endlich fand ich sie. Sein Name stand da und eine Telefonnummer in den USA, keine Erwähnung von Ollie oder der Filmgesellschaft.

Ich wählte die Nummer und seufzte erleichtert, als er sich meldete. In wenigen Sätzen berichtete ich ihm von Alicias Verschwinden, dann äußerte ich meinen Verdacht. Ich hörte Ray leise fluchen. Er erzählte mir von Ollies hoffnungsloser Sucht und dass er sie mit allen Mitteln, die ihm zur Verfügung standen, finanzierte.

»Aber das ist doch lächerlich!«, rief ich ins Telefon. »Meinst du, Alicia befindet sich in den Fängen von Mädchenhändlern oder so?« Es behagte mir nicht, dass Ray eine lange Zeit schwieg. Ich hörte ihn seufzen.

»Vielleicht nicht«, sagte er schließlich, und das klang höchst unsicher. »Aber Ollie hat nicht viele Skrupel. Ich habe schlimme Dinge über ihn gehört. Ich schätze, ich habe sie nicht wahrhaben wollen.«

»Warte mal«, unterbrach ich ihn. »Ich hatte nicht den Eindruck, dass ihr einen Bildungsfilm in Hathaway Hall gedreht habt.«

»Nein, natürlich nicht. Wir drehen Pornos, aber Ollie hat eine verdammte Schwäche für härtere Dinge …« Er nahm Luft und sagte: »Verdammt, ich hoffe, dass Alicia nicht auf sein Süßholz reingefallen ist. Ich wusste, ich hätte mich geschäftlich von ihm trennen müssen, als ich ihn dabei erwischte, dass er wieder auf seine alte Tour ritt.«

Man hörte ihm an, wie zerknirscht er war. »Worüber reden wir?«, fragte ich nervös.

»Wir reden von wirklich harten Filmen. Sado-Maso. Aber mit echten Szenen, in denen die Leute wirklich verletzt werden.« Er räusperte sich. »Diese Filme sind nicht geschauspielert, was gezeigt wird, ist echt. Manche Frauen kommen geschunden vom Drehort zurück.«

»Was?« Mir stockte der Atem, und auf meinem ganzen Körper entstand eine Gänsehaut.

»Genaues weiß ich nicht, aber ich habe viele Gerüchte darüber gehört, und wo viel Rauch ist, gibt es auch ein Feuer.« Ray klang ernst. »In diesem Geschäft steckt viel Geld, Jo. Und Ollie braucht viel Geld.« Er dachte nach. »Ich habe einige Kontakte. Gib mir deine E-Mail-Adresse, dann schicke ich dir Ollies Anschrift, falls ich herausfinde, wo er sich aufhält. Ich werde versuchen, Alicia herauszuholen, wenn er sie bei sich hat. Ich fühle mich ein bisschen mitschuldig.«

Wir tauschten Adressen aus, während ich mir überlegte, was ich Tom erzählen sollte.

Kurz bevor wir uns verabschiedeten, sagte Ray noch: »Aber kannst du mir eine Frage beantworten, bitte? Warum ruiniert eine reiche Zicke wie Alicia alles, was sie hat, durch so ein hohes Risiko?«

»Das weiß der Himmel«, murmelte ich. »Vielleicht sucht sie ja nur Aufmerksamkeit.«

Dreizehntes Kapitel

Tom saß gebeugt über dem Tisch im Esszimmer, das Gesicht blass vor schlafloser Sorge. Ihm gegenüber saß Jerome und steckte sich eine Zigarette an der anderen an. Sie beide verdauten, was ich ihnen gerade erzählt hatte. Ich las ihnen Daphnes Tagebucheintrag vor und die E-Mail, die Ray mir geschickt hatte – sie enthielt einige Adressen, wo wir Ollie finden könnten.

Schließlich schaute Tom hoch. »Das ist ein Albtraum«, sagte er dumpf. »Ich muss ihr nachreisen und sie da herausholen. Aber was ist, wenn ich die einzelnen Adressen gar nicht finde? Was fange ich dann an?«

Ich konnte mir Tom nicht als Undercover Man in New York vorstellen. Er war so weltfremd, so unerfahren. Er würde nicht heil aus dieser Sache herauskommen. Jerome dagegen kannte sich in den zwielichtigen Vierteln der Welt aus. Ich versuchte, seinen Blick auf mich zu lenken, aber er starrte nur auf seine brennende Zigarette.

»Tom, es wäre besser, wenn ein anderer nach New York fliegt«, sagte ich.

»Nein, sie ist doch meine Schwester!«

»Genau deshalb«, sagte ich. »Ich will euch nicht beide verlieren. Jerome, sie ist deine … Freundin.« Das Wort blieb mir fast im Hals stecken. »Warum fliegst du nicht?«

Er schnaufte und lachte trocken auf.

»Was ist daran so lustig?«

»Hört zu.« Er sprach mich und Tom an. »Sie ist ein nettes Mädchen, aber ich kenne sie erst seit ein paar Wochen. Ich werde doch meinen Hals nicht für einen sexverrückten

Junkie riskieren, der auch noch so bescheuert ist, den Versprechungen eines anderen Junkie zu vertrauen.«

Tom sprang von seinem Stuhl auf und knallte seine Faust gegen Jeromes Kinn. Jerome flog mit seinem Stuhl gegen die Wand, direkt unter das Porträt von Daphne. Vielleicht irrte ich mich, schoss es mir durch den Kopf. Vielleicht konnte Tom doch ganz gut auf sich aufpassen.

»Du bist völlig durchgeknallt!«, rief Jerome wütend und richtete sich schwerfällig auf. »Das ist doch Tatsache, was ich gesagt habe, du verdammter Ochse. Sieh zu, wie du damit klarkommst.«

Der letzte Rest von Achtung, den ich für meinen Ex noch gehegt hatte, verflog in diesem Moment.

»Du bist ein elender Feigling, Jerome«, fauchte ich. »Du willst für nichts Verantwortung übernehmen, was? Du stehst nicht zu mir, nicht zu Alicia, du bekennst dich nicht einmal zu deiner Frau.« Das war der Augenblick, in dem er mich verdattert und völlig ratlos ansah. »Verpiss dich nach London. Tom und ich werden das klären.«

Er fluchte vor sich hin, rieb sich übers Kinn und ging aus dem Zimmer.

»Ich sollte mich für ihn entschuldigen«, sagte ich zu Tom.

Seine Augen waren feucht. »Ich hätte mich nicht mit ihr streiten sollen«, sagte er.

»Hör auf mit Selbstvorwürfen«, befahl ich. »Sie braucht jemanden, der ihr die Grenzen aufzeigt. Ihr Problem rührt daher, dass sich ihr nie jemand in den Weg gestellt hat. Deshalb bin ich froh, dass du es endlich mal versucht hast.« Ich nahm seine Hand in meine und konnte kaum glauben, wozu ich mich eben verpflichtet hatte. »Ich bin Journalistin, Tom, ich weiß, wie man Dinge erfährt und wie man sich aus brenzligen Situationen herauswindet«, log ich. »Ich will deine Schwester aus dem Schlamassel herausholen. Außerdem habe ich für dich einen anderen Auftrag an diesem Wochenende.«

Er sah mich verdutzt an, eine Mischung aus Neugier und Bewunderung. »Von welchem Auftrag sprichst du?«

»Ich will, dass du eine CD bespielst. Und sieh zu, dass sie gut wird.«

Ich habe noch nie jemanden gesehen, der so schnell seine Sachen packte wie Ruby. Ihr Koffer quoll über, und zu ihrem Handgepäck gehörten vier voll gestopfte Taschen. Ich selbst reiste mit eher leichtem Gepäck. Zahnbürste und ein paar Slips genügten hoffentlich, aber Ruby bestand darauf, dass auch sie nur das Nötigste eingepackt hatte.

»Weißt du«, sagte sie mit Nachdruck, »wenn ich schon mein Leben riskiere und meine Zeit damit verschwende, eine dumme Kuh in New York zu suchen, dann will ich mich auf ein paar heißen Partys entschädigen.«

Dafür hatte ich Verständnis. Ruby hatte sofort insistiert, dass sie mich auf meiner Mission begleiten würde, treue Seele, die sie war, obwohl sie eher dazu neigte, Alicia eine Weile in ihrem eigenen Saft schmoren zu lassen. Ich war froh, dass ich eine verlässliche Freundin an meiner Seite wusste. Tom hatte uns die Reise finanziert.

Rubys Nähe im Flugzeug – sie versenkte Bloody Marys und kicherte über den grauenhaften Film – lenkte mich ab, und allmählich entspannte ich mich. Ich würde meine Kraft, mental und physisch, für den selbst gestellten Auftrag benötigen, und wenn ich verkrampft war, habe ich nie gut arbeiten können.

Als wir die Einreiseformalitäten auf dem John F. Kennedy Flughafen in New York endlich hinter uns hatten, sah ich Ray auf der anderen Seite der Ankunftshalle stehen. Er grinste sein breites Südstaatengrinsen.

»He, hallo«, sagte Ruby und sah mich an. »Wer ist dieses Baby?«

Er übertraf noch den ersten Eindruck, den Ruby von ihm hatte, und umgarnte sie auf dem Weg durch Queens nach Manhattan mit seinem Charme. Vor uns glitzerten die Wolkenkratzer in den Nachthimmel. Ray nannte uns die Namen wie der beflissene Reiseleiter und erwähnte nie den unerfreulichen Anlass für unseren Besuch.

»Da drüben sieht ihr das Chrysler Building, das viele für den schönsten Wolkenkratzer halten. Und dann natürlich das Empire State in seiner ganzen Pracht. Glaubt ihr, dass ihr etwas Zeit habt, euch die Sehenswürdigkeiten der Stadt anzuschauen?«

»Darauf kannst du Gift nehmen«, sagte Ruby, bevor ich einwenden wollte, dass wir uns das wahrscheinlich zeitlich nicht erlauben könnten. »Freiheitsstatue, Central Park, Geschäfte, Geschäfte, Geschäfte.« Sie zog einen Reiseführer aus einer Tasche und blätterte ihn durch. »So viel zu tun in so kurzer Zeit.«

»So habe ich es gern«, antwortete Ray lachend und zwinkerte mir im Rückspiegel zu. Er sah in mein angestrengtes Gesicht. »Meine Mutter hat immer gesagt, vergeude deine Energie nicht mit schlechten Gedanken – die Sorgen kommen sowieso, ob du an sie denkst oder nicht.«

»Soll ich mich jetzt besser fühlen?«

»Nein, Baby, aber du sollst wenigstens mal darüber nachdenken.«

Ray hatte uns ein Hotel auf der Upper West Side gebucht mit einem wunderschönen Blick über den Park. Ruby und ich teilten uns eine großzügige Suite im zwölften Stock des Hotels. Riesige Betten und eine große Minibar. Ruby hatte bald ihr Lieblingsgift entdeckt und mixte sich einen Cocktail.

»Das ist ein Leben!«, sagte sie grinsend und ließ sich aufs Bett fallen. Sie hüpfte wie ein glückliches Baby. Ihr Gepäck lag im ganzen Zimmer verstreut herum. Ich ging ans Fenster und sah, wie sich die Baumgipfel im warmen Abendwind sanft bewegten. Einige Jogger zogen ihre einsamen Kreise. Unter unserem Fenster stand eine Reihe gelber Taxis. Irgendwo in der Nähe heulte eine Sirene.

»Also«, sagte Ruby und richtete sich vom Bett auf. »Ich bin bereit für New York.«

»Ja. Aber ist New York auch bereit für dich?«

Zwei Stunden später ließ Ruby ihr berühmtes Lachen bei einem Martini und in Gesellschaft zweier Männer in einem Jazzclub der Downtown hören. Einer der beiden war offenbar für mich vorgesehen. Als sie sich zu uns gesetzt hatten, schien es klar zu sein, dass der kurze Italiener mit der unvorstellbar behaarten Brust meiner war, aber ich war ruhelos, weil ich wusste, dass irgendwo in dieser großen Stadt Alicia sein musste, so nahe, dass ich sie fast riechen konnte.

Mein Instinkt sagte mir, dass sie sich in Schwierigkeiten befand. Ray wartete noch auf ein paar Leute, die ihm weitere Kontaktadressen geben wollten. Unsere Jagd würde also frühestens morgen beginnen. Er hatte mich beim Abschied angelächelt und gesagt, ich sollte meine erste Nacht im Big Apple genießen.

Aber ich fand keinen Gefallen daran, in dieser neonbeleuchteten, verräucherten Bar zu sitzen, mich langsam zu betrinken und auf die fröhlichen Bemerkungen meines Nachbarn zu reagieren, der mich immer mehr anschmachtete. Er begriff allmählich, dass mit mir nichts anzufangen war in dieser Nacht, deshalb wandte er Ruby seine Aufmerksamkeit zu, die in ihrem spärlichen Top und dem engen, kurzen Wildlederrock umwerfend sexy aussah.

Jetzt unterhielt sie beide und war glücklich dabei. Sie erzählte Geschichten über ihre Eskapaden im College, wo sie sich einen Ruf für derbe Streiche erworben hatte. Sie berichtete, wie sie einen berüchtigten perversen Lehrer im Aufzug gestellt hatte und sich von ihm hatte begrapschen lassen, weil sie wusste, dass die Überwachungskameras eingeschaltet waren. Dieser Mann hatte Studentinnen schon seit Monaten belästigt, aber niemand vom Lehrkörper hatte es geglaubt. Bis sie auf dem Film sahen, wie er seine Hände unter Rubys Rock schob.

»Da seht ihr mal, was man alles für die Befreiung der Frau tun kann«, schloss Ruby lachend.

»Du bist wirklich ein verrücktes Huhn«, sagte der Italiener, eine Hand auf ihrem gebräunten Schenkel.

»Niemand hat uns gesagt, dass englische Frauen so voller Humor sind«, meinte sein Freund, der ein wenig verärgert schien, dass er seine neue Freundin nun teilen musste.

Ich wusste, dass ich eine Spielverderberin war, als ich nach einer Weile aufstand und sagte: »Mich hat der Zeitunterschied noch voll im Griff. Ruby, hast du was dagegen, wenn ich schon mal zurück ins Hotel gehe?«

Sie lächelte augenzwinkernd und sagte, sie könnte ganz gut auf sich aufpassen. Davon war ich überzeugt. Ich ging hinaus und hielt ein Taxi an.

Ich stand unter der Dusche, als ich es an meine Tür klopfen hörte. Ich dachte, Ruby wäre ihrer Bewunderer schon überdrüssig geworden, schlug das Badetuch um meinen tropfenden Körper und öffnete die Tür.

Ray stand mit einer Flasche Champagner da. Er sah meine Beinahe-Nacktheit mit einem breiten Lächeln.

»Ich habe gedacht, ihr Frauen könntet einen Schluck vertragen«, sagte er, während es von meinem Körper auf den Boden tropfte. »Komme ich ungelegen?« Ich öffnete die Tür ganz, und er lachte über meinen apathischen Zustand und das Chaos im Zimmer. »Was ist mit euch Frauen nur los? Wisst ihr nicht, wie man Dinge aufräumt?«

»Das ist typisch Ruby«, verteidigte ich mich. »Sie sagt, das Leben sei zu kurz, um die Zeit mit Aufräumen zu vergeuden. Und eigentlich hat sie ja Recht damit.«

Ray hielt nach einem Platz Ausschau, auf den er sich setzen konnte. Die üblichen Gelegenheiten waren von Kleidern und Kosmetika bedeckt.

»Weißt du was? Warum kommst du nicht in meine Suite? Ich habe mehr Platz.«

»Eigentlich wollte ich ins Bett …«

»Ach, komm schon, Miss Bell.« Er warf mir ein weißes T-Shirt zu, das auf der Frisierkommode lag, dann wandte er mir den Rücken zu, damit ich es anziehen konnte. Es bedeckte den Ansatz meiner Schenkel. Mir war sehr wohl bewusst, dass ich keinen Slip trug. Ray drehte sich wieder um.

»Wow! Du siehst immer gut aus, ganz egal, was du anziehst. Komm jetzt, bevor der Champagner warm wird.«

Er zog mich auf die andere Seite des Flurs in seine Suite, die ein wenig größer war als unsere. Die Fenster sahen über ganz New York, und man konnte auch auf den Wohnblock gegenüber blicken. Ray drückte mir eine Champagnerflöte in die Hand und prostete mir zu.

»Auf eine wunderbare brasilianische Prinzessin«, sagte er.

Ich prustete los. »Auf den großen gut aussehenden Gent aus den Südstaaten«, antwortete ich, und dann tranken wir. Die Perlen explodierten in meinem trägen Gehirn, und ich spürte, wie ich mich entspannte. Er legte Musik auf, und ich setzte mich auf die Couch und faltete die Beine unter mir und hoffte, meinen nackten Schoß zu verbergen.

»Weißt du, du hast dein Versprechen nie gehalten«, sagte er und setzte sich neben mich.

»Welches Versprechen?« Ich konnte seinen süßen, rauchigen Duft riechen.

»Du hast mir versprochen, für mich zu posieren, junge Frau. Ich muss die ganze Zeit daran denken.« Seine Stimme klang tief und sanft.

Ich trank mein Glas leer. »Ich glaube, das war der rote Cocktail, der da aus mir gesprochen hat«, sagte ich lächelnd, während er mir nachschenkte.

»Ja, kann schon sein. Aber falls du neugierig bist – ein paar Mädchen kommen heute Abend, um sich fotografieren zu lassen. Dann kannst du sehen, was da abläuft.«

»Hier? Heute Abend?« Er verlor wirklich keine Zeit.

»Ja. Es sind New Yorker Modelle, und weil ich nicht oft hier bin, nutze ich jede Gelegenheit.« Er grinste. »Das ist immer eine turbulente Sache, wenn du weißt, was ich meine.«

»Ich kann es mir vorstellen«, sagte ich. Der Gedanke, Ray beim Flirten mit blonden Models zuzuschauen, war nicht sehr verlockend. »Ich bin zu sehr wegen Alicia besorgt«, sagte ich, »deshalb werde ich lieber darauf verzichten.«

Ich stand auf und wollte gehen, aber er griff meine Hand und zog mich zurück auf die Couch. Dabei rutschte mein Hemd hoch, und ich sah, wie er auf meine Pussy starrte.

»Du brauchst nicht eifersüchtig zu sein«, schnurrte er in mein Ohr.

»Ha!«, rief ich entrüstet. Ich spürte seinen Atem heiß im Nacken, und seine Hand wanderte über die gebräunte

Haut meiner Schenkel. Er nagte an meinem Ohr und flüsterte mir zu, wie schön ich sei und wie sehr er mich begehrte. Ich wusste, das war alles nur hohles Gerede, aber ich schmolz trotzdem dahin, und als er eine Hand auf meine Pussy drückte, spürte ich, wie ich auslief.

»Baby, du bist wahnsinnig sexy«, murmelte er. »Und so nass.« Seine Hand massierte mich langsam und geschickt, und meine Beine spreizten sich wie von selbst. »Seit ich dich auf dem Tisch tanzen sah, bist du mir nicht mehr aus dem Kopf gegangen. Dein süßer Körper …« Seine Hand drückte härter zu. »Deine schönen Brüste. Ich könnte stundenlang an ihnen saugen. Oh, Baby …« Ein langer Finger drang in mich ein, dann noch einer. Er krümmte die Finger und erwischte irgendeine geheime Stelle. Meine Pussy stand in Flammen, und ich stöhnte voller Sehnsucht. Seine Hand vibrierte in mir, die Finger stießen immer schneller zu. Ich schlang meine Beine um ihn.

»Oh, Himmel«, stöhnte ich. Er packte in meine langen Haare und küsste mich intensiv. Seine Zunge wand sich in meinem Mund. Ich lechzte nach ihm. Ich wollte, dass er mir das Hemd auszog und schnell und hart in mich eindrang. Einladend lehnte ich mich zurück, aber genau in diesem Moment klopfte es an die Tür, und er wich zurück.

»Das werden die Mädchen sein«, sagte er, und ich sah in seine lustverhangenen Augen. Fast widerwillig rutschte seine Hand aus mir.

Er ging zur Tür, und es schien ihn nicht in Verlegenheit zu bringen, dass seine Erektion deutlich zu sehen war. Ich saß auf der Couch und zog mein T-Shirt hinunter. Es ärgerte mich, dass wir gerade in dem Moment gestört wurden, als es Ray so köstlich gelungen war, mich von der Sorge um Alicia abzulenken.

Ich wollte nicht den Eindruck erwecken, als gehörte ich

zu seinem Harem, deshalb musste ich so schnell wie möglich aus dieser Situation aussteigen. Schließlich wartete ein wunderbarer englischer Mann auf mich, der keine Galerie nackter junger Mädchen benötigte, um sein Ego aufzubauen.

Ich richtete mich auf, als Ray zur Tür ging. Zwei große schlanke Mädchen kamen herein und küssten Ray voller Begeisterung. Sie grüßten ihn fröhlich und kicherten ausgelassen. Eine der Frauen war Ende zwanzig mit einem langen blonden Haarteil, das ihr bis zu den Hüften reichte. Die andere war um einiges jünger, vielleicht noch unter zwanzig. Sie lächelte etwas scheu. Ihr Körper war weniger fraulich, und mit dem blonden Pferdeschwanz sah sie so aus, als ginge sie noch aufs College. Als sie den hübschen Mund öffnete, klang ihr klarer New Yorker Akzent durch.

Ray freute sich, dass die Mädchen da waren, und konnte die Hände nicht bei sich behalten, aber offenbar bewunderten sie ihn und ließen es gern geschehen.

Schließlich drehte er sich zu mir um. »He, Jo, komm und begrüße meine liebsten Mädchen.«

Ich lächelte gepresst und bemühte mich um ein Gefühl der Überlegenheit, was aber angesichts meiner knappen Bekleidung nicht recht gelingen wollte.

Ray spürte mein Unbehagen. Er wandte sich an die beiden und erklärte: »Jo ist Musikjournalistin aus London.«

Die Augen der Mädchen wurden rund und lobten mich artig. »Und dann auch noch aus London!« Die jüngere Frau schaute mich fasziniert an. »London muss eine wunderschöne Stadt sein.«

»Es gibt sehr schöne Stellen«, sagte ich und fragte mich, wie lange ich bleiben sollte.

»Jo, das ist Candi«, sagte Ray und stellte mich dem jungen Mädchen vor. »Sie ist ein fabelhaftes Model mit einer natürlichen Begabung. Und das hier ist Diondra.« Die ältere Frau lächelte mich an, ein klein bisschen Argwohn im Blick.

»Haben wir euch bei irgendwas unterbrochen?«, fragte sie, weil sie offenbar meine abwesende Haltung und meine Bekleidung richtig deutete.

Ray räusperte sich und wies uns in der Lounge die Plätze zu, dann schenkte er Champagner ein. Ich beschloss, noch ein bisschen zu bleiben, ein abrupter Abschied wäre unhöflich gewesen, und außerdem war ich neugierig auf die beiden Frauen. Sie antworteten offen auf meine Fragen, was ihr Geschäft anging. Sie hielten ihren Beruf für einen großartigen Job, und ausgebeutet hatten sie sich noch nie gefühlt.

»Natürlich gerätst du schon mal an ein Arschloch, aber die triffst du in jeder Sparte«, sagte Diondra lächelnd. Sie hatte die perfektesten Zähne, die ich je gesehen habe. »Du hast bestimmt auch schon mal mit einem arbeiten müssen, oder?«

Mir fiel spontan Jerome ein. Ich nickte.

»Aber Ray ist der Beste, stimmt es, Liebling? Er ist immer ein Gentleman, wenn er ein Gentleman sein soll.«

»Und wenn nicht, ist er ein Tiger«, kicherte Candi, was Ray strahlen ließ. Er setzte sich neben sie und drückte ihren Schenkel. Ihr kurzer Rock rutschte hoch. »Wann fangen wir mit der Arbeit an?«, fragte sie und lehnte sich gegen ihn. »Ich kann es kaum erwarten.« Sie wandte sich an mich. »Ray schießt die besten Fotos.«

»Nur mit den besten Models«, schnurrte er und streichelte ihren Po.

»Dann greif zur Kamera«, sagte Diondra, die auch ungeduldig war. Ray gehorchte und richtete nebenan die Beleuchtung ein. »Ich habe mich den ganzen Tag darauf gefreut.«

»Wirklich?«, fragte ich verblüfft. »Ich dachte immer, Mädchen machten das nur des Geldes wegen.«

Sie lachten.

»Wer hat dir denn diesen Unsinn erzählt?«, fragte Diondra. »Es gibt dir den größten Kick der Welt. Zu wissen, dass alle Männer auf deinen Körper starren, zu wissen, dass du sie alle scharf machst.«

»Manchmal bin ich nach einem Shooting so nass, dass ich nicht weiß, was ich zuerst tun soll, um auf der Stelle zu kommen«, stimmte Candi zu.

»Kaum zu glauben«, murmelte ich.

Diondra lächelte über meine Unschuld. »Du solltest es mal versuchen.«

»Ja«, warf Candi ein, »du bist so schön, du wärst ein wunderbares Model.«

Ray war mit den Vorbereitungen fertig. »Das erzähle ich ihr schon die ganze Zeit«, sagte er. Die Mädchen drehten sich nach ihm um. Er hatte die Kamera direkt am Bettende aufgebaut, mit Blick auf Fenster und Balkon. Sogar mir wurde die erotische Atmosphäre bewusst.

»Willst du uns einzeln oder zusammen?«, fragte Diondra. Eine Frage, die jeden Mann ergötzen musste.

Ich lehnte mich an die Wand und beobachtete, wie Ray zu Candi ging und sie zum Posieren auf die Minibar setzte. Ihr kurzer Rock und das schlichte weiße T-Shirt, dazu noch die weißen Kniestrümpfe, ließen sie wie ein Schulmädchen aussehen. Ray drückte einige Male ab, bevor er Candy bat, sich ein wenig zurückzulehnen – so weit, bis er den Schritt ihres Slips sehen konnte. Die Kamera klickte und surrte.

»Oh, ich werde ganz heiß, wenn der Blitz so nah vor meiner Pussy explodiert«, quietschte sie. Kurz darauf saß sie ohne Slip da und presste einen kühlen Metallshaker gegen den nackten Schoß. Candi schien echt erregt zu sein. Sie stöhnte leise, als Ray sie ermunterte, das Eis aus dem

Shaker auf ihre Nippel tropfen zu lassen. Er zog ihr T-Shirt hoch und entblößte die kleinen festen Brüste.

Ray überschüttete sie mit Komplimenten und lockte sie in verschiedene Positionen. Er wusste ganz genau, was ein gutes Foto ergab. Er bat Diondra, eine Champagnerflasche tüchtig zu schütteln, dann trat sie ins Bild, zog den Korken und versprühte den Schaum über Candis Schoß.

Candi schrie verzückt auf, klatschnass und tropfend. Das würden heiße Fotos werden, dachte ich ein bisschen neidisch und spürte meine eigene Hitze. Sie rieb die Fingerspitzen über die Labien, und Rays Kamera surrte und klickte und surrte. Candis Kleider trieften.

»Oh, das wird den Leuten gefallen«, flüsterte Ray. »Stell dir die Männer auf der ganzen Welt vor, die nicht mehr an sich halten können, wenn sie dich auf diesen Bildern sehen.« Candis Stöhnen wurde lauter, ihr Streicheln intensiver. Meine Wangen begannen zu glühen.

Ray gab Diondra zu verstehen, dass sie mitmachen sollte. Sie hatte sich selbst gestreichelt, während sie zuschaute, offenbar nicht weniger erregt als ich, obwohl das Geschehen für sie nicht neu war. Ray drückte weiter ab, als Diondra mit sinnlichen Gesten anfing, Candi den Rock auszuziehen und das Top über den Kopf zu streifen. Das junge Mädchen trug jetzt nur noch die weißen Kniestrümpfe.

Diondra kniete sich vor der Minibar auf den Teppichboden und küsste sich Candis Schenkel hoch, dem Schoß der Freundin entgegen. Candi quietschte und wimmerte und strich fiebrig über Diondras lange blonde Mähne. Ich sah gebannt zu, wie die rosa Zunge des älteren Models über die geschwollenen Labien der jungen Freundin glitt.

»Ladys, das ist heiß«, seufzte Ray. Seine Hose beulte sich aus wie ein Zelt.

Diondra trug einen pinkfarbenen Seidenanzug. Ihre

schlürfenden Geräusche erregten mich immer mehr, und ohne es zu wissen, streichelte ich mich.

»Ihr seid wirklich unanständige Mädchen«, sagte Ray glucksend. »Was würden eure Daddys dazu sagen?«

Candi kicherte, griff nach frischen Eisstücken und rieb sie sinnlich über ihre Brüste. Ein Stück drückte sie in den Mund und lutschte gierig daran, denn in diesem Moment setzte ihr Orgasmus ein.

»Ja, Baby, das ist gut«, stachelte Ray sie an. »Ja, Baby, komm für mich. Oh, das ist ja so gut. Die Beine ein bisschen breiter – ah, wunderbar.« Candi keuchte, und Ray rief: »Zieh Diondras Haare nach hinten, damit ich ihre Zunge besser sehen kann. Eh, das muss dir doch gefallen, Candi, was?«

Die beiden Mädchen seufzten.

»Und dir macht es auch Spaß, Diondra. Ich kann es dir ansehen«, rief Ray.

Sie hatte keine Zeit zu antworten, dann Candi keuchte: »Ja, ja, das machst du so gut.« Ihre Schenkel zitterten unkontrolliert. Diondra ließ nicht nach. Bald schon wälzte sich Candy auf der schmalen Minibar herum, sie bäumte sich auf, ließ das Becken kreisen und stieß die Hüften gegen Diondras Gesicht. Laut kreischte sie ihren Orgasmus heraus.

Ray schoss Foto auf Foto. Nachdem es dem Mädchen gekommen war, drückte er noch einige Male ab, um ihr Nachglühen einzufangen.

»Ray, ich bin so heiß«, sagte Diondra mit ihren tiefen Stimme. »Du musst mir Erleichterung verschaffen.« Sie ging auf ihn zu und schmiegte sich an ihn. Er ließ die Kamera auf dem Stativ und küsste sein Model, während er mit einer Hand unter den Stoff ihres Seidenanzugs schlüpfte.

»Du kennst doch die Spielregeln, Liebstes. Wir müssen

die Spannung bis zum Schluss aufrechterhalten. Danach könnt ihr die ganze Nacht über mich verfügen.« Sie nickte gehorsam, und Ray wies sie an, sich aufs Bett zu legen.

Was dann ablief, waren die üblichen Fotos, die ich aus einschlägigen Magazinen kannte. Spannend waren nur Rays anfeuernde Kommentare.

»Denk an die muskulösen Tankwarte und Straßenarbeiter, die auf diese heißen Bilder warten. Die Jungs auf dem College und ihre frustrierten Daddys. Denk an die Lehrer und Hausmeister, an die Brummifahrer und Politiker. Sie alle werden sich an dir aufgeilen, Diondra.«

Ihre langen manikürten Finger tanzten über die Klitoris. Bald hielt Candi es nicht länger aus, sie warf sich aufs Bett, und dann trafen sich ihre Lippen zu einem heißen Kuss.

»Himmel, ist das heiß«, stöhnte Ray und wechselte schnell den Film. »Hört nicht auf, ihr macht das großartig.« Candi saugte an Diondras Brüsten und strich mit den Händen über den üppigen Körper.

Nach einer ganzen Serie von Fotos lud Ray uns zu einer Pause mit Champagner ein. Die Mädchen verschwendeten keine Zeit damit, sich anzuziehen.

Candi schmiegte sich an Ray. »Du bist immer so nett zu uns«, schnurrte sie.

»Aber es ist auch immer eine Wonne mit euch«, gab Ray grinsend zurück.

Ich lehnte immer noch an der Wand, eifersüchtig auf die Intimität unter den drei Menschen.

»Ich kann es nicht erwarten, die Fotos zu sehen«, murmelte Diondra. »Ich werde wieder ganz nass, wenn ich nur daran denke.« Ray drückte sie an sich, küsste sie und strich über ihre Brüste.

»Was ist mit Jo?«, fragte Candi. Drei Augenpaare richteten sich auf mich. Ich nippte kühl am Champagner. »Wir können sie nicht außen vor lassen.«

»Lasst euch von mir nicht stören«, sagte ich brav. »Ich muss gehen. Ich war nur neugierig auf die Fotosession, deshalb wollte ich sie ansehen.«

»Tu mir das nicht an, Josephina«, rief Ray wehleidig. »Ich weiß genau, dass du mitmachen willst.«

Ich schüttelte den Kopf. »Ich bin hundemüde. Vergnügt euch schön. Ray, du kannst mir morgen erzählen, was ich verpasst habe.«

Als ich zurück in unsere Suite ging, lag Ruby friedlich schlafend schon im Bett.

Vierzehntes Kapitel

»Das habe ich heute Morgen erhalten. Eine E-Mail von einem Bekannten.« Ray schob seinen Laptop zu Ruby und mir, damit wir auf den Bildschirm schauen konnten. Wir blinzelten, beide mit einem anständigen Kater belastet. Die anderen Hotelgäste sahen neugierig zu unserem Frühstückstisch.

»Wonach sollen wir suchen?«, fragte ich. Auf dem Schirm sah ich eine primitiv aufgemachte Pornoseite mit einer Reihe von Optionen.

»Hardcore Stiefelfetisch, Live Action, Trios, Tabus«, las Ruby laut vor. »Das hört sich nach dem üblichen Standard an.«

»Ja, aber schau mal.« Ray klickte auf »Tabus«, und schon waren wir mit einer Web Camera verbunden, und oben auf der Seite stand »Mädchen werden live gepeitscht«.

»Das ist ja krank«, rief Ruby, und ein älteres Paar schoss uns empörte Blicke zu. Offenbar gehörte es nicht zum normalen Ablauf in diesem Hotel, dass am Frühstückstisch in Pornoseiten gesurft wurde.

»Es wird noch schlimmer«, sagte Ray und klickte wieder. Der Schirm veränderte sich, und nun sahen wir auf das körnige Bild vom Innern eines heruntergekommenen Lagerhauses. Mitten im großen Raum stand ein Bett, und alle möglichen Utensilien – Peitschen, Ketten, Masken hingen an den Bettpfosten. Am Fußende des Betts lag eine schlanke blasse Frau, an Armen und Beinen gefesselt.

Sie hatte breite schwarze Ringe unter den Augen, und der schmale Mund sah trocken und leblos aus. Sie trug nichts als einen schwarzen String aus PVC. Ihre kleinen Brüste hingen traurig. Die schwarzen Haare klebten verschwitzt am Kopf. Zunächst sah es wie ein Foto aus, aber dann bewegte die Frau langsam ein Bein.

Unten auf dem Schirm öffnete sich eine Chatbox. »Wir begrüßen dich als unseren Gast. Was können wir dir heute zeigen?«

»Mein Bekannter hat die Seite entdeckt, nachdem Ollie ihm gegenüber damit geprahlt hat. Es ist die einzige Verbindung zu ihm, die wir haben«, sagte Ray. »Viele Anhaltspunkte sind das weiß Gott nicht.«

»Und das ist Alicia?«, fragte Ruby entgeistert. Offenbar entsprach das Bild auf dem Schirm nicht der Beschreibung der sexy männermordenden Schönheit, die sie von mir gehört hatte. Die Wahrheit war, dass ich selbst gerade erst realisiert hatte, das es sich um Alicia handelte.

Ich war plötzlich sehr froh, dass Tom nicht mit nach New York gekommen war. Es war nicht nötig, dass er seine Schwester in diesem Zustand sah.

Unten auf dem Schirm baute sich eine weitere Nachricht auf. »Willkommen auf der gefährlichsten Hardcoreseite des Internets. Wir stellen euch die Mädchen zu eurer freien Verfügung. Willst du Ali tanzen sehen? Soll sie für dich strippen? Sie hat eine wunderschöne Pussy, und sie liebt es rau.«

Wir starrten gebannt auf den Schirm, wo Alicias Kopf plötzlich zur Seite fiel, als hätte sie das Bewusstsein verloren.

»Himmel, welche Drogen haben sie dem Mädchen gegeben?«, fragte Ruby. Mir fiel auf, dass es hinten in der Lagerhalle eine breite Fensterreihe gab. Dahinter konnte ich den hellen Schimmer von Wasser sehen.

»Sag ihm, sie soll ans Fenster gehen, damit wir ihre Titten besser sehen können«, raunte ich Ray zu. Er sah mich entsetzt an. »Tu's schon!«, zischte ich. Er tippte, und tatsächlich hob sich Alicia schwerfällig vom Bett. Ollie kam ins Bild und öffnete ihre Fesseln. Alicia humpelte zu den Fenstern. Blaue Flecken waren auf den Schenkeln zu sehen, Striemen auf dem Rücken.

»Himmel«, murmelte Ray.

Alicia wandte sich der Kamera zu, offenbar gehorchte sie damit einem Wink von jemandem, der nicht zu sehen war. Sie legte die Hände unter ihre Brüste. Ich blickte an ihr vorbei, denn jetzt konnten wir den Hintergrund besser erkennen.

»Da ist Wasser!«, rief ich. »Seht ihr das?«

»Ja, ja«, knurrte Ray und starrte gebannt auf den Hintergrund.

»Erkennst du die Gegend?«, fragte ich aufgeregt und hoffte, irgendwo die Freiheitsstatue zu sehen, damit sie uns zu Alicia führen konnte. »Was ist das für ein Schiff?« Ich sah den Rand eines riesigen Schiffsdecks.

»Welches Schiff?« Rays Augen verengten sich zu schmalen Schlitzen.

»He, das ist der Flugzeugträger!«, rief Ruby. Das ältere Paar setzte sich an einen anderen Tisch. »Ich habe ein Bild in meinem Reiseführer gesehen. Ich wollte mir den Koloss ansehen, wenn ich Zeit dazu habe.«

»Was ist es denn?«

»Früher war es ein Flugzeugträger, heute ist es ein Weltraummuseum.«

»Die *Intrepid?«* Ray ging noch näher an den Schirm. »Verdammt, sie hat Recht. Die Kiste liegt an Pier 86. Auf diesem Bild kann man nur eine Ecke davon sehen.«

Unten im Bild war eine neue Nachricht zu lesen. »Was soll Ali jetzt für dich tun? Du bezahlst für sie, deshalb kannst du von ihr verlangen, was du willst, damit du für dein Geld auch was zu sehen kriegst.«

Ich überlegte eine Weile und suchte nach Worten, die ihr vielleicht sagen könnten, dass wir auf ihrer Spur waren, ohne ihre Gefangenenwärter zu warnen. Schließlich musste es auch ein Befehl sein, der auf eine Pornoseite im Internet passte.

»Schreibe ihm, sie soll sich wieder aufs Bett legen und darauf warten, dass ihr freundlicher Onkel sie besucht.«

Ray sah mich mit großen runden Augen an.

»Das nimmt Bezug auf einen Eintrag in Daphne Hathaways Tagebuch«, erklärte ich. »Sie hat Hathaway Hall als freundlichen Onkel empfunden. Ich hoffe, Alicia erinnert sich daran, denn ich weiß, dass sie das Tagebuch gelesen hat.«

Wir schauten wieder alle gebannt auf den Bildschirm und sahen, wie sie zum Bett zurückging. Als ihr unsere Botschaft überbracht wurde, schienen ihre Augen ein wenig zu leuchten. Vielleicht.

Wir hasteten zum Hafen und verfluchten jeden Stau, aber als wir den Broadway hinter uns gelassen hatten, erreichten wir zügig den Pier am Ende der 46. Straße. Am Wasser war die Luft deutlich kühler als in der Stadt. Von einem kleinen Steg in der Nähe entfernte sich gerade ein Schiff mit Touristen, das zu einer Hafenrundfahrt aufbrach. Wir sahen auch, wie einige Leute das Museum auf der *Intrepid* besuchten, aber sonst waren nur wenige Menschen unterwegs. Es gab hier unten keine Geschäfte und keine Wohnblocks, nur Lagerhäuser und die eine oder andere Bar.

Wir standen zu dritt auf dem Bürgersteig und überlegten unsere nächsten Schritte. Rays Laptop zeigte noch das Bild des Lagerhauses, damit wir die Fensterreihe von unserem Standort aus besser erkennen konnten.

Alicia lag nun auf allen vieren auf dem Bett, völlig

nackt. Eine Peitsche klatschte auf den geschwundenen Rücken. Durch die Fenster auf dem Schirm sah ich das Touristenboot vorbeituckern. Wir mussten ganz in der Nähe sein!

Es war ein schäbiger, zweistöckiger Bau. Ich sah an den Mauern hoch und entdeckte das Fallrohr von der Dachrinne, dazu gab es Löcher in der Mauer, in die ich meine Füße stecken konnte, wenn ich hoch kletterte. Bevor ich meinen Mut verlor, schwang ich mich am Fallrohr hoch.

»Wünscht mir Glück«, murmelte ich.

»He, was machst du denn da?«, rief Ray protestierend, als ich schon einen Meter über dem Boden hing. »Du bringst dich um!«

Ruby zischte ihm zu, er sollte ruhig sein. Sie hatte mich schon einige Wände hinaufklettern sehen, schon zu gemeinsamen Collegezeiten. Damals waren meine Kletterkünste oft die letzte Rettung, wenn ich nach der Sperrstunde noch in das Zimmer meines Freundes wollte oder wenn ich mich nachts heimlich verdrücken musste.

Aber das war eine lange Zeit her. Meine Laufschuhe hielten gut auf dem rauen Mauerstein, das Problem waren eher meine Hände. Ich musste das Rohr ganz fest umschließen, und einige Male ratschte ich meine Knie am harten Stein auf.

»Weiter, weiter, Mädchen«, feuerte Ruby mich leise an. »Du hast es fast geschafft.«

Dicht über mir konnte ich ein Fenster sehen. Der Sims ragte ein wenig über die Mauer hinaus, gerade genug, um einen Fuß darauf setzen zu können. Ich hob ein Bein, drückte mich am Rohr hoch und richtete mich vorsichtig auf und schaute in den Raum hinein.

»Und?«, rief Ray gepresst.

Ich schüttelte den Kopf. Es war ein ganz normaler Lagerraum, kein Bett, keine Webcams. Und nun? Ich wollte nicht wieder hinunter – also blieb mir nichts anderes übrig, als durch das Fenster einzusteigen.

»Ich sehe mal nach, wo es die Treppe nach oben gibt«, rief ich leise nach unten und drückte das Fenster hoch. Es war ein altes Holzfenster, verwittert und leicht nach oben zu schieben, und dann hatte ich genug Platz, um hindurch zu kriechen. Ich schlich mich leise zu einer halb offen stehenden Tür.

Es roch nach Staub und Moder, und überall lagen Kisten und Kartons herum. Dicht hinter der Tür gab es eine Treppe, die eine führte nach unten, die andere nach oben. Diesmal schaltete ich mein Gehirn ein und ging hinunter – es war immer ein Vorteil, wenn man seinen Fluchtweg kannte. Vielleicht bestand sogar die Möglichkeit, die anderen ins Lagerhaus einzulassen. Tatsächlich fand ich eine Tür, die sich fast geräuschlos öffnen ließ. Ich rief die beiden leise herbei.

»Himmel, du bist völlig durchgedreht«, sagte Ray mit Bewunderung in der Stimme, als er und Ruby neben mir standen.

»Okay, jetzt gehen wir hinauf. Aber leise – ich glaube, die Überraschung ist unsere stärkste Waffe.« Mir gefiel das Abenteuer, das ich mir nie erträumt hatte. Ruby und Ray schlichen hinter mir die Treppe hinauf, die unter unserem Gewicht knirschte und knarrte.

Ich hörte, wie Ruby einen Niesanfall gewaltsam unterdrückte, als wir durch den Staub gingen, und ich musste leise kichern.

»Das ist nicht komisch«, zischte sie mir zu.

»Bleibt mal stehen und hört zu«, raunte Ray.

Die kaum wahrnehmbaren Stimmen kamen aus dem oberen Stockwerk. Wir nahmen die nächsten Stufen, und die Stimmen wurden hörbarer. Eine Frau jammerte. Dann fiel ein heftiger Schlag. Impulsiv rannte ich die letzten Stufen hoch und stürzte in den Raum.

Alicia lag zusammengekrümmt auf dem Boden. Blut floss aus ihrer Nase. Im Raum stank es nach Urin und Drogen. Ich rannte zu ihr und hob ihren Kopf. Die Augen bewegten sich langsam, aber sie blickten teilnahmslos, sie hatten alles Leben verloren, so schien es. Ich sah Einstichstellen an ihren Armen. Man hatte ihr irgendwas gespritzt.

Ray und Ruby rannten an mir vorbei, und ich sah, wie Ray sich Ollie schnappte und in den Schwitzkasten nahm.

»Du miese Ratte«, tobte Ray. »Ich sollte dir die Knochen einzeln brechen.«

»Das könnte ihm so passen«, rief Ruby resolut und schlug ihm eine Faust in den Bauch. Dann machte sie einen Schritt zurück und trat ihm genau zwischen die Beine.

Ollie klappte zusammen wie ein Taschenmesser. Wir ließen ihn keuchend und wimmernd auf dem Boden liegen und halfen Alicia auf die Füße. Ray trug sie die Treppe hinunter und auf die Straße. Dort zog ich ihr meine Jeansjacke an, und Ruby opferte ihren Pullover, den wir Alicia um die Hüften banden. Wir waren in New York, da scherte sich niemand um die Kleidung des anderen. Wir sprangen in ein Taxi und fuhren mit Alicia ins Hotel.

»Wir säubern dich erst einmal«, flüsterte ich ihr zu, »dann musst du was Kräftiges essen, und anschließend fliegen wir mit dir nach Hause.« Sie sah so verletzlich aus.

»Sie wird unter Entzug leiden«, warnte Ray. »Ihr braucht wahrscheinlich professionelle Hilfe. Wir wissen nicht, was der Bastard ihr gespritzt hat.«

»Ich werde mich um dich kümmern«, flüsterte ich ihr ins Ohr, und sie lehnte sich an meine Schulter und schluchzte still vor sich hin.

Ruby zog ihr Handy aus der Tasche und wählte.

»Hallo. Polizei?« Sie wartete einen Moment. »In einem Lagerhaus an der Ecke der 46. Straße West und der Zwölften Avenue liegt ein Perverser und krault sich die Eier. Es ist das Lagerhaus mit der grünen Tür. Der Mann heißt Ollie …« Sie sah mich fragend an.

»Mangel«, sagte ich.

»Ollie Mangel. Ihr könnt ihn nicht überhören, denn er wird immer noch jaulen.«

Fünfzehntes Kapitel

Es dauerte eine Woche, ehe ich zuließ, dass Tom seine Schwester besuchte. Ich wimmelte ihn mit der Begründung ab, dass Alicia sich noch zu sehr schämte. Die Wahrheit war, dass sie noch viel zu krank und zu schwach war, völlig erstarrt von dem, was ihr widerfahren war. Ihr Körper schied allmählich die Drogen aus, die man ihr injiziert hatte, aber ihr Kopf brauchte länger, um die widerlichen Erinnerungen zu verarbeiten.

Ich hätte nie geglaubt, dass ich der hochnäsigen Alicia mal Unterschlupf auf meinem Sofa in der kleinen Wohnung in Peckham gewähren würde. Aber sie passte sich überraschend gut an. Sie badete jeden Tag, hörte Radio, pflegte ihre Wunden und aß gehorsam die gesunden Mahlzeiten, die ich ihr vorsetzte, obwohl ich glaube, dass sie solche einfachen Gerichte noch nie zuvor gegessen hatte.

Rubys große Schwester Georgia war Krankenschwester, sie schaute einige Male vorbei und begleitete Alicias Genesung mit fachlichen Ratschlägen. Sie ließ mich aber nicht im Zweifel darüber, dass sie mir nie verzeihen würde, Ruby in eine so finstere Welt gezerrt zu haben. Ruby selbst kam auch oft vorbei und begann Diskussionen mit Alicia über deren Leichtsinn, aber oft genug musste ich Ruby bremsen, weil ich spürte, dass Alicia noch nicht fit genug war, sich angemessen zu verteidigen.

Nach ein paar Tagen fand sich Alicia allmählich in der Wirklichkeit wieder. Ich wusste, dass es ihr besser ging, als sie sich sarkastisch über meine kleine Wohnung äußerte.

»Sie passt so gut zu dir, meine Liebe«, sagte sie, während sie unter der Decke auf dem Sofa lag. »Ein wenig – chaotisch.«

Ich lächelte, erleichtert, dass sie Anzeichen ihres alten Charakters zeigte. Ich wollte ihr nicht sagen, dass sie durch ihre New York Eskapade mehr Chaos angerichtet hatte, als ihr offenbar bewusst war.

»Ja, chaotisch«, murmelte sie. Vielleicht gefiel ihr das Wort so gut, weil es auch ihren eigenen Gemütszustand beschrieb.

»Mir gefällt es so«, sagte ich und sah auf die überfrachteten Regale, die sich unter Büchern, Papieren, Atlanten und Erinnerungsstücken bogen.

»Die malvenfarbenen Wände sind entzückend«, sagte sie fröhlich. »Das ist dein kleines Reich, das dich vor der Außenwelt beschützt, nicht wahr?« Sie schaute aus dem Fenster und sah meine kleine Ecke von London – Reihenhäuser in Terrassen, dahinter die Sozialwohnungen, davor die Straße mit den Geschäften. Was für ein Unterschied zu Hathaway Hall.

»Du kannst es wohl nicht erwarten, wieder zu Hause zu sein, was?«, fragte ich und reichte ihr einen Becher Tee. Sie hielt ihn mit beiden Händen, als wäre er ein unbekannter Gegenstand. Das war er wahrscheinlich auch, denn bei ihr gab es nur Tassen aus feinstem Porzellan.

Ihr glanzloser Blick wurde einen Moment lang feurig, als sie den Kopf schüttelte und rief: »Himmel, nein! Ich will nicht dahin zurück. Das muss ich doch nicht, oder?« Sie sah mich mit entsetztem Blick an.

Ich ließ mich neben ihr auf dem Sofa nieder und nahm ihre Hand in meine. »Natürlich musst du das nicht.«

»Ich liebe das Leben, den menschlichen Kontakt«, sagte sie. »In Hathaway Hall habe ich mich nie wirklich lebendig gefühlt. Ich war immer so einsam. Deshalb bin ich …«

Sie brach ab. »Die Geschichte mit Mr Wootton, mit Harry und Kieran ... die ganzen Männer ...« Sie sah mir in die Augen. »Deshalb konnte ich es nicht ertragen, meinen Bruder mit einer anderen Frau teilen zu müssen. Ich hatte große Angst, ihn zu verlieren und plötzlich ganz allein zu sein.«

Ich nickte und nahm das als eine Art Entschuldigung zur Kenntnis. Sie sollte nicht wieder in Depressionen verfallen, deshalb schaltete ich den Fernseher ein. In Hathaway Hall gab es keinen Fernsehapparat, er schien unvereinbar und anachronistisch in einem so alten Gemäuer zu sein, aber seit sie bei mir war, hatte sie eine Faszination für das Medium entwickelt.

Ihr Gesicht leuchtete auf wie das eines Kindes. »Oh, das ist eine wunderbare Seifenoper«, rief sie nach den ersten Bildern. »Das ist die Serie, in der sie alle so verdrießliche Gesichter haben.«

Ich beobachtete sie, während sie tief in die Geschichte eintauchte und ich über die Naivität lächeln musste, mit der sie anderen Lebensformen als ihren eigenen begegnete. Es sah so aus, als wäre sie eine Weile beschäftigt, deshalb ging ich leise hinaus, um das Essen in der Küche vorzubereiten. Ich war gerade in der Tür, als sie nach mir rief.

»Jo?«

Ich blieb stehen. Sie wandte das Bild nicht von der Glotze. »Wann, glaubst du, wird Jerome mich besuchen?« Ihr Gesicht war ausdruckslos, aber die Frage hing schwer in der Luft.

Ich wusste nicht, was ich antworten sollte. Ich kannte Jerome ziemlich gut, und dies war genau die Situation, die er hasste wie die Pest: eine Ex, gemütsmäßig traumatisiert, in der Wohnung einer anderen Ex.

»Ich bin nicht sicher«, sagte ich ausweichend. »Er hat im Moment viel zu tun.«

Alicia nickte langsam, aber sie blickte nach unten und konnte ihre Enttäuschung kaum verbergen. Ich ging ins Schlafzimmer und rief in der Redaktion an. Ich wollte nicht, dass er sich wieder herauswand. Sven war am Apparat. Stotternd ließ er mich wissen, dass der Boss einen auswärtigen Termin wahrnahm.

»Ach, hör doch damit auf«, sagte ich wütend. »Wir wissen doch alle, dass Jerome nie irgendwelche Termine hat. Komm schon, verbinde mich mit ihm.«

»Das geht nicht«, stammelte er. »Tut mir Leid, Jo. Er hat ausdrücklich gesagt, dass ich dich nicht durchstellen darf. Er hat gesagt, er hätte alle Hände voll zu tun, um den Besuch des Vertreters der Muttergesellschaft vorzubereiten.«

»Was?«

»Ja, wirklich. Tut mir Leid, Jo.«

Mein Ärger entzündete sich an Jeromes Feigheit. »Ich kann es nicht glauben«, rief ich und hob zu einer zornigen Tirade an. Ich weihte Sven in alle Einzelheiten ein, wie schäbig sich Jerome gegenüber Alicia verhalten hatte, obwohl sie in dieser extremen Gefahr gesteckt hatte. Es war mir egal, wie viele Leute im Büro mithörten. Jerome verdiente keinen Respekt mehr. Als ich endlich fertig war, folgte ein langes Schweigen.

»Bist du fertig?«

Ich hörte so etwas wie Belustigung in Svens Stimme.

»Ja, schon.«

»Also gut. In vierzig Minuten bin ich da. Weißt du, nicht alle Männer sind wie Jerome. Ich habe gelernt, dass man eine Dame in schwierigen Zeiten nicht sich selbst überlässt.«

Danach gehörte der große Skandinavier zu den regelmäßigen Besuchern. Er brachte Kräutertees und Entspannungsöle für Alicia mit. Sven war sehr geduldig, und

Alicia unterhielt sich gern mit ihm. Ich hörte, wie sie ihm anvertraute, warum sie sich einem Mann wie Ollie ausgeliefert hatte. Daphnes Tagebuch, so gestand sie ihm, war zu einer Obsession geworden. Wie Daphne war auch Alicia mit Naivität geschlagen, was das Leben draußen in der Welt anging.

Ollie hatte ihr geschmeichelt, hatte sie in Rays sanfteren Filmen bewundert und ihr eine große Karriere in New York versprochen, riesige Partys und unvorstellbare Lust. Sie hatte sich zunächst gesträubt, erzählte sie Sven, aber ihre Streitigkeiten mit Jerome und dann auch mit Tom hätten den Ausschlag gegeben.

Als sie das sagte, warf sie mir einen anklagenden Blick zu. Ich ging in die Küche und bereitete einen Wurzeltee zu, den Sven mitgebracht hatte. Den Rest ihrer Geschichte kannte ich sowieso, er war so vorhersehbar: Die Drogen, die Manipulation, die Ausbeutung. Als ich zurück ins Wohnzimmer ging, hielt Sven sie in den Armen, und ich kam mir ziemlich überflüssig vor. Ich sank auf einen Küchenstuhl und trank den Tee allein. Er schmeckte entsetzlich.

Schließlich hatte Alicia genug neue Kraft gesammelt, dass ihr Bruder sie sehen konnte. Ich lud ihn ein, besorgt um seine Reaktion auf Alicias Situation und begeistert von der Aussicht, ihn bald wieder zu sehen. Unsere Trennung hatte mir bewusst werden lassen, wie sehr ich ihn in mein Herz geschlossen hatte.

Und dann stand er in meiner Wohnung. Ich hatte Mühe, meine Hände bei mir zu halten, aber ich traute mich nicht, ihm um den Hals zu fallen. Ich meine, er war aus ernstem Anlass bei mir, deshalb wollte ich meine Gefühle nicht sofort zeigen. Also gab ich ihm nur einen flüchtigen Kuss und führte ihn zu Alicia, die auf dem Sofa lag und mit Sven plauderte.

Falls Tom über den Zustand seiner Schwester schockiert war, verstand er es gut, das zu verbergen. Er begrüßte sie herzlich, entschuldigte sich für den Streit und sagte, sie sollte nie wieder so töricht reagieren.

Seine Überraschung über meine kleine Wohnung konnte er nicht so gut verbergen – er musste sogar lachen, als er das winzige Bad sah.

»Ich nenne es mein *bijou*«, sagte ich und gab ihm einen Klaps auf den Arm. Er wanderte weiter in mein Schlafzimmer, wo meine Kleider, Bücher und Manuskripte in einem geordneten Chaos herumlagen. Es blieb kaum Platz, um einen Fuß auf den Boden zu setzen.

»Zum Glück bin ich Meister im Aufräumen. Es scheint, ich bin gerade noch rechtzeitig gekommen, um dich vor einem Leben in absoluter Verwahrlosung zu retten«, neckte er. Es war nicht die Reaktion, die ich bei seinem ersten Schritt in mein Schlafzimmer erwartet hatte, aber ich musste lachen.

»Weißt du, wir sind nicht alle mit einem goldenen Löffel im Mund zur Welt gekommen«, sagte ich. »Und außerdem habe ich in meiner Wohnung alles, was ich brauche. Und ich weiß genau, wo was liegt. Du kannst mich ja mal auf die Probe stellen.«

Er sah mich mit seinen wunderbaren grünen Augen an und kam auf mich zu, während ich rückwärts ging, bis ich gegen die Wand stieß. Im Wohnzimmer hörte ich Alicia und Sven fröhlich lachen.

»Solltest du dich nicht um deine Schwester kümmern?«, fragte ich, als er sich über mich beugte. Ich sonnte mich in der Hitze seines Körpers.

»Ach, ihr geht es gut. Sie hat einen Bewunderer, dann braucht sie mich nicht so dringend«, sagte er. »Du bist es, die ich vermisst habe.«

Ich schmolz dahin.

»Ich freue mich, dass du ihr Schicksal so leicht hinnimmst«, sagte ich. Er legte eine Hand auf meine Wange. »Ich war es, die ihr Leben riskiert hat, um sie zu retten.«

»Meine Heldin«, murmelte er, und dann küsste er mich. Seine zärtlichen Finger kraulten die Haare in meinem Nacken, während seine warmen Lippen sich auf meine pressten. Die Zeit schien stillzustehen, und ich vergaß zu atmen. Der Kuss wurde immer tiefer, immer intensiver. Ich schlang die Arme um ihn, und mein Körper schmiegte sich an seinen.

Ich hatte vergessen, wie gut er küssen konnte. Ein wenig schuldbewusst musste ich an Ray denken, aber dies hier war ganz anders. Mit Tom war es sanft und liebend und neckend. Ich hörte, wie sich sein Atem beschleunigte, was mir sagte, dass er ebenso erregt war wie ich. Seine kräftige, forschende Zunge drang immer wieder in meinen Mund ein, focht mit meiner, und berauscht hörte ich mich stöhnen.

Wie gern hätte ich mehr von ihm gehabt, jetzt sofort, aber ich musste daran denken, dass Alicia nebenan lag. Ich traute ihr durchaus zu, dass sie in mein Schlafzimmer stürmen würde, wenn sie die entsprechenden Geräusche hörte. Mit einem Seufzer des Bedauerns löste ich mich von Tom.

»Komm«, flüsterte ich, »du musst zu deiner Schwester.«

Er protestierte und rückte seine Erektion zurecht. Ich starrte sehnsüchtig auf die dicke Beule in seiner Hose. Eine viel versprechende Größe.

»Himmel, Tom, ich kann es kaum erwarten, bis wir es endlich richtig tun«, sagte ich leise und widerstand der Versuchung, mit der Hand über die Beule zu streicheln, die sich gerade in der abnehmenden Phase befand.

»So geht es mir auch.« Er lächelte. »Ich habe in den letzten Wochen an kaum etwas anderes gedacht. Selbst als ich das Musikstück aufgenommen habe.« Er küsste mich wieder. »Auch dafür danke ich dir. Es gibt eine Menge, wofür ich mich bedanken muss.«

»Nun«, antwortete ich grinsend, »dir wird schon was einfallen, wie du deine Dankbarkeit am besten zeigen kannst.«

»Meinst du?« Er streckte den Schoß vor, und ich sah, dass die Erektion wieder größer wurde. Er drückte mich an sich, und ich spürte die Energie, die von ihm ausging. »Wie denn, zum Beispiel?«

»Du wirst es schon noch merken«, gab ich zurück. Seine Hand wanderte über meinen Po. Mir fiel ein, dass ich keinen Slip trug. Ich spürte, wie Tom wieder steif wurde.

»Jo, du bist ein Luder«, stöhnte er. Er fing meinen Rock mit einer Hand ein, und dann fuhren die Finger über meinen nackten Hintern. »Oh, Himmel«, ächzte er, drückte mich fester an sich und glitt mit den Fingerspitzen in die Kerbe.

Mein Widerstand schmolz, und ich wünschte, wir hätten die Tür geschlossen. Ich konnte Svens Stimme im Wohnzimmer hören.

»Tom«, murmelte ich, als seine Fingerspitzen in mich eindrangen. »Ah, das tut gut.«

Er ließ mich los, ging zur Tür und drückte sie ins Schloss. »Aufs Bett, du kleines Luder«, sagte er.

Ich gehorchte, und er kam zu mir und hob meinen Rock. Seine Hand glitt über meine kurz getrimmten Haare. Ich zuckte unter seiner sanften Berührung und unter seinen heißen Blicken. Er beugte sich über mich und hauchte leichte Küsse auf meinen Venusberg. Meine Beine weiteten sich fast wie von selbst, um seinen Lippen Platz zu schaffen.

»Mhm«, keuchte ich unter seinen Küssen. Er erforschte

mich mit seiner Zunge. »Ah, das ist wunderbar.« Er schob die Hände unter meine zitternden Backen und leckte an meinen nassen Labien entlang.

Toms Zunge wurde immer hungriger. Dann richtete er sich plötzlich auf und öffnete den Reißverschluss seiner Hose. Ich langte mit einer Hand nach ihm und fischte den Schaft aus der Öffnung. Er fühlte sich glatt und groß an und wand sich in meiner Hand, als Tom die Hüften langsam rotieren ließ.

Ich fuhr mit der Hand auf und ab, schloss die Finger um den Schaft und drückte sanft. Der Umfang war enorm, und ich wusste, dass er sich wunderbar in mir anfühlen würde.

Tom seufzte, als ich ihn liebevoll rieb. »Mach weiter«, flüsterte er.

»Ich will dich spüren«, flüsterte ich zurück. »Ich habe schon so lange darauf gewartet.«

Er lag auf mir, quetschte meine Brüste mit seinem Gewicht und nagte an meinem Ohrläppchen. Er stöhnte und küsste mich wieder auf den Mund. Ich hielt es kaum noch aus. Unsere Körper rieben sich, und in unseren Mündern wurde eine Schlacht gefochten. Es erregte mich zusätzlich, dass wir beide fast vollständig bekleidet waren, er mehr als ich.

Ich spürte, wie seine Eichel zwischen meinen Labien rieb. Ganz allmählich drang er tiefer in mich ein, Stück für Stück, und jeden weiteren Zentimeter begleitete er mit einem gepressten Stöhnen. Als er ganz in mir steckte, atmete er laut aus, dann bewegte er sich langsam zurück und begann zu pumpen.

Meine Hände legten sich auf seine muskulösen Backen. Es war wunderbar, das Spiel der Muskeln beim Eindringen und Zurückziehen zu spüren. Er stützte sich auf die Ellenbogen auf, um mich nicht mit seinem Gewicht zu belasten. Wir sahen uns tief in die Augen. Seine grünen Augen waren dunkel vor Verlangen, und die Venen an Hals und Schläfen standen dick hervor. Seine Hände hielten mein Gesicht, eine Geste der Zärtlichkeit, aber auch eine Möglichkeit der Kontrolle.

Er stieß härter zu, dann ließ er sich auf mich fallen, sein Gesicht neben meinem auf dem Kissen. Ich beschrieb mit den Fingern kleine sinnliche Kreise auf seinen Backen. Das gefiel ihm, denn sein Stöhnen wurde lauter.

Seine Stöße kamen nicht mehr so beherrscht wie zu Anfang, er wurde schneller, wilder, ungezügelter. Seine Hüften mahlten gegen meine, und meine Klitoris war für die sanften Reibungen dankbar.

Ich wandte ihm mein Gesicht zu und küsste ihn. Es war wunderbar, ihn in mir zu spüren, so schön, wie ich es mir ausgemalt hatte. Er schob seine Hände wieder unter meinen Po und presste mich härter gegen sich, während er kräftig zustieß. Ich drückte seine Backen, als wollte ich ihn noch tiefer spüren, dabei wusste ich, dass das gar nicht möglich war.

Wie heißes Quecksilber schoss die Lust durch meine Adern. Sein Schwanz fühlte sich so unendlich gut in mir an. Meine Pussy bebte, und dann spürte ich die Zuckungen, die den Orgasmus ankündigten. Alle Muskeln zogen sich zusammen, und vor Wonne schrie ich auf.

Tom hielt mich fest umschlungen, übte Druck an all den richtigen Stellen aus. Meine Schreie wurden lauter. Ich wusste, dass Alicia und Sven mich hören würden, aber das war mir jetzt egal. Ich verlor die Kontrolle über mich, als ich vom Orgasmus durchgeschüttelt wurde.

»Oh, Jo, du bist ja so sexy«, raunte Tom, als die letzten Zuckungen mich durchliefen.

»Dito«, antwortete ich keuchend, als sich der Zustand purer Euphorie allmählich legte. Er bewegte sich weiter in mir, jetzt wieder langsamer. Unsere Blicke ließen einander nicht los, und ich schwelgte in der Wärme seiner Augen und prägte mir jede Einzelheit der grünen Pupillen mit den tanzenden goldenen Punkten ein, ich nahm fast jedes Härchen der langen Wimpern einzeln wahr. Mit einem Finger fuhr ich über eine kleine Narbe auf seiner Stirn.

»Windpocken mit vier«, erklärte er. »Keine Sorge, heute sind sie nicht mehr ansteckend.« Ich lachte, und er ruckte unfreiwillig, als sein Penis von meinen Muskeln umklammert wurde.

»Oh, tut mir Leid.«

»Das ist doch kein Grund zur Entschuldigung«, flüsterte er. »Das hat sich gut angefühlt. Ich umklammerte ihn wieder, setzte die inneren Muskeln ein und molk ihn sanft.

Er ächzte leise.

»Gefällt dir das?«

Er nickte und drückte die Augen fest zu. Ich sah ihn schlucken und wusste, dass er kurz davor stand. Noch zweimal mit den Muskeln klammern, dann stieß er wieder wuchtig zu, schnell hintereinander, er küsste mich mit viel Speichel und hämmerte mit den Hüften.

Ich wusste, wie erregt er war, schlang meine Beine um ihn und zog ihn tief in mich hinein. Er stöhnte und rutschte höher, sodass mein Gesicht gegen seinen Brustkorb gedrückt wurde. Er war verschwitzt und herrlich blond behaart. Ich küsste seine Haut und schmeckte seinen männlichen Geruch.

Die Wurzel seines Penis rieb jetzt gegen meine Klitoris. Ich fühlte mich wie ein Vulkan kurz vor dem Ausbruch, und wie geschmolzene Lava floss es aus mir heraus. Ich konnte die Vibrationen seines Stöhnens durch den Rippenkasten spüren und fiel mit kleinen spitzen Schreien in seine Geräusche ein. Mein Mund wurde gegen seine Haut gequetscht.

Seine Erregung törnte mich mehr an als alles andere, das Wissen, dass sein großer Schwanz jede Sekunde in mir explodieren würde und dass ich das bewirkt hatte. Wir wurden beide hilflos vor Lust, unsere Körper verzehrten sich nacheinander, rieben sich gegenseitig glücklich.

Ich hörte, wie er immer wieder meinen Namen murmelte, ich fühlte den Hall durch seinen Körper. Ich war überwältigt vom ersten Erlebnis mit ihm und stieß ihm so hart wie ich konnte meinen Schoß entgegen.

Wellen erfassten mich, meine Schreie wurden lauter und leidenschaftlicher als vorher. Sein Schaft pumpte mit voller Wucht in mich hinein. Ich öffnete mich noch einmal weiter für ihn, und der Druck seines Körpers half mir über die Klippe. Ich hielt die Luft an, meine Bauchmuskeln verkrampften, aber dann lockerten sie sich im bebenden Orgasmus, denn nun brach der Vulkan wirklich aus.

Nach einer Weile hob er seinen Körper ein wenig an und sah in mein Gesicht. »Himmel, du bist ja so sexy«, ächzte er. »Ich könnte dir den ganzen Tag zuschauen, wenn es dir kommt. Oh, Jo!«

Ich kam immer noch, und durch mein Zucken wurde sein ohnehin schon abschussbereiter Schaft derart massiert, dass er losfeuerte. Schuss auf Schuss spürte ich in meinem wunden Innern.

Wir lagen in einem zuckenden, zitternden, verschwitzten Bündel auf dem Bett, unsere Körper hoben und senkten sich und keuchten ihre Erleichterung aus. Er hauchte kleine Küsse auf mein Gesicht und die Haare, dabei drückte er zärtlich meine Hand. Schließlich rollte er von mir und legte sich erschöpft auf den Rücken, aber meine Hand ließ er nicht los.

»Ich glaube nicht, dass sie uns gehört haben«, sagte er voller Ironie.

»Ich kann gar nicht glauben, dass wir es endlich getan haben«, sagte ich glückselig. »Ich habe endlich mit Tom Hathaway Liebe gemacht.«

Er lachte leise. Ich beugte mich über ihn, stützte mich auf einem Ellenbogen ab und legte den Kopf auf meine Hand. »Es war wunderschön«, sagte ich leise und küsste ihn. Meine freie Hand wanderte über seinen Körper, hinunter zum schlaffen, nassen Penis, der noch aus der offenen Hose lugte. Ich streichelte ihn dankbar.

»Weißt du, woran er mich erinnert?«, fragte ich. »An Schokolade.«

Er sah mich fragend an.

»Weißt du, es gibt billige Schokolade, von der du eine ganze Tafel essen kannst und immer noch nicht satt bist. Du spürst nur ein leichtes Brummen im Bauch, oder vielleicht wird dir sogar ein bisschen übel. Aber wenn du richtige Schokolade hast – von Hand hergestellte belgische Schokolade mit siebzig Prozent Kakao und mit den köstlichsten Leckereien gefüllt –, dann kannst du nur zwei Stückchen essen, und danach bist du von einer einmaligen Euphorie erfüllt, und diesen Geschmack wirst du ein Leben lang nicht vergessen.«

»Willst du mir sagen, dass ich wie belgische Schokolade bin? Und Ray und Jerome und die anderen sind wie billige Schleckereien, die man in jedem Büdchen kaufen kann?«, fragte er grinsend.

»Ja.«

Sechzehntes Kapitel

Die Redaktion hatte noch nie so blitzblank ausgesehen; die Teppiche waren gereinigt, die Geräte auf Hochglanz gebracht, alle Manuskripte fein gestapelt. Corinne trug einen Hosenanzug und hatte ihre Nagelfeile versteckt. Durch die frisch geputzten Fenster sah man auf das graugrüne Band der Themse, die in der Augustsonne glänzte. Jeromes Büro war renoviert worden, aber die Goldenen Schallplatten prangten wieder stolz an den Wänden.

Mir fiel auf, dass Jerome besonders nervös war. Er wusste nicht, wohin mit seinen Händen, und ab und zu tupfte er sich den Schweiß von der Oberlippe. Er hatte heute einen Blazer angezogen und Gel in die Haare geschmiert, damit sie nicht immer ein Auge verdeckten. Seit ich Alicia zurückgeholt hatte, waren wir uns aus dem Weg gegangen.

»Wir führen hier ein strenges Regiment«, sagte er gerade. Der Abgesandte aus New York lehnte sich im Sessel zurück und sah sich in Jeromes Zimmer um. Der exklusive Anzug und der Duft feiner Zigarren passten nicht in unsere voll gestopfte Enge.

»Und im Gegensatz zu anderen Musikmagazinen haushalten wir sehr, und wir sind auch stolz darauf, dass wir alle Genres der Musik berücksichtigen.«

»Das Redaktionsprogramm ist mir bekannt«, sagte der Amerikaner kühl. Sein Name war Dirk Rosenberg, und keiner von uns wusste, wie wir ihn ansprechen sollten. Dirk? Mr Rosenberg? Sir? »Und auch die Verkäufe.« Er hob eine Augenbraue und sah Jerome prüfend an. Mein Ex schwitzte noch stärker.

Der Amerikaner zog ein Exemplar einer früheren Ausgabe aus seiner Aktentasche und blätterte die Zeitschrift durch. »Unterschiedliche Qualität«, knurrte er.

»Nun ja …« Jerome geriet ins Stottern.

»*A Tempo* ist am besten, wenn es um menschliche Themen geht. Lebensgeschichten, gut geschriebene Erfahrungsberichte.«

»Ja.« Jerome lächelte.

»Aber das hier!« Dirk Rosenberg zeigte auf einen Artikel, den Jerome über das Musikgewerbe geschrieben hatte (ein nur schwach verhüllter Angriff auf die Industrie als Retourkutsche für die angeblich schlimme Behandlung, die seiner Band Black Heart widerfahren war). »Subjektiv, ungenau, schwach. Und ich fürchte, von dieser Qualität gibt es noch eine ganze Reihe von Beiträgen.«

Jeromes Gesicht war eingefallen, ich hatte beinahe Mitleid mit ihm. Sven und ich tauschten verstohlene Blicke. Der Besuch fing gar nicht gut an. Nur Corinne gelang es, ihr Lächeln auf ihrem Gesicht einzufrieren.

»Was will *A Tempo* dagegen tun?«

Schweigen war die einzige Antwort. Rosenberg sah sich im Büro um wie ein Lehrer vor der Klasse, der erwartet, dass sich viele Finger heben. Sven hüstelte.

»Nun kommen Sie schon!«, bellte der New Yorker.

Ich begriff, dass mein Job auf der Kippe stand, wenn nicht jemand einen Ausweg aufzeigte.

»Nun, Mr Rosenberg … eh, Dirk«, begann ich. Er richtete den Blick seiner braunen Augen langsam auf mich, dann musterte er mich von oben bis unten. Ich hatte mich auch hübsch gemacht und trug meinen lila Hosenanzug. Die Haare hatte ich in einem Dutt zusammengefasst. Aber ich spürte noch so etwas wie Ablehnung in seinem Blick.

»Ja?« Er blickte auf seinen Spickzettel. »Josephina Bell, nicht wahr?« Ich nickte. »Ihre brasilianische Reportage hat mir gut gefallen. Solche Artikel habe ich gemeint, als ich die menschlichen Themen ansprach. Wenn Sie über Musik schreiben, kann ich sie beinahe hören.«

Ich errötete, freute mich über das Kompliment und fühlte mich ermutigt. »Danke. Ich glaube, solche Themen können wir bei *A Tempo* am besten.«

Er zeigte ein zynisches Grinsen. Der Mann roch nach Geld, und mir war bewusst, dass er seit einem Jahr mein Gehalt zahlte, seit unsere Verkaufszahlen in den Keller gerutscht waren. Jetzt saßen wir da wie zurecht gestauchtes Dienstpersonal.

»Fahren Sie fort.«

»Nun, ich möchte nur noch sagen, dass wir für die nächste Ausgabe eine großartige Idee haben«, platzte ich heraus. Jerome starrte mich wütend an. Ich sah eine Warnung in seinen braunen Augen. In diesem Moment begriff ich, dass er mir nicht traute. Ich hatte bisher noch keine Chance gehabt, ihm von der CD zu erzählen – auch nicht, dass ich auf dem Auftragszettel seine Unterschrift mit Corinnes Hilfe gefälscht hatte. Jetzt war mir alles egal – ich hatte sowieso das Gefühl, auf mich allein gestellt zu sein. »Also, ich muss gestehen, es war meine Idee, und ich habe sie hinter Jeromes Rücken auf den Weg gebracht, weil er mit anderen Dingen beschäftigt war.«

»Initiative oder untergrabene Autorität?«, fragte Dirk Rosenberg. Er hatte eine tiefe Stimme, gereift durch Zigarren und gutes Essen und Trinken. Er sah Jerome an. »Erfreut es Sie, dass Ihre Leute hier das Kommando übernehmen?«

Jerome rutschte auf seinem Sessel herum und sah mich mit zusammengekniffenen Augen an. »Überhaupt nicht, Sir. Später wird Miss Bell noch was erleben!«

Es hatte eine Zeit gegeben, da hätte eine solche Drohung mich mit kribbelnder Vorfreude auf ein erotisches Abenteuer erfüllt, aber sein hasserfüllter Blick sagte mir, dass er mich so schnell wie möglich loswerden wollte. Das war kein guter Beginn für die Vorstellung meines Projekts.

Mein ursprünglicher Gedanke war gewesen, Jerome ganz langsam auf meine Idee mit der kostenlos beizulegenden CD einzustimmen, ich wollte es sanft und mit viel Überzeugungskraft vortragen, und zum Schluss sollte er glauben, es wäre seine eigene Idee gewesen. Aber das musste ich jetzt über den Haufen werfen. Ich musste die ehrliche Variante vorbringen.

»Bevor Sie ein harsches Urteil über mich fällen«, sagte ich zu beiden Männern, »wollen Sie vielleicht einen Blick auf meinen Artikel werfen. Ich meine, einen Pudding kann man erst schätzen, wenn man ihn gekostet hat, nicht wahr?«

»Ja, stimmt«, sagte der New Yorker und streckte eine Hand aus. »Zeigen Sie mal.«

Mit fiebrigen Griffen suchte ich in meiner Tasche nach dem Manuskript, dann reichte ich ihm den Text und die CD. Wir sahen den Boss alle gespannt an, während er Seite für Seite meines Textes überflog. Schließlich hielt er die CD hoch und sah mich fragend an.

»Das ist die CD, die wir der Zeitschrift beilegen wollen«, erklärte ich und wich Jeromes sengenden Blicken aus. »Ich bin überzeugt, wir können eine breitere Leserschicht gewinnen, wenn wir ein wenig investieren, um durch die CD eine hohe Aufmerksamkeit zu erregen. Ich habe das mit meiner … eh, ich habe mich mit Marketing- und PR-Leuten beraten.«

Ich hörte Jerome verächtlich schnaufen. Er ahnte offenbar, dass Ruby meine Beraterin gewesen war.

»Und diese Leute sind der Überzeugung, dass dies eine große Chance für uns ist«, setzte ich nach. »Man muss ein wenig investieren, um eine Menge einzufahren.«

»Wie hoch sind die zusätzlichen Kosten?«, fragte der Amerikaner kühl.

Meine Nackenhaare richteten sich auf. Ich hatte weder die Zeit noch die Absicht, eine Bilanz von Kosten und vermehrten Einnahmen gegenüber zu stellen. Das war ohnehin nicht mein Ding. Ich wollte gerade etwas herumstottern, als Corinne einen Ordner auf den Tisch legte.

»Das steht alles hier«, zwitscherte Corinne munter. »Kosten auf der einen, zusätzliche Einnahmen durch mögliche Mehrverkäufe auf der anderen.«

Ich lächelte ihr dankbar zu. Ich hatte nie gewusst, dass sie tagsüber überhaupt an irgendwas arbeitete – Himmel, ich wusste nicht einmal, was ihr Arbeitsgebiet war. Gerade deshalb war ich so beeindruckt von ihr.

Es wurde still im Zimmer, und schließlich beugte sich Mr Rosenberg vor und schüttelte den Kopf. »Tatsache ist, was Sie getan haben, war falsch«, sagte er zu mir. »Wir können nicht zulassen, dass Einzelgänger auf eigene Faust unser Geld verschwenden, nur weil sie sich irgendeinen Traum erfüllen wollen.«

Ich biss mir auf die Unterlippe und wartete darauf, meine Papiere zu bekommen.

Jerome erhob sich und baute sich vor mir auf. »Ich hätte es nicht besser ausdrücken können«, tobte er. »Ich kann es nicht glauben, Jo. Deine Arroganz, deinen Ungehorsam!«

Für mich war klar, dass sein Ausbruch dazu dienen sollte, vor Mr Rosenberg seine Autorität wiederherzustellen. Der Amerikaner wirkte eher leicht amüsiert.

»Wie kannst du es wagen, so etwas hinter meinem Rücken zu treiben?« Er starrte mich wütend an, und ich fragte mich, ob er tatsächlich eine Antwort erwartete. Er wirbelte herum und stand vor unserem Gast. »Ich entschuldige mich, Sir. Natürlich hätte ich eine so haarsträubende Idee nie genehmigt. Sie ist absolut lächerlich. Es tut mir Leid sagen zu müssen, dass Miss Bell eine sexuelle Beziehung zum jungen Komponisten unterhält und offenbar die Zeitschrift benutzen will, um die Beziehung zu festigen.«

Ich fühlte das Blut in meine Wangen schießen. Ich war verlegen, wütend und empört und bereit, Jeromes eigene Liebschaften herauszuposaunen, als Mr Rosenberg durch eine erhobene Hand eingriff.

»Fangen wir nicht an, uns gegenseitig mit Schmutz zu bewerfen«, sagte er. »Ich schlage vor, Sie alle verlassen jetzt das Büro, und ich nehme mir noch etwas Zeit, über das nachzudenken, was ich gesehen und gehört habe. Kommen Sie in einer Stunde wieder, dann teile ich Ihnen meine Entscheidung mit.«

Wir alle gingen mit hängenden Köpfen zur Tür.

»Ich brauche ein CD-Abspielgerät«, sagte er noch, »damit ich die Musik hören kann.«

Jerome sah so verdutzt drein wie ich. Nach Rosenbergs scharfer Kritik hatte ich nicht damit gerechnet, dass er meiner Idee eine Chance gab und vielleicht bereit sein könnte, einer ganzen Auflage eine CD kostenlos beizulegen.

»Wie haben Sie gesagt? Um den Pudding zu schätzen, muss man ihn kosten, stimmt's, Miss Bell?«

Wir saßen schweigend da und schauten auf die Touristenboote auf der Themse. Jerome schien tief in Gedanken zu stecken. Sein Eis rann aus dem Hörnchen über seine Finger. Der Wind zauste in seinen Haaren, aber noch hielt das Gel. In diesem hellen Licht sah man ihm sein Alter an.

Die Jahre mit Sex, Drogen und Rock 'n' Roll forderten ihren Tribut, und die letzte Stunde in seinem Büro, Dirk Rosenberg im Nacken, hatte kleine Falten in seine blasse Haut gegraben. Wirklich, beinahe empfand ich Mitleid mit ihm. Ein Schwarm von Möwen flog kreischend über uns hinweg und riss ihn aus seinen Gedanken.

»Wo sind die anderen?«, fragte er erschöpft.

»Sie holen Pizza.«

»Ja, richtig.«

Ich lehnte mich auf der Bank zurück und versuchte, die Nachmittagssonne zu genießen. Jerome gluckste leise vor sich hin.

»Was ist denn?«

»Ach, nichts«, sagte er seufzend. »Ich musste nur daran denken, wie armselig wir uns dem Amerikaner gegenüber verhalten haben, findest du nicht auch?«

Ich lachte. »Nun ja, es geht ja auch nur um unsere Jobs.« Ich hörte auf zu lachen und schaute fasziniert zu, wie sich die Tower Bridge plötzlich hob. Die beiden Hälften klafften auseinander und hoben sich langsam. Vom Meer aus kam ein Riesenschiff, das sonst nicht die Themse hätte hoch fahren können.

»Jo, ich habe mich blöde benommen«, sagte Jerome traurig.

Ich dachte krampfhaft nach, was es Positives dagegen zu setzen gab. Mir fiel nichts ein.

»Ja, wirklich. Richtig blöde.«

»Ich widerspreche dir nicht, Jerome.«

»Mein Flirten mit Alicia, das hat mir nichts bedeutet, es hat nur meinem Ego gut getan.«

»Ich weiß.«

»Es hat nichts bedeutet.«

»Das ist nicht zu übersehen.«

Er leckte an seinem Eis, wieder tief in Gedanken. »Es war nichts anderes als in den Achtzigern mit den Groupies. Ich habe alle genommen, die sich angeboten haben.«

Ich nickte. Ich hatte das alles schon gehört.

»All die jungen Mädchen, die mir ihre Unschuld geben wollten. Einige von ihnen waren wirklich prächtige Mädchen. Und so war es auch mit Alicia. Ich meine, sie ist eine schöne Frau, und als sie sich mir an den Hals geworfen hat, fühlte ich mich geschmeichelt. Aber es war bedeutungslos und hohl.«

»Aber dass du zurück zu deiner Frau gegangen bist, das hat dir was bedeutet.«

Er lächelte reuig. »Wir haben eine lange Vergangenheit«, sagte er in einem schwachen Erklärungsversuch.

Ich musste seinen sicheren Griff zu einem abgelutschten Klischee bewundern.

»Sie kennt mich so gut. Sie erwartet nicht zu viel von mir.« Er sah zerknautscht und niedergeschlagen aus. »Deshalb kann ich sie auch gar nicht enttäuschen. Bei dir habe ich immer geglaubt, dass du mehr von mir verlangst, als ich in der Lage war zu geben.«

Ich nickte. Er saß zwar neben mir, aber plötzlich drängte sich mir das Bild von Tom auf, und mir wurde erst jetzt so richtig bewusst, wie glücklich ich war, ihn gefunden zu haben.

»Ich habe ein Angebot«, sagte Jerome. »Es geht um eine Wiederbelebung der Achtziger, eine Art Revival. Sind gute Leute dabei. Sie haben Black Heart eingeladen, mit auf Tournee zu gehen.«

Ich bemühte mich, glücklich für ihn zu sein. »Großartig«, sagte ich. »Wo tretet ihr auf?«

»Oh, nichts Umwerfendes, nicht zu vergleichen mit den alten Tagen«, brachte er stotternd hervor. »Stevenage, Dartford, Peterborough.« Er biss in die Eiswaffel und stieß einen Seufzer aus. »Die alte Mannschaft ist natürlich nicht mehr da. Ron hat eine eigene Buchhaltungsfirma, und Jimmy war nach all den Drogen, die er eingeworfen hat, nie wieder so gut wie früher.« Er wandte sich mir zu. »Ich kann dich wohl nicht dazu überreden, mit mir zu kommen? Einfach noch mal von vorn anfangen?«

Ich musste ein Lachen unterdrücken. Er hatte sich schlecht verkauft.

»Du bist wirklich ein phantastisches Mädchen, Jo. Wir hatten auch gute Zeiten, nicht wahr? Wir könnten noch einmal von vorn beginnen.«

»Ich glaube nicht, Jerome.«

Er seufzte enttäuscht. »Ich schätze, dann gehe ich wohl zu meiner Frau zurück.«

»Man kann nie wissen«, sagte ich lächelnd. »Vielleicht werden wir ja gar nicht rausgeschmissen. Ich habe das Gefühl, unser Freund Dirk hat eine Schwäche für unser kleines Magazin.«

Er schüttelte den Kopf. »Ich glaube, meine Zeit ist abgelaufen.«

Ich drückte seine Hand und zog ihn auf die Füße. Es war Zeit, zurück in die Redaktion zu gehen. Hand in Hand gingen wir am Ufer entlang, um uns dem Urteil zu stellen.

Mr Rosenbergs Gesicht sah verändert aus, als wir ins Büro zurückkehrten. Er stand am Fenster, rauchte eine Zigarre und hatte ein zufriedenes Leuchten in den Augen. Mit einem Wink seiner feisten Hand wies er uns die Plätze zu. Als wir alle saßen, sog er erst einmal an seiner Zigarre.

»Wissen Sie, Mrs Rosenberg gefällt es nicht, wenn ich eine Zigarre anzünde«, sagte er mit ernster Stimme. »Sie hasst Zigarrenrauch. Sie droht sogar, mich zu verlassen und mich zu verklagen.«

Ich tauschte einen Blick mit Sven. War das Abschweifen ein gutes Omen?

»Also, Leute, das ist der Grund, warum ich zu Hause so gut wie gar nicht rauche. Eine Scheidung könnte ich mir finanziell gar nicht erlauben.« Zum ersten Mal grinste er. »Aber nach einem guten Essen und nach gutem Sex gestatte ich mir eine feine Havanna.«

Wir schauten ziemlich dumpf drein.

»Heute erlaube ich mir eine Ausnahme, Leute. Weil ich glaube, zu einer guten Entscheidung gelangt zu sein.« Er schritt auf mich zu und blieb dicht vor mir stehen. »Miss Josephina Bell, Ladys und Gentlemen.« Ich unterdrückte ein Kichern. »Diese Lady hat ihren besten Artikel abgeliefert. Und dann hat sie ganz allein« – er sah mit tadelndem Blick zu Jerome, der verlegen hüstelte – »eine Idee eingebracht und umgesetzt, wie wir die Auflage steigern und *A Tempo* retten können. Die Idee ist großartig. Die CD, die wir beilegen, wird es nur bei uns geben. Es kann sein, dass solche Sonderausgaben von CDs zum Kult werden. Das ist die Frau, die euren Arbeitsplatz gerettet hat.«

Ich hörte rundum ein erleichtertes Seufzen. Und zum ersten Mal an diesem Tag sah ich Jerome lächeln, aber das hielt nicht lange an.

»Nur Ihren nicht«, sagte Rosenberg zu ihm. »Für Sie gibt es keine Rettung mehr.«

»Was?«, rief Corinne. Offenbar hatte sie geglaubt, dass Jerome unkündbar war.

»So ist es in unserem Geschäft, Leute«, sagte Mr Rosenberg. Jeromes aschfahles Gesicht war gezeichnet von Resignation. Mr Rosenberg reichte ihm eine Zigarre. »Sie erhalten natürlich eine Abfindung. Aber wir brauchen mehr Initiative. Miss Bell?«

Er reichte auch mir eine Zigarre, die ich verwundert betrachtete. Vielleicht würde ich später mit ihr spielen können – à la White House. Tom war bestimmt dafür zu haben.

»Was sagen Sie dazu, die Redaktion zu führen? Sie

haben den Grips und die Ideen und wichtiger noch, Sie trauen sich was. Wir brauchen mehr Leute wie Sie.«

Ich starrte ihn stumm an. Er interpretierte meine Reaktion falsch. »Natürlich bedeutet Ihre neue Position mehr Geld und mehr Urlaub. Es zahlt sich aus für Sie.«

Alle Augen waren auf mich gerichtet. Schließlich kam Jerome auf mich zu und umarmte mich. Er flüsterte Glückwünsche in mein Ohr. Der Schock legte sich bald.

»Wann fange ich an?«, rief ich übermütig.

»Sofort, wenn Sie wollen«, antwortete Mr Rosenberg lächelnd. »Aber vielleicht wollen Sie erst ein paar Tage feiern?«

Ich nickte eifrig.

»Und Ihren PR-Beratern möchte ich gern eine Kiste Champagner schicken«, fuhr Mr Rosenberg fort. »Wir sind ihnen was schuldig.«

Ich lachte und stellte mir Rubys überraschtes Gesicht vor, wenn sie die Lieferung erhielt.

Siebzehntes Kapitel

Tom und ich saßen im Schneidersitz auf dem Boden des Esszimmers von Hathaway Hall.

»Gratulation der neuen Chefredakteurin von *A Tempo*«, sagte er und stieß sein Glas gegen meins.

»Gratulation dem neuen – wie heißt es noch?« Ich blätterte durch das Chaos auf dem Boden. »Oh, ja, hier steht's. ›Das neue Gesicht von Großbritanniens Jazzmusik. Und was für ein gut aussehendes Gesicht.‹«

Wir prosteten uns zu und nippten am Orangensaft. Ich seufzte glücklich. Das Haus wirkte jetzt völlig anders; die starre Ordnung hatte unter meinem Talent gelitten, überall ein Chaos anzurichten. Es sah nun so aus, als wäre es wieder bewohnt. Nur an die Stille mussten wir uns erst gewöhnen. Ohne Alicia war Hathaway Hall ein Quell der Ruhe.

»Es waren ein paar verrückte Wochen«, sagte Tom seufzend. Er sah müde aus, und das lag nicht nur an meinen häufigen Forderungen nach Sex. Niemand von uns hatte die verblüffende Reaktion auf die beigelegte CD vorausgesehen, erst recht nicht die vielen Nachfragen. Tom hatte sich einen Manager genommen – wieder einer von Rubys Kontakten –, und nun bereiteten sie ein Album vor. Künstler des klassischen Genres und des Jazz standen Schlange, um mit ihm zusammen zu arbeiten.

»Das ist erst der Anfang«, sagte ich, und es sollte Versprechen und Warnung zugleich sein. »Außerdem wird es höchste Zeit, dass ihr Hathaways arbeitet, um euren Lebensunterhalt zu verdienen.«

»Nun, wenn Alicia das kann, dann kann ich das auch.«

Ich musste grinsen. »Nun, wenn man sein eigenes Designlabel mit dem Geld der Familie durchsetzen will, nenne ich das noch nicht Arbeit«, kommentierte ich. Obwohl sich die Beziehung zu seiner Schwester in den zurückliegenden Wochen stark verbessert hatte, glaubte ich immer noch, dass sie in einem Wolkenkuckucksheim lebte. Dabei hatte sie doch in New York gelernt, wie hart die Realität des Lebens sein konnte.

Sie hatte ihren Entschluss umgesetzt, in London zu leben, und dann war ihr die Idee gekommen, es mit Arbeit zu versuchen. Alicia hatte ihre affektierte Sprache abgelegt und mit ihr auch die Rolle der alles überstrahlenden Gastgeberin und die kleinen hässlichen Machtspielchen. Je länger sie fern vom Haus der Vorväter lebte, desto mehr entdeckte sie ihren eigenen Stil, ihre eigene Persönlichkeit. Und Svens abgöttische Hingabe schadete auch nicht, dachte ich schmunzelnd. Der Mann war verrückt nach ihr.

»Sie hat Talent.« Tom verteidigte sie instinktiv, was ich eher süß fand. Es war gut, einen solchen Mann an deiner Seite zu wissen.

»Ich weiß, ich weiß.« Ich sah ihm zu, wie er den Saft trank. Er lehnte sich zurück gegen einen Sessel, und dabei wurde sein Gesicht in das morgendliche Sonnenlicht getaucht. Wirklich, er sah kriminell gut aus, dachte ich und überlegte, ob es noch zu früh am Tag war, um über ihn herzufallen. Er wandte den Kopf und bemerkte, dass ich ihn betrachtet hatte.

»Was denkst du?«, fragte er leise. Er beugte sich zu mir und sagte absichtlich neckend: »Bist du gar nicht neugierig auf deine Geschenke?« Er grinste mich breit an.

»Geschenke?« Ich riss mich aus meinen Gedanken. »Welche Geschenke?«

Er langte hinter sich und schob einen Stapel flüchtig eingepackter Geschenke vor sich her. Ich quietschte vor Entzücken, und alle Gedanken an Sex wichen aus meinem Kopf. Jedenfalls für den Moment.

»Das sind Gratulationsgeschenke«, erklärte er. »Du bist jetzt eine umworbene Chefredakteurin mit eigenem Büro und einem dicken Gehalt. Da muss ich mir eben deine Liebe kaufen.« Er schob mir den Stapel zu.

Das Geschenkpapier war pink und golden gestreift, und Tom hatte sich Mühe gegeben, schmale Goldbändchen zu einer Schleife zu binden. Ich hätte gern gesehen, wie er mit den Papierbogen und dem Band gerungen hatte.

»Dem könnte ich zwar widersprechen«, sagte ich grinsend, »aber ich finde, ein solches Verhalten sollte nur ermutigt werden.« Ich griff nach dem obersten Paket und tastete es ab. »Bestechung ist eine wunderbare Sache.«

»Wenn ich erst ein weltbekannter Komponist bin und mein Bild auf dem Titel der *Time* prangt, denn wirst du dir was überlegen müssen, womit du mich bestechen kannst«, fuhr er fort. »Blowjobs, Strip Shows, Blowjobs …«

»Ja, darüber lässt sich reden. Aber *A Tempo* hat den ersten Zugriff auf deine Bilder.« Ich wickelte das oberste Paket aus und spürte seine Blicke auf mir, deshalb krümmte ich den Rücken noch ein bisschen mehr, weil ich hoffte, dass ich dann in seinen Augen noch attraktiver war. Immer noch war ich darauf bedacht, dass er mich in allen Situationen begehrte.

Das Geschenk war unter einer weiteren Schicht eines weichen Papiers verborgen, und als ich es öffnete, sah ich einen wunderbar sanften Body aus Chiffon vor mir, schwarz, wahnsinnig teuer, völlig durchsichtig und so kurz, dass er meine Backen nicht bedecken würde. Hauchdünne Spitze garnierte den Busen.

Tom grinste. »Das ist eher ein Geschenk für mich als für dich«, gab er zu.

Ich nahm das winzige Etwas in beide Hände und fuhr mit den Fingerspitzen darüber. Es war herrlich weiches Material, ein wenig zu auffällig, als dass ich mich dafür entschieden hätte, aber ich wusste, es würde meine Figur sehr gut betonen. Es entsprach der männlichen Vorstellung von sexy, und das allein zählte. Ich spürte schon, wie es in mir kribbelte, als ich daran dachte, wie Tom wohl reagieren würde, wenn er mich das erste Mal in dem winzigen Gedicht sah.

»Ich kann kaum erwarten, es anzuziehen.« Lächelnd griff ich nach dem nächsten Geschenk. Ich ging nicht mehr so pfleglich mit dem Geschenkpapier um, weil ich zu ungeduldig wurde. Aufgeregt zog ich es ab und griff in einen kleinen Karton. Eine Flasche Massageöl und ein schwarzer Dildo. Ich drückte auf den Schalter und hörte den Motor schnurren.

»Tom!« Ich war überrascht, denn ich hatte ihn nicht für einen Mann gehalten, der sich mit Sexspielzeug abgab.

»Nur für den Fall, dass es mir mal nicht gelingt, dir in einer Nacht vier Orgasmen zu verschaffen«, sagte er grinsend.

Neugierig betrachtete ich das Spielzeug. Es fühlte sich gut an in meiner Hand. Man konnte drei verschiedene Geschwindigkeiten einstellen, und außerdem rotierte der Kopf. Ich probierte ihn auf meinem Arm aus und spürte rasch, wie meine Haut zu prickeln begann. Eine originelle Kreation. Ich sah sie verwundert an, fuhr mit Daumen und Zeigefinger am Schaft entlang und hielt ihn gegen meine Wange.

Nach einer Weile konnte Tom nicht mehr stillsitzen. »Genug davon.« Er nahm mir das schwarze Ding aus der Hand. »Es soll mich nicht ersetzen, höchstens ergänzen.«

Ich gab es zögernd aus der Hand und wandte mich dem letzten Geschenk zu. Es war eine kleine Schachtel teurer belgischer Schokolade.

Tom grinste. »Die magst du doch so gern«, erklärte er, was gar nicht nötig gewesen wäre.

Ich beugte mich zu ihm und küsste ihn. Ich lag auf allen vieren vor ihm, und er nahm meinen Kopf in seine Hände, während seine Lippen über meine strichen. Ich glühte von der Freude über die Geschenke und von den erotischen Möglichkeiten, die sie eröffneten.

Die große Standuhr tickte, während sich unser Kuss in die Länge zog. Ich ließ mich zwischen Toms Knien nieder. Es war, als wollten unsere Münder nie wieder voneinander lassen. Wann immer ich ihn küsste, besonders wenn seine Zunge mit meiner spielte, wurde mein Höschen nass. Er hielt mich fest an sich gedrückt, und seine Hände strichen über meinen Körper und blieben auf den Brüsten liegen. Die Nippel drückten sich durch den eng anliegenden Stoff des Pullovers und sehnten sich danach, angefasst zu werden.

»Willst du denn gar nichts von deinen Geschenken ausprobieren?«, fragte er, die Stimme ein wenig heiser.

»Du hast dir schon vorgestellt, dieses Ding in mir zu sehen, nicht wahr?«, fragte ich und griff nach dem Vibrator.

»Nein, den Body, du kleine Schlampe«, sagte er lachend. »Obwohl ich nicht sagen kann, dass mir das Bild vom schwarzen Monster in dir nicht schon durch den Kopf gegangen ist.«

Der Gedanke gefiel mir. Ich richtete mich auf, stellte mich vor ihn hin und zog langsam den Reißverschluss meines Rocks auf, bevor ich ihn über die Hüften schob. Mit einem Seufzer ließ ich ihn auf den Boden fallen. Ich spürte die Wärme der Morgensonne auf meinen nackten

Beinen. Tom sah mich mit bewundernden Blicken an, und mit einem sehnsüchtigen Kribbeln im Schoß bemerkte ich das Zelt in seiner Hose.

Ah, wie gern würde ich jetzt sofort mein Höschen abstreifen und mich auf seinem harten Penis niederlassen. Aber ich musste lernen, geduldig zu sein. Ich hakte den BH auf und ließ ihn auch zu Boden gleiten. Meine vollen Brüste hüpften leicht, als sie sich befreit ausdehnen durften, und ich hörte Tom laut ausatmen. Meine erregten dunklen Nippel reckten sich und sehnten sich danach, gesaugt zu werden. Es war, als erinnerten sie sich daran, wie gut Tom das konnte.

Er hatte einen heißen Mund und eine flinke Zunge, die scheinbar durch Telepathie wusste, wo sie mit welchem Druck lecken musste. Es erforderte meinen ganzen Willen, nicht vor ihm auf die Knie zu fallen und meine Brüste seinem Mund anzubieten. Schließlich streifte ich den Slip über die Hüften.

Tom starrte fasziniert auf das Dreieck zwischen meinen Schenkeln. Ich badete in der Wärme seiner Blicke, fühlte mich nackt und hilflos und labte mich an dem Vertrauen, das damit verbunden ist, sich einem Mann nackt zu zeigen. Er reichte mir den Body, und ich schlängelte mich hinein. Der Chiffonstoff schmiegte sich um meine Brüste und meine Hüften. Nippel und Labien waren durch den Stoff deutlich sichtbar. Tom hob die Hände und begann mich zu streicheln.

»Es sieht noch schärfer aus, als ich mir ausgemalt habe«, raunte er, während seine Hände keine Stelle meines Körpers ausließen. Seine Finger glitten neckend über die geschwollenen Labien und erhöhten meine Erregung.

»Das ist so geil«, ächzte er. »Deine Pussylippen lechzen nach meinen Berührungen.« Er strich langsam von unten nach oben darüber, dann zog er mich an sich. Seine harte Erektion drückte gegen meinen Bauch.

Ich öffnete seinen Reißverschluss, denn ich wollte seinen Schaft unbedingt im Mund spüren. Auf meinem Po spürte ich einen kühlen Luftzug, während ich mit der Zunge über den strotzenden Penis strich.

Ich hörte, wie er die Luft anhielt, als ich ihn in den nassen Mund aufnahm und voller Wonne den salzigen Geschmack genoss.

»Oh, Jo«, murmelte er, »ja, ja.«

Seine Finger gruben sich in meine Haare. Ich wischte mit der Zunge über die fette Eichel, huschte über das empfindliche Bändchen an der Unterseite und hörte mit Vergnügen, wie er aufstöhnte. Ich küsste den Schaft und die Hoden, ehe ich ihn wieder tief in den Mund nahm.

Er grunzte laut, und ich spürte, wie sich die Hoden erwartungsvoll hoben. Ich schaute zu ihm hoch. Er starrte auf meinen Körper, fasziniert von meinen Brüsten, die vom schwarzen Body besonders betont wurden.

Ich richtete mich einen Moment lang auf und schob die schmalen Träger von den Schultern, damit er auf meine entblößten Brüste schauen konnte. Ich griff nach der Flasche mit dem Massageöl, das er mir geschenkt hatte, und ließ es auf meine Brüste tröpfeln. Ich rieb sie genüsslich mit dem Öl ein und hoffte, dass der Body kein Öl abbekam.

Tom stöhnte, als ich das Öl in meine Haut rieb. Dann ließ ich mich wieder sinken und fing seine Erektion im glitschigen Hafen meiner Brüste ein. Gebannt sah er zu, wie ich den zuckenden Schaft mit den eingeölten Brüsten massierte. Ich hob und senkte mich, quetschte ihn mit den festen Hügeln ein und fuhr mit einer Daumenkuppe über die Eichel, wenn sie aus dem glitschigen Tal herauslugte. Ich hörte, wie Tom zischend die Luft ausstieß, um dann geräuschvoll einzuatmen.

Ich streckte den Po hoch in die Luft und stellte mir vor, dass jemand hinter mir kniete und meine glühende Pussy mit einem knochenharten Schaft bediente.

»Oh, Himmel«, rief Tom, der einen ungehinderten Blick auf meinen Po hatte. »Wenn ich dich doch gleichzeitig von hinten nehmen könnte! Oder wenn ich dich jetzt mit dem Mund verwöhnen könnte.«

Ich stöhnte zustimmend und spürte, wie meine Klitoris vibrierte. Die kalte Luft, die meine Pussy streifte, machte mir nur noch bewusster, wie nass ich schon war. Ich wollte ihn zum Orgasmus bringen, aber genauso heftig lechzte ich selbst nach der Erlösung.

»Oh, Jo, hör nicht auf!«

Ich stülpte meinen Mund mit neuer Kraft über den Schaft und molk ihn mit Lippen und Zunge. Mein Kopf ruckte auf und ab, während ich den unten Teil des Penis kräftig rieb. Ich spürte, wie sich sein Körper versteifte, und dann wusste ich, was geschehen würde.

Meine Finger schlossen sich um seine Hoden, und ich spürte, wie sie sich zusammenzogen, und im nächsten Moment bäumte er sich auf, und ächzend und prustend ergoss er sich in kräftigen Schüben in meinen Mund. Er schrie im Augenblick seines Höhepunkts, und voller Entzücken schluckte ich alles, was er mir zu geben hatte.

Meine Pussy klaffte vor Erregung. Ich ließ mich auf den Boden sinken und rollte auf den Rücken. Ich fühlte mich wie eine Katze, die wollte, dass man ihren Bauch kraulte. Meine Beine öffneten sich wie von selbst, und meine Brüste waren dick geschwollen. Tom kniete sich neben mich und streichelte meinen Körper, er küsste mich und schmeckte seinen eigenen Geschmack auf meiner Zunge.

»Du bist phantastisch«, flüsterte er, und dann spürte ich, dass ein Finger in mich eindrang.

»Ah«, stöhnte ich. »Wunderbar.«

Er langte über mich hinweg, griff nach dem Massageöl und ließ es in seine Hand träufeln. Er verrieb es in den Händen, um es zu wärmen, dann rieb er meine Schenkel damit ein. Er massierte meine Waden und Schenkel, und seine Fingerspitzen erreichten jedes Mal die Öffnungen vorn und hinten. Die Innenseiten meiner Schenkel glänzten schon von meinen eigenen Säften.

Ich wollte, dass er mit den Fingern in mich eindrang. Oder dass er den Kopf zwischen meine Schenkel schob. Ungeduldig hob ich die Hüften an, bäumte mich auf und gab ihm damit zu verstehen, was ich wollte. Meine Pussy verlangte Beachtung.

»Geduld«, sagte er.

Frustriert wand ich mich hin und her. »Bitte, Tom«, bettelte ich. »Berühre mich da.« Er beugte sich über mich, küsste meinen Hals und nagte an meinen Brüsten. »Bitte«, sagte ich wieder.

Er griff nach dem Dildo und spielte damit am Eingang meiner Pussy. Ich spürte, wie die einschüchternde Größe langsam in mich eindrang, und starrte in Toms verzücktes Gesicht, als er sah, wie die Schaftspitze in mir versank.

»Entspanne dich«, raunte er und drückte das Monstrum tiefer hinein. Das Öl ließ es besser gleiten, und bald spürte ich, wie meine Pussy bis zum Bersten gedehnt wurde. Toms große dunkle Augen waren auf die Öffnung fixiert, in der mehr und mehr vom harten Stab versank.

Er schaltete den Vibrator ein, und ich stieß laute Seufzer aus, als er in mir zu rotieren begann. Tom ging eine Stufe höher, und das Summen des Motors vibrierte tief in mir. Mein ganzer Körper wurde geschüttelt, und mir war, als hätte jemand in meinem Schoß ein Feuer entfacht.

Tom stöhnte bei meinem Anblick, er beugte sich tief hinunter und fuhr mit der Zunge über meine Klitoris, während er den harten Stab langsam vor- und zurückschob. Seine raue Zunge wurde immer schneller, und gleichzeitig stellte er die höchste Stufe des Vibrators ein.

»Oh, Mann«, seufzte ich. »Hör bloß nicht auf. Hör bloß nicht auf.« Seine Zunge tanzte über meinen Kitzler. Der Kontrast zwischen der heißen, sanften Nässe, die mich so geschickt stimulierte, und dem unnachgiebigen kalten harten Kunststoff tief in mir war atemberaubend. Ich hatte diese Gefühle noch nicht erfahren, das gleichzeitige Stoßen und Lecken waren neu und großartig für mich, fast unerträglich gut.

Ich verlor jede Kontrolle. Ich schrie und hielt Toms Kopf fest gegen mich gepresst, während ich den dicken schwarzen Dildo ritt. Die Flammen in meiner Pussy schlugen immer höher. Die Empfindungen waren so intensiv, dass es mich nicht gewundert hätte, wenn ich auch die Kontrolle über meine Blase verloren hätte.

Tom spürte, dass ich dabei war, den Gipfel zu erklimmen. Er stieß das Spielzeug tiefer und schneller in mich hinein, so hart, dass es beinahe schmerzte, aber meine hungrige Pussy liebte die brutalen Stöße, und ich lieferte mich ihnen aus und ruckte den wilden Stößen mit dem Schoß noch entgegen.

Ich wurde ein Bündel der Lust, geschüttelt von den Zuckungen des Orgasmus. Toms Zunge blieb unermüdlich im Einsatz, bis ich sanft seinen Kopf wegschob. Er schaute mich strahlend an und behielt den vibrierenden Stab noch in mir. Sein Gesicht war nass von meinen Säften.

»Es ist wie im Paradies, wenn ich mit dir zusammen bin«, sagte Tom, nachdem sich auch sein Atem wieder normalisiert hatte.

»Das hast du schön gesagt.«

Er zog das Spielzeug sanft aus mir heraus und drückte auf den Knopf, damit der Motor sich erholen konnte. Ich sah, wie er am klebrigen Stab schnüffelte. »Ein sexy Duft«, flüsterte er.

Ich setzte mich und kuschelte mich auf seinem Schoß, dann grätschte ich über ihn. Ich nahm den verschmierten Dildo aus seiner Hand und fuhr mit der Zunge spielerisch über die Spitze, bevor ich ihn langsam in den Mund stopfte und meine eigenen würzigen Säfte aufleckte.

»Du bist unersättlich«, flüsterte er, und sein Schaft drückte gegen mein Geschlecht.

»Du schaust gern zu, nicht wahr?«, gab ich zurück, denn ich hatte gesehen, wie der Penis erregt und neidisch zuckte, als ich den Dildo in den Mund schob. Ich wiederholte das, um mir Gewissheit zu verschaffen. Tatsächlich streckte sich sein Schaft wieder. Ich schlang die Lippen um den schwarzen Stab.

»Ja, stimmt«, gab er zu, dann griff er hinter sich und öffnete die Schokolade. Er nahm eine dunkle Praline heraus – gezuckerte Mandel und bitterer Kakao – und steckte sie in meinen Mund, nachdem er den Dildo herausgenommen hatte. Sie war so groß, dass ich nicht mehr reden konnte.

»Das ist doch viel besser«, sagte er lächelnd. Ich nickte und liebte den cremigen Geschmack im Mund. Tom küsste mich und stahl einen Teil des Geschmacks auf seine eigene Zunge. Unsere Münder rangen um die geschmolzene Schokolade. Lachend ließen wir schließlich voneinander ab.

»Wer hat gesagt, dass du meine Schokolade essen kannst?«, fragte ich vorwurfsvoll.

»Du Undankbare.« Er schnappte nach mir, aber ich sprang auf und lief kreischend von ihm weg. Ich fand, er sollte ein bisschen für seinen Spaß arbeiten, deshalb lief ich die Treppen hinauf, wobei der schwarze Slip nicht wirklich ein Schutz gegen die Luftzüge im alten Haus war.

Er folgte mir schnaufend, und dann landeten wir in seinem Zimmer. Ich warf mich aufs Bett, Ort unseres ersten gemeinsamen Vergnügens, wie ich mich verträumt erinnerte. Sein Teddy lag noch da. Ich drückte ihn an meine Brust.

»Was hältst du von einem Dreier?«, fragte ich den Bär. Tom riss mir seinen Liebling aus der Hand.

»Hör nicht auf diese Schlampe«, sagte er und warf ihn quer durchs Zimmer. Er fiel mit einem hellen Ping auf die Tasten seines Klaviers.

Tom legte sich neben mich, und gemeinsam nestelten wir uns unter die Bettdecke und hielten uns in Liebe umschlungen. Ich kuschelte mich an ihn. Sein Mund suchte meinen. Er küsste mich herzlich. Er schmeckte immer noch nach Schokolade. Ich begann leise zu wimmern, denn meine Erregung wurde wieder unerträglich.

Ich zerrte Hose und Unterhose über seine Hüften, und als ich seine Nacktheit spürte, jubelte ich. Ich hatte nicht die Zeit, mich mit jedem Knopf seines Hemds zu beschäftigen. Seine nackten Beine schlangen sich um meine, und sein Schaft fand meine Pussy wie eine ferngesteuerte Rakete. Er steckte tief in mir, und weil er den Body wieder von meinen Brüsten zog, konnte er sich über sie beugen und an den Nippeln saugen.

Sein blonder Schopf huschte um mein Kinn, während er geräuschvoll an meinen Brüsten nuckelte. Lustvolle Schauer rannen durch meinen Körper. Das Gefühl seines Schafts war warm und weich nach den harten Stößen des Dildos. Ich spürte eine zu Kopf gehende Benommenheit, die mich überwältigte. Als mein Orgasmus einsetzte, während er unermüdlich in mich hineinpumpte, löste er auch seinen eigenen Höhepunkt aus, und ich spürte seine überfließenden Säfte, die mir an den Beinen hinunterannen.

Danach mussten wir feststellen, dass wir beide erschöpft

waren. Meine Pussy war wund von den vielen Invasionen, und meine Brüste schmerzten vom gierigen Saugen. Tom lag neben mir, absolut abgeschlafft. Nach einer Weile hörte ich ihn seufzen.

»Ja?«, fragte ich, verträumt und glücklich.

»Ich dachte gerade, dass ich es immer so haben möchte«, sagte Tom schläfrig. »Ich will nicht, dass irgendwas uns auseinander bringt, Jo.«

Ich hatte auch diese Flitterwochenstimmung, in der man sich einfach nicht vorstellen kann, dass die Glückseligkeit mal einen Riss erfahren kann.

»In der Vergangenheit war ich manchmal ein bisschen schwach«, sagte ich und dachte an Harry und Kieran und natürlich auch an Mr Wootton und Ray.

»Ah! Du böses Mädchen! Was mache ich nur mit dir?« Seine Müdigkeit war verflogen. Er richtete sich auf, zog mich an sich und legte mich über seine Knie. Ich spürte seine neue Erektion an meinem Schenkel. Erleichtert lachte ich auf.

»Was stelle ich nur mit dir an?«, schimpfte er, und dann begann er, meinen Hintern zu versohlen. Ich musste lachen, während seine Hand auf mein bebendes Fleisch klatschte. Ich lag quer über seinem Schoß, und mit jedem Schlag spürte ich das Zucken seines Schafts, der immer kräftiger wurde.

»Was ist, wenn ich auf Konzerten bin?«, fragte er. »Ich meine, es kann sein, dass ich in Amerika auftrete. Wirst du mir treu sein, wenn ich wochenlang weg bin?«

Er hörte nicht auf, meine Backen zu züchtigen.

»Tom?«

»Wirst du ein braves Mädchen sein?«

»Kann schon sein.«

»Ja oder nein?« Er klatschte weiter. Ich spürte, dass mein Po allmählich zu glühen begann.